Andrea Reinhardt

Schreiender Schmerz

Zur Autorin:

Andrea Reinhardt wurde 1981 in Sachsen-Anhalt geboren. Sie war lange Jahre als Kinderkrankenschwester tätig, ehe sie sich dem Schreiben widmete. Anders wie die meisten ihrer Kollegen hatte sie weder den Wunsch geäußert, je Schriftstellerin zu werden, noch hatte sie schon immer Interesse am Schreiben. Es war eine Mischung aus Neugier, Skepsis und Belächeln, die sie schlussendlich zum Bücher schreiben gebracht hatten. 2017 veröffentlichte sie ihren ersten Thriller, der drei Jahre später in die Top 100 der allgemeinen Amazon Verkaufcharts einzog. Seit 2020 ist sie Vollzeitautorin und veröffentlicht regelmäßig spannungsgeladene, perfide, dramatische und emotionale Thriller.

»Es sind die Meinungen und die Faszination meiner Leser, die mich weitertreiben, die mich motivieren und meinen Beruf zu dieser Großartigkeit machen.«

Alle Personen und Handlungen sind frei erfunden. Ähnlichkeiten mit realen Personen sind zufällig und nicht beabsichtigt.

© 2024 Andrea Reinhardt

www.andreareinhardt.de

1. Auflage

Umschlag/Covergestaltung: Anke Koopmann, www.designomicon.de

Bildnachweis: Shutterstock

Lektorat:

Luise Deckert, www.luise-deckert.de

Korrektorat: Diana Alchanow

Herstellung & Verlag: BoD – Books on Demand, Norderstedt

Taschenbuch: ISBN 9783759712004

Bibliografische Information der Deutschen Nationalbibliothek: Die Deutsche Nationalbibliothek verzeichnet diese Publikation in der Deutschen Nationalbibliografie; detaillierte bibliografische Daten sind im Internet über dnb.dnb.de abrufbar.

Kontakt

kontakt@andreareinhardt.de

Komplizen-Letter/ Newsletter

https://andreareinhardt.de/newsletter

»Wenn ich eine Story zu Ende erzählt habe, ist es, als komme ich von einer langen Reise nach Hause, während der ich in verschiedene Rollen geschlüpft bin. Ich habe die Charaktere gespielt, war Opfer, Täter, Zuschauer und Held zugleich.«

Für Susanne

»Ich sehe dich immer. Ich sehe, was du tust. Ich bin dankbar.«

Andrea Reinhardt

Schreiender Schmerz

Thriller

1

Erinnerungen sind wie rostige Nägel. Sie bohren sich jedes verdammte Mal in mein Fleisch, wenn ich an den Tag zurückdenke, der mein Leben zerstört hat. Das Wissen um die Wahrheit quält meine Seele, ich möchte sie herausschreien, möchte, dass sie dafür büßen.

Sie leben weiter, Tag für Tag. So als wäre es ganz selbstverständlich. Sie sind gewachsen, haben gelebt, haben geliebt. Aber sie haben es nicht verdient.

Viel Zeit ist verstrichen, in der ich versucht habe, den Schmerz und die Grausamkeit zu ignorieren. Doch das hat meinen Hass immer weiter genährt und ihn zu einem unersättlichen Monster geformt. Nun ist das Biest erwacht. Der Schmerz schreit aus mir.

Sie sollen sehen, wie zerstörerisch der Kummer ist, wenn das Herz in tausend Einzelstücke zerbricht. Ich werde ihre Leben zerschmettern. Mein Zorn giert nach Rache.

Wie eine dunkle Wolke schwebt die Wahrheit über ihnen, bereit sich zu entladen.

Ein Spiel wird beginnen, das seinen Anfang vor langer Zeit genommen hat und das in einem grausamen Schicksal enden wird.

Vier Namen, vier unscheinbare Menschen, die nichts voneinander wissen. Doch die Vergangenheit hat sie miteinander verflochten.

Ich hole die alten Videos heraus und schaue sie wieder an.

So viele Schuldige, so viel Leid, so viele Tränen. Es ist Zeit, dass die Schuld sie einholen wird. Niemand von ihnen kommt davon.

Die Videos sind der Schlüssel zu ihrem bevorstehenden Schicksal. Mit jedem Abspielen wird sich ein heftiger Sturm über sie ausbreiten, der ihre sorgsam aufgebauten Leben zerstören wird. Ihre Augen werden sich weiten, ihre Herzen werden rasen, ihre Seelen werden nach Hilfe schreien. Der Albtraum hat begonnen. Es gibt kein Zurück mehr.

2

Samuel gähnte und streckte sich. Sein Nacken war steif, weil er den ganzen Vormittag und den halben Nachmittag an seinem Bild gearbeitet hatte. Bei dem Gedanken an das Kunstwerk wäre er am liebsten in sein Atelier gerannt und hätte mit einer Schere darauf eingestochen. Was hatte dieses Bild ihn schon Nerven gekostet.

Sein Kunde wollte ein Gemälde mit einem kleinen Jungen drauf. Braunhaarig, Kulleraugen und melancholischer Blick. Mit der ersten Variante war Samuel zufrieden gewesen, aber sein Auftraggeber nicht. Plötzlich hatte dieser gefordert, dass der Junge blond wurde, einen blasseren Teint bekam, damit er hilfloser aussah. Natürlich hatte sich Samuel gewundert, dass sich jemand so ein Bild ins Haus hängen wollte, doch er hinterfragte niemals seine Kunden. Dieser Käufer war mit keiner Variante zufrieden. Nachdem er eine dritte in Auftrag gegeben hatte, hatte Samuel den Preis erhöht, was in einem Streit eskaliert war.

»Warum schickst du den Typen nicht zum Teufel, anstatt zuzulassen, dass er dir auf der Nase herumtanzt?«, hatte sein bester Freund Richard gefragt, als Samuel einmal voller Wut seine Pinsel durch das Zimmer geworfen hatte.

Er hatte natürlich selbst schon darüber nachgedacht, aber er konnte es sich nicht leisten. Seine Kunst lief seit geraumer Zeit nicht mehr richtig, und er hatte keine Lust, in seinem Ausbildungsberuf als Schreiner zu arbeiten. Er hatte ihn nur gelernt, weil sein Vater ihn angefleht hatte, die Lehre zu machen.

»Wenn du einen vernünftigen Berufsabschluss absolvierst, hast du immer eine Option, sollte es doch nicht mit der Malerei laufen.« Das hatte ihm sein Vater so oft vorgebetet.

Später hatte sich Samuel eingestehen müssen, dass es wirklich nicht leicht war, in dieser Branche zu bestehen. Sein Vater hatte recht gehabt, dass man von Kunst nur schwer leben konnte. Sein aktueller Auftraggeber war wieder Beweis genug dafür, wie wenig seine Arbeiten honoriert und geschätzt wurden.

Der Kunde hatte sich vor knapp zwei Jahren gemeldet, nachdem Samuel eine kleine Ausstellung in einer Kunstgalerie in der Schloßstraße organisiert hatte. Er war begeistert von seinen Werken gewesen und hatte ihm diesen Auftrag gegeben. Dafür hatte er mit ihm 30.000 Euro ausgehandelt und aufgrund der Mehrarbeit auf 40.000 aufgestockt. Es wäre also ein Fehler, wenn er diesen Kunden zum Teufel schicken würde, wobei er mit diesem Preis noch weit unter seiner Konkurrenz blieb, denn die meisten würden deutlich mehr nehmen. Doch der Kunde hätte sich auf keinen anderen eingelassen und Samuel wollte ihn nicht gänzlich verlieren.

Dieser unangenehme Auftraggeber hatte sich die letzten Wochen so in sein Leben gedrängt, dass sich Samuel über sich selbst ärgerte. Warum nur beschäftigten ihn üble Menschen immer so? Anstatt keine Energie auf sie zu verschwenden, grübelt er lieber oder regt sich darüber auf, wie anstrengend manche Personen sein konnten.

Er schüttelte die Gedanken ab, die seit Stunden in seinem Kopf herumschwirrten. »Ich trinke jetzt einen leckeren Rotwein, lese *Der große Gatsby* weiter und vergesse diesen Kerl.« Er erhob sich aus dem Sessel und ging in die Küche. Dort schenkte er sich ein Glas ein und stellte sich im Wohnzimmer an die Terrassentür.

Die Dunkelheit hatte sich über seinen Garten gelegt.

Sein abgelegenes Haus in Koblenz-Immendorf war sein Heiligtum. In diesem war er aufgewachsen und er konnte schon darin wohnen, obwohl seine Eltern noch lebten.

Sein Vater hatte die Chance ergriffen, als sein Elternhaus zum Verkauf gestanden hatte, und war mit Samuels Mutter nach Niederberg gezogen. Samuel hatte das Haus in Immendorf bekommen, weil sein Bruder nicht in Koblenz lebte.

Dass um ihn herum hauptsächlich Felder lagen, mochte er sehr. Nur dass es nebenan ein Haus mit Ferienwohnungen gab, störte ihn. Vor allem in den Sommermonaten, wenn dort ständig andere Menschen wohnten. Dadurch war seine Ruhe gestört. Warum machte man in Koblenz-Immendorf Urlaub?

Glücklicherweise verirrte sich im Januar kaum jemand dorthin.

Samuel schlürfte seinen Wein und genoss die friedliche Stille des Abends.

Doch die wurde vom Klingeln des Telefons unterbrochen.

Seufzend lief er zum Abstelltisch, den er in seiner Ausbildung als Gesellenstück angefertigt hatte, und nahm ab. Er hoffte, es würde sich nicht der Kunde melden. »Meinicke?«

»Papa hier.«

»Hallo, schön von dir zu hören.«

»Ist ja auch ein Weilchen her, dass wir uns gesprochen haben.«

Samuel musste grinsen. »Ja, ganze zehn Stunden«, sagte er amüsiert.

»Na, sag ich doch, es ist eine Weile her.« Sein Vater lachte. Er war der herzensliebste Mann, den Samuel je kennengelernt hatte.

Eine innige Beziehung verband sie und er wollte sich nicht ausmalen, seinen Vater irgendwann nicht mehr zu haben.

»Trinkst du wieder Wein und starrst aus dem Fenster?«, fragte sein Vater in seine Gedanken hinein.

»Manchmal glaube ich, dass du Kameras installiert hast, ehe du ausgezogen bist.«

»Na klar. Als ich entschieden hab, das Haus in deine Hände zu geben, musste ich sicher sein, dass du es nicht herunterkommen lässt. Es ist mein ganzer Stolz.«

»Das weiß ich, Papa. Ich verspreche, niemals etwas zu tun, das nicht in deinem Interesse ist, denn ich liebe es genauso wie du.«

»Gut, dann vertraue ich dir.« Sein Vater lachte. »Warum rufst du eigentlich an?«

»Ach ja, genau. Deine Mutter möchte, dass du morgen zum Essen erscheinst. Dein Bruder besucht uns, so wäre die Familie wieder zusammen.«

Samuel verdrehte die Augen. Er hatte keine Lust auf Ralf, mit dem er sich das letzte Mal heftig gestritten hatte. »Muss ich unbedingt dabei sein? Er ist bestimmt froh, euch mal für sich zu haben.«

»Deine Mutter wünscht es sich. Einen Tag mit ihm wirst du doch mal aushalten.«

»Jaja, ich werde da sein. Sonst noch was?«

»Nein, mein Lieblingskind. Das war es schon.«

Wieder musste Samuel lachen, denn sein Vater nannte auch Ralf *Lieblingskind*.

Samuel wusste natürlich, dass er nie einen lieber als den anderen hatte, er sagte das nur, damit sich die Kinder gut gefühlt hatten. Das hatte seine Mutter Samuel verraten. Sein Vater hatte es immer so gedreht, dass sie geglaubt hatten, es wäre ein Geheimnis, das sie dem Bruder nicht verraten sollten. Aber beide hatten gern damit angegeben, wenn sie sich gestritten hatten.

»Bist du noch da und sagst mir ordentlich Tschüss?«, fragte sein Vater.

»Selbstverständlich tue ich das, ich war nur in Gedanken. Gib Mama einen Kuss, wir sehen uns morgen.«

»Sei pünktlich. Ich habe dich lieb.«

»Ich dich auch, Papa.« Samuel legte auf. Das Telefonat hatte ihm gutgetan, er verspürte den Groll über das Bild nicht mehr ganz so doll. Er fläzte sich in die Sofaecke und klappte *Der große Gatsby* auf.

Es klingelte.

Verwirrt schaute Samuel in den Flur, als könnte er durch Telepathie sehen, wer vor der Tür stand. Er machte keine Anstalten aufzustehen, denn er erwartete niemanden.

Seine Freunde wussten, dass sie sich vorher anzumelden hatten, weil er oft in seinem Atelier war und nicht gestört werden wollte.

Da es kein zweites Mal geklingelt hatte, vertiefte er sich wieder in sein Buch, doch seine Konzentration war hinüber. Fragen geisterten in seinem Kopf herum, so laut und deutlich, dass nur Ruhe einkehren würde, wenn er nachsah, ob jemand vor der Tür stand.

Laut stöhnend, weil er sich über sich selbst aufregte, erhob er sich träge vom Sofa und schlappte zur Tür. Durch die Milchglasscheibe konnte er erkennen, dass sich niemand auf der anderen Seite befand, trotzdem öffnete er, um nachzuschauen.

Es war keine Menschenseele da.

Sein Blick glitt nach unten.

Ein kleines Paket lag auf dem Fußabtreter, eingepackt in schwarzes Papier, eine rote Schleife obendrauf.

Mit gerunzelter Stirn hob er es auf und schüttelte es.

Es fühlte sich leicht an, so als wäre gar nichts drin, doch es machte dumpfe Geräusche beim Rütteln.

Samuel spürte, dass etwas hin und her rutschte. Erneut schaute er sich um und ging anschließend ins Haus.

Wer schickte ihm denn ein Geschenk? Sein Geburtstag war noch weit entfernt.

Er stellte den leichten Karton auf den Tisch und trank einen Schluck Wein. Dann betrachtete er das Päckchen. Fast rechnete er damit, dass etwas herausspringen würde. Er verdrehte die Augen. »Meine Güte, schau rein.« Es würde ihm sowieso keine Ruhe lassen. Samuel lachte über sich selbst, weil er sich so merkwürdig verhielt. Er ignorierte seinen schnellen Herzschlag, riss die Schleife auf und öffnete den Deckel.

Die Innenseiten waren ebenso schwarz wie außen. In dem Päckchen befanden sich ein Zettel und ein Puzzleteil, das unüblich groß war. Darauf befand sich eine Art Illustration, so als hätte jemand es für einen Comic oder ein Bilderbuch angefertigt. Sie bildete einen blonden Jungen ab, dessen Augen aufgerissen waren. Panisch schauten diese nach oben. Vor ihm standen acht Beine.

Irritiert schüttelte Samuel den Kopf, er konnte sich dieses merkwürdige Geschenk nicht erklären.

Was sollte ihm das Bild sagen?

Er nahm sich den Zettel und las.

Willkommen im Spiel der Wahrheit, wo die Vergangenheit erwachen wird. Wenn ihr die Puzzlestücke zusammensetzt, wird ein Hinweis entfesselt. Deine Angst wird mein Antrieb sein. Die Realität wird dir Schmerzen bereiten. Das Spiel hat seinen Anfang genommen, es gibt keinen Ausweg.

Die Masken fallen, die Schatten steigen empor – möge der Albtraum beginnen.

Auf der anderen Seite stand eine Art Anleitung, die Samuel Angst einjagte.

Finde heraus, was die Darstellung bedeutet. Wenn ich dich hole, verlange ich eine Antwort. Gibst du mir die richtige, hast du vielleicht eine Chance zu gewinnen. Wann wirst du an der Reihe sein? Du hast nicht viel Zeit, also gib Acht auf alle Hinweise, die ich dir schicke. Das Spiel startet jetzt!

Samuel las die Zeilen immer wieder.

Er las noch einmal die Botschaft und blieb bei dem Wort *ihr* hängen. *Wenn ihr die Puzzlestücke zusammensetzt.*

Von wem redete die Person? Sprach sie über seine Freunde oder Eltern?

War das eine Drohung, die er ernst nehmen musste, oder ein ekelhafter Scherz? Wer würde sich so einen bei ihm erlauben? Seine Freunde waren nicht gerade für komische Streiche zu haben. Wer aber sollte ihm so eine Drohung schicken? Er hatte bei seinem nicht vorhandenen Erfolg ganz bestimmt keine Feinde oder Neider.

Samuel wollte dieses ominöse Päckchen nicht einfach als makabren Scherz deklarieren.

Obwohl er das sonst nie machte, schloss er im gesamten Haus die Fenster und ließ die Rollläden hinunter. Außerdem riegelte er die Tür ab, die er immer offen ließ. Er überlegte, ob er seinen Freund anrufen und ihm davon erzählen sollte, verwarf den Gedanken aber schnell, weil er dem Ganzen keine allzu große

Bedeutung beimessen wollte. Samuel setzte sich wieder auf das Sofa, schenkte sich Wein nach und betrachtete das übergroße Puzzleteil.

Ein kleiner Junge, der auf einem Waldboden saß und offenbar Angst vor den Personen hatte, die vor ihm standen. Warum war ihm dieses Teil geschickt worden?

Während er den Wein trank, suchte er krampfhaft nach einer Antwort. Vergebens.

Nachdem die Flasche Wein leer war, beschloss er, ins Bett zu gehen, weil in seinem Hirn nur Nebel herrschte. Über das Puzzleteil und die merkwürdige Botschaft würde er sich am nächsten Tag weiter den Kopf zerbrechen.

Er stellte das Weinglas in die Spüle, stolperte ins Bad, putzte sich die Zähne und wankte anschließend ins Schlafzimmer. Gerade als er seine Hose ausziehen wollte, klingelte das Telefon. Genervt verdrehte er die Augen.

Es konnte eigentlich nur sein Vater sein, kaum jemand anderes rief ihn auf dem Festnetz an. Außer vielleicht irgendwelche Betrüger, die ihm Cannabis-Aktien verkaufen wollten, oder Firmen, bei denen er angeblich an einem Gewinnspiel teilgenommen hatte. Aber die meldeten sich in der Regel nicht um diese Uhrzeit.

»Oh, Papa. Ernsthaft? Das dritte Mal an einem Tag?« Er seufzte und überlegte, ob er das Klingeln ignorieren sollte.

Es verstummte.

Samuel kuschelte sich in sein Bett, da packte ihn das schlechte Gewissen.

Was, wenn sein Vater noch etwas Wichtiges loswerden wollte?

Samuel würde die ganze Zeit daran denken und keine Ruhe finden. Seufzend lief er in seiner Unterhose zurück ins Wohnzimmer, um ihn anzurufen. Die Winterkälte kroch an seinen nackten Beinen hoch und verursachte eine Gänsehaut. Er griff nach dem Hörer, da klingelte das Telefon erneut. Samuel lächelte und nahm ab. »Ich wollte mich gerade zurückmelden, ich war schon im Bett. Was hast du noch auf dem Herzen?«

Am anderen Ende der Leitung knackte es komisch.

»Hallo? Papa? Hörst du mich?«

Es folgte ein leises Rauschen.

»Ist da wer?«, fragte Samuel, dem die Situation zunehmend unangenehm wurde.

»Schlaf gut, Samuel«, sagte eine verzerrte Stimme. »Es wird die letzte Nacht sein, in der du deine Ruhe finden wirst.« Der Anrufer legte auf.

Samuel schluckte und dachte an das komische Geschenk mit dem furchterregenden Inhalt.

Irgendwer wollte ihm offenbar einen gehörigen Schrecken einjagen, das hatte diese Person geschafft.

3

Konrad betrat das Büro. Er hielt einen großen Karton in der Hand. »Guten Morgen. Ich habe für alle Frühstück dabei.«

Marcel erhob sich vom Schreibtisch. »Womit haben wir das verdient? Bestichst du uns damit?«

»Ich möchte euch meinen Abschied mitteilen.«

In Marcel zog sich alles zusammen.

Das war nicht Konrads Ernst. Er konnte nicht einfach aus heiterem Himmel seinen Fortgang erwähnen und dann verschwinden.

Mit Magenflattern starrte Marcel seinen Partner an. »Warum hast du nicht vorher mit mir geredet?«

»Weil ich es gerade spontan entschieden habe.« Konrad lachte.

Die anderen stimmten mit ein.

Marcel hob eine Augenbraue. »Gemeiner Witz.«

»Deinen geschockten Gesichtsausdruck finde ich richtig gut. Schade, dass ich keine Kamera hab laufen lassen.« Konrad klopfte Marcel auf die Schulter. »Du wirst mich noch nicht los.«

»Das war nicht lustig«, maulte Marcel, atmete aber erleichtert aus. Er öffnete den Karton, den sein Kollege vor ihm abgestellt hatte.

Darin lagen auf einer Seite Brötchen und Bagel, verschieden belegt mit Käse, Wurst, Ei und Salat. Auf der anderen süße Teilchen.

»Erklärst du, warum du uns so verwöhnst?«, fragte Stefan.

»Weil ich euch liebe«, erwiderte Konrad und grinste erneut.

Marcel schüttelte schmunzelnd den Kopf, weil er auf diesen Scherz hereingefallen war. »Ich schmeiße die Kaffeemaschine an. Wer einen will, kommt zu mir.« Er lief in den Aufenthaltsraum.

Konrad war ihm gefolgt. »Einen Espresso bitte.« Sein penetrantes Lächeln war hochgradig auffällig.

»Was ist los? Bist du Millionär geworden oder ist Sonja noch mal schwanger?«

»Um Gotteswillen, nein. Unsere Familienplanung ist abgeschlossen. Wir haben zwei Kinder im Teenageralter, da schaffe ich mir nicht noch ein kleines an.«

»Davon kann ich dir auch nur abraten.« Marcel lachte. Seit er sich um seine Nichte Marlene kümmerte, hatte sich sein Leben um 180 Grad gewendet. Windeln wechseln, gemütliche Spaziergänge oder Spielplatztreffen ersetzten seinen täglichen Sport. Doch er liebte diese kleine Maus. Mittlerweile war das Familienleben mit Marlene und Kim, so abstrus die Konstellation auch war, ihm mehr wert als der Sport und sein freies Leben, das er zuvor gehabt hatte.

Trotzdem konnte er verstehen, dass sein Kollege keinen weiteren Nachwuchs wollte. »Also, Konradi. Was hebt deine Laune dann?«

Konrad funkelte ihn zornig an.

Marcel bemerkte seinen Fauxpas und hob die Hand. »Entschuldige bitte, ich weiß gar nicht, wie mir Konradi über die Lippen kommen konnte.«

Susanne, ihre gemeinsame Kollegin, die vor bald vier Jahren bei einem Einsatz ihr Leben verloren hatte, war die Einzige im Präsidium gewesen, die Konrad so genannt hatte. Sie hatte einmal bei einem Telefonat aufgeschnappt, dass seine Frau Sonja ihn liebevoll so nannte. Daraufhin hatte sich Susanne darüber lustig gemacht.

Es war also kein Wunder, dass diese Bemerkung Konrads Laune getrübt hatte.

»Tut mir echt leid, es ist mir rausgerutscht.« Marcel drückte das Menü Espresso und die Maschine dröhnte laut los, als sie die Bohnen mahlte.

»Schon in Ordnung«, erwiderte Konrad, nachdem der Kaffeevollautomat aufgehört hatte zu mahlen. »Es hat sich gerade nur so angefühlt, als wäre Susi noch hier und nie weg gewesen.«

Marcel sah Susanne vor seinem inneren Auge, diese quirlige, chaotische Frau, die er abgöttisch geliebt, aber bei der er nie eine Chance gehabt hatte. »Sie ist bald vier Jahre tot, trotzdem geistert sie weiter in unseren Köpfen herum.«

»Eine solche Person kann man nicht vergessen.« Konrad lachte. »Was hat die mich auf die Palme gebracht.«

Er legte eine Hand auf Marcels Schulter. »Sie würde es dir niemals abnehmen, dass du ein Familienmensch geworden bist – und das noch vor deinem Vierzigsten.«

Marcel seufzte. »Das Ding mit der Familie ist wirklich eine so schöne Erfahrung, ich bin glücklich, auch wenn mich stets die Angst begleitet. Mein Leben mit Kim und Marlene, so wie es jetzt ist, könnte schnell kaputt gehen. Die Konstellation ist so schwierig und es gibt immer noch Marlenes Mutter.«

»Du glaubst, dass euch Marlene wieder weggenommen wird?«

»Ja, sie ist nur meine Nichte. Wenn Caro eines Tages entlassen wird …« Marcel wollte es gar nicht laut aussprechen, auch wenn es den Tag nicht verhindern konnte.

»Das wird noch viele Jahre dauern, Marcel. Deine Schwester wird nicht in wenigen Monaten vor der Tür stehen und auch wenn es so weit ist, wird sie Marlene nicht einfach zurückholen können, als wäre nie etwas gewesen. Außerdem ist die Kleine dann alt genug, um mitentscheiden zu dürfen. Haben Kim und du darüber gesprochen, ob und wann ihr Marlene von der Geschichte erzählt?«

»Wir werden das auf alle Fälle tun. Ich möchte, dass sie Carolin als ihre Mutter ansieht. Dass Kim ihre Schwester ist und ich ihr Onkel bin, werden wir ihr sagen, sobald sie es versteht. Warum sie nicht bei ihrer Mutter sein kann, werden wir auch erklären, nur sind wir noch nicht sicher, wann.«

»Vielleicht holt ihr euch einen Psychologen dazu, der sie danach gut betreut. Egal, wie ihr es macht, die

Wahrheit ist wichtig, damit sie euch vertrauen kann. Wir wissen doch aus Erfahrung, dass die immer irgendwann ans Licht kommt.«

Marcel holte tief Luft. »Du hast recht. Es ist bloß echt schwer, es selbst zu verstehen. Ich, ihr Onkel, liebe ihre große Schwester.«

Konrad nickte. »Susanne würde sagen, dass es bei Schweißer immer kompliziert sein muss.«

Marcel lachte laut auf. »Das würde die Richtige behaupten, ihr Leben war nicht weniger schwierig.«

Konrad seufzte. »Ich vermisse diese quirlige Kleine. Sie wäre stolz auf dich.«

Marcel wurde das Herz schwer. Um sich abzulenken, widmete er sich wieder der Kaffeemaschine. Da niemand mehr in den Aufenthaltsraum kam, schaltete er sie aus, nachdem er sich einen Latte macchiato und Konrad einen Espresso gemacht hatte. Er reichte seinem Kollegen die Tasse und holte tief Luft. »Wir haben alle echt schon viel durchgemacht. Von mir aus kann das Jahr zur Abwechslung mal ohne Turbulenzen und ohne irgendwelche bösen Überraschungen vergehen.«

»Ich wünsche es mir für uns alle. Meins hat zumindest schon mal gut begonnen. Sonja hat eine Kreuzfahrt gewonnen, ich habe vorhin beim Abteilungsleiter Urlaub eingereicht.«

»Deshalb die gute Laune. Wie lange müssen wir auf dich verzichten?«

»Ich habe den gesamten Urlaub von 2022 inklusive Überstunden genommen, also kann ich den ganzen März und halben April weg sein. So eine Chance bekomme ich nicht noch einmal.«

Marcel pfiff anerkennend. »Ich freu mich für euch. Aber schon wieder so lange? Muss ich Sorgen haben, dass es dir woanders gefällt und du nicht zurückkommst?«

»Wer weiß.« Konrad lachte verschmitzt. »Wir haben ja noch unsere Kinder, die können wir nicht verschenken.«

»Was macht ihr mit denen, während ihr auf dem Schiff seid?«

»Sie bleiben bei guten Freunden. Du glaubst gar nicht, wie sehr die sich gefreut haben, dass sie uns für sechs Wochen loswerden.«

Marcel lachte. »Ich kann sie sogar verstehen.«

Konrad schaute gespielt empört. »Werd nicht frech.« Er hob den Zeigefinger. »Und nun an die Arbeit. Du musst noch den Bericht von gestern schreiben.«

»Warum ich? Du warst bei dem Einsatz dabei.«

»Weil ich der Ältere von uns bin und lieber in Gedanken schon meine Koffer packe.« Grinsend verließ Konrad den Aufenthaltsraum. Er setzte sich mit seiner dampfenden Tasse an seinen Schreibtisch.

Marcel nahm sich einen mit Schinken und Tomate belegten Bagel, bevor er ebenfalls an seinen Platz ging. Er schaute auf das Handy.

Kim hatte ihm ein Foto von Marlene gesendet, die mit Gelee beschmiertem Mund in die Kamera grinste. *Wir wünschen dir einen stressfreien Tag.* Dahinter hatte Kim ein Kuss-Smiley geschickt.

Sein Herz stockte kurz, als plötzlich sein Handy klingelte. Er nahm ab.

»Guten Morgen, Kommissar Schweißer«, begrüßte ihn ein Kollege der Leitstelle. »Es ging vorhin ein Notruf zu einer vermeintlich schweren Körperverletzung ein. Die Kollegen vor Ort sagen, dass es dort Probleme gibt, da sich das Opfer weigert zu sprechen. Laut ihnen ist der Mann echt übel zugerichtet. Vielleicht wollt ihr da nachschauen.«

Marcel überlegte kurz, ob das wirklich nötig war. Doch sie hatten eh nichts anderes zu tun. »Ich fahre mit Konrad vorbei.« Er ließ sich die Adresse geben und legte auf. Dann biss er noch einmal von dem Bagel ab und ging zu seinem Partner. »Wir beide machen einen Ausflug nach Koblenz-Niederberg. Schwere Körperverletzung. Die Kollegen der Schutzpolizei äußern Bedenken, etwas ist komisch an dem Fall. Ich habe gesagt, dass wir es uns ansehen.«

Marcel fuhr über die B9 und steckte sich einen Babykeks in den Mund.

Seit einer Stunde schneite es, weshalb sie nicht schnell vorankamen.

»Hast du von mir nicht gerade genug zu essen gehabt und musst jetzt deiner Nichte die Plätzchen wegfuttern?«, fragte Konrad.

»Ich brauche einen Nachtisch. Der Keks könnte aber etwas mehr Zucker haben.«

Konrad schaute auf Marcels Bauch. »Zu viel davon ist nicht gut für die Figur.«

Marcel lachte nervös, darüber hatte er sich schon ernsthafte Gedanken gemacht, weil er etwas zugenommen hatte. »Mein Bauchansatz ist in zwei Wochen wieder weg, das ist nur das Weihnachtsessen. Meine Eltern waren da und Silvester haben wir groß bei Kims Freunden gefeiert. Man konnte gar nichts anderes tun als essen.«

»Klingt nach einer schönen Zeit. Ich habe gehört, dass Karl Hohlbein auch da war.«

»Ja, es hat mich zwar Überredungskunst gekostet, ihn mit zu der Silvesterfeier zu holen, aber schlussendlich hatte er richtig viel Spaß und sich super mit Kim verstanden.« Marcel musste die Geschwindigkeit etwas drosseln, da plötzlich dichter Nebel die Straße einhüllte.

»Dann verkriecht er sich vielleicht nicht mehr.«

Marcel hoffte das auch. »Ich habe ihm gesagt, dass sich an unserer Freundschaft nichts geändert hat und er immer willkommen ist, auch wenn ich nun Frau und Kind habe. Und dass ich nicht nur mit ihm telefonieren möchte, wenn ich seinen Rat als Fallanalytiker brauche.«

Vor Marcel leuchteten Bremslichter auf.

Er ging vom Gas und trat leicht in die Bremsen, damit er nicht ins Schlittern kam.

Die Autos vor ihm blieben stehen.

»Das ist doch Mist.« Er wählte die Nummer der Leitstelle und wartete ungeduldig, dass jemand abnahm. »Kommissar Schweißer hier. Könntet ihr mich bitte mit den Kollegen am Tatort in Koblenz-Niederberg verbinden?«

»Natürlich.«

Kurz darauf hatte Marcel jemanden von der Schutz-polizei am Apparat. »Es dauert bei uns noch einen Moment. Leider ist der Verkehr gerade etwas ins Stocken gekommen. Wie schwer sind die Verletzungen des Opfers?«

»Der Notarzt sagt, dass er es schlecht einschätzen kann. Der Mann war erst bewusstlos, ist dann aufgewacht und wehrt sich jetzt.«

»Okay, es wäre super, wenn er noch da ist, sobald wir eintreffen. Ruf mich bitte kurz an, falls der Notarzt losfährt. Dann folgen wir ihm direkt in die Klinik.«

»Alles klar. Ich kümmere mich.«

4

Seit drei Stunden saß Samuel am Küchentisch, hielt sich an seiner Teetasse fest, obwohl die längst leer war, und starrte Löcher in die Luft. Sein Honig-Brötchen lag unberührt vor ihm, er hatte keinen Bissen hinunterbekommen. Der stechende Kopfschmerz und die Übelkeit wegen des Weines am Abend zuvor machten sich zunehmend bemerkbar.

Obwohl er so viel Alkohol getrunken hatte, dass er kaum geradeausgehen konnte, hatte er in der Nacht nur wenig Schlaf gefunden. Die Worte auf dem Zettel im Päckchen und der Anruf ließen ihn nicht los. Er nahm noch einmal die Botschaft in die Hand.

Willkommen im Spiel der Wahrheit, wo die Vergangenheit erwachen wird. Wenn ihr die Puzzlestücke zusammensetzt, wird ein Hinweis entfesselt. Deine Angst wird mein Antrieb sein. Die Realität wird dir Schmerzen bereiten. Das Spiel hat seinen Anfang genommen, es gibt keinen Ausweg. Die Masken fallen, die Schatten steigen empor – möge der Albtraum beginnen.

Je häufiger er sich diese Zeilen durchlas, desto weniger glaubte er an einen üblen Scherz. Spätestens seit dem Anruf, den er am vorherigen Abend erhalten hatte, war die Sache ernst geworden, denn dieser hatte sich bitterernst angehört und war weit über einen Witz hinausgegangen.

Er schaute sich noch einmal das Puzzleteil an. Betrachtete den kleinen Jungen, der im Gras saß und verzweifelt wirkte.

Seine Augen waren weit aufgerissen und seine Mimik fast schon herzzerreißend, so sehr musste er sich fürchten.

Als Künstler konnte Samuel nur sagen, dass derjenige, der die Illustration angefertigt hatte, wirklich begabt war, Emotionen in einem Bild zu transportieren. Aber er verstand überhaupt nicht, warum er es zugeschickt bekommen hatte.

Samuel schüttelte den Kopf, als könne er die Gedanken damit wegwischen. »Wie lange will ich hier noch herumsitzen und dieses gruselige Teil anstarren? So finde ich auch keine Antworten auf meine Fragen.« Er erhob sich, nahm das Puzzleteil und verstaute es in einer Schublade der Küchenanrichte. Um nicht komplett durchzudrehen, entschied er, erst einmal abzuwarten, was als Nächstes passierte. Er lief ins Bad und ließ heißes Wasser in die Wanne ein. Das würde ihm beim Entspannen helfen. Er war gerade ausgezogen und wollte in das Schaumbad steigen, da schrillte das Telefon. Alles zog sich in ihm zusammen.

War es sein Vater oder dieser komische Mensch, dem es offenbar Spaß machte, ihm einen Schrecken einzujagen?

Kurz zögerte er, aber als das Festnetztelefon erneut klingelte, zog er seinen Fuß wieder aus der Wanne, hängte sich ein Handtuch um die Hüfte und lief ins Wohnzimmer.

Wenn es sein Vater war, würde er sowieso permanent anrufen, bis Samuel dranging.

Er nahm ab. »Meinicke?«, meldete er sich zögerlich.

»Ich bin es. Was brauchst du denn so lange zum Telefon?«

Tausend Tonnen Blei fielen Samuel vom Herzen, weil er seinen besten Freund Richard in der Leitung hatte. »Ich wollte gerade ein Bad nehmen. Seit wann rufst du denn auf dem Festnetz an? Du schreibst mir sonst nur.«

»Leider antwortest du ja nicht darauf. Wie soll ich dich sonst erreichen?«

Samuel runzelte die Stirn und sah sich um. Er wusste nicht, wo sein Smartphone war. »Entschuldige bitte, ich habe mein Handy verlegt. Gestern Abend hatte ich eine komische Erfahrung und habe versucht, sie mit viel Wein zu vergessen.«

»Du klingst besorgt. Was ist los?«

Samuel seufzte. »Ich weiß nicht, ob es überhaupt einen Grund dazu gibt. Wahrscheinlich erlaubt sich nur jemand einen schlechten Scherz, aber der beängstigt mich.«

»Du kennst mich seit fünf Jahren, du weißt, dass ich nicht aufhöre zu bohren, bis ich alles weiß. Was ist los?«

Samuel musste grinsen. »Oh bitte, verschone mich. Ich erinnere mich sehr gut daran, warum du in mein Leben getreten bist und dich wie eine Klette an mich gehängt hast.«

Samuel war damals bei einer Veranstaltung gewesen, die junge Künstler hatte fördern wollen. Unter anderem war dort eines seiner Bilder ausgestellt worden. Bei einer Unterhaltung hatte er mitbekommen, wie zwei Kunstkritiker das Werk sehr schlecht geredet hatten. Samuel hatte sich daraufhin mit einem Glas Wein in eine Ecke zurückgezogen und nur noch abwarten wollen, dass der Tag herumging.

Richard war auch auf der Veranstaltung gewesen. Er arbeitete als Lektor in einem Verlag für Kunstmagazine und hatte sich zu Samuel gestellt. »Ziemlich langweiliges Event, wenn man Ihrem Gesichtsausdruck Glauben schenken darf«, hatte Richard zu ihm gesagt.

»Oh nein, um Gottes Willen. Ich wollte mich nur etwas zurückziehen.«

Richard hatte gelacht. »Sie stehen schon seit geschlagenen zwei Stunden an dieser Wand.«

»Alles gut, ich …«

»Schütten Sie Ihr Herz aus. Ich erkenne, dass Sie sich ärgern. Von Beruf bin ich Lektor, nicht nur für die Kritiken in Kunstmagazinen, auch für Romane, ich kenne mich also mit Mimik aus. Außerdem bohre ich so lange, bis Sie es mir verraten. Mein Name ist übrigens Richard Pfahl.« Er hatte ihm die Hand gereicht. »Nun bin ich auch kein Fremder mehr.«

»Samuel Meinicke.« Er hatte sich seinen Ärger von der Seele geredet und so hatte eine wunderbare Freundschaft begonnen.

Mit dem Nachbohren hörte Richard nie auf, sobald er glaubte, dass etwas Samuel umtrieb.

»Herrgott, Samu! Bist du eingeschlafen?«

Samuel erschrak. »Sorry, ich habe gerade an unsere Begegnung gedacht.«

»Nun spuck endlich aus, was los ist. Sonst stehe ich gleich vor deiner Tür und dann bekomme ich Ärger von der Verlagsleitung. Das willst du doch nicht, oder?«

Samuel holte tief Luft. *Vielleicht schadete es nicht, einmal darüber zu sprechen und danach die ganze Sache abzuhaken.*

Richard hatte immer einen neutralen Blick auf Situationen, bewahrte stets die Ruhe, also würde er Samuel sicher gut zureden können.

»Gestern lag ein Päckchen mit einem Puzzleteil und einer merkwürdigen Botschaft vor meiner Tür.«

Am anderen Ende der Leitung blieb es einen Augenblick lang still.

»Was beunruhigt dich daran?«

Samuel las die Worte des Zettels vor. »Ich finde, es hört sich wie eine Drohung an.«

»Verheimlichst du mir etwa etwas?«, fragte Richard und Samuel konnte anhand der Tonlage erkennen, dass er es scherzhaft gemeint hatte.

Er ging nicht darauf ein, ärgerte sich sogar, dass sich sein Freund belustigte.

»Es klingt schon gemein, doch ich denke, da erlaubt sich wirklich nur einer einen Scherz. Oder jemand möchte dich ärgern. Vielleicht dein eigensinniger Kunde, den du seit Ewigkeiten nicht zufriedenstellen kannst.«

»Warum sollte er so was tun? Er könnte den Auftrag einfach zurücknehmen. Aber das Bild mit einem blonden Jungen passt schon irgendwie. Er wollte, dass der Ausdruck des Kindes mal traurig, mal fröhlich, mal ängstlich ist. Vielleicht zeigt er mir mit dem Paket, dass seine Geduld am Ende ist.«

»Hm, das ist eine sehr merkwürdige Art. Du solltest ihn dir vorknöpfen und den Auftrag sofort beenden. Eine Anzeige kannst du auch in Erwägung ziehen.«

Samuel dachte darüber nach, doch er glaubte nicht, dass sein Kunde dahintersteckte. »In der Botschaft steht etwas von meiner Vergangenheit, darüber weiß der doch nichts. Ich verstehe nicht, was der Verfasser dieses Zettels von mir will.«

»Was ist denn mit dem Puzzleteil? Kommt dir eine Idee, worum es geht? Du sagst, es ist eine Illustration, also Kunst. Es kann also wirklich etwas mit deinem Beruf zu tun haben.«

»Was soll ein Junge, der anscheinend von mehreren Personen bedroht wird, mit meinen Arbeiten gemeinsam haben?«

Wieder blieb es für einen Moment still.

»Ich weiß darauf keine Antwort. Klingt echt komisch«, sagte Richard schließlich. »Ich verstehe, dass du dir Sorgen machst, aber vielleicht ist es doch nur ein Scherz, auch wenn der nicht lustig ist.«

»Nein, ich glaube, dass es ernst ist.« Eigentlich wollte Samuel Richard nicht weiter beunruhigen, doch er entschied sich, alles auszupacken. Er hoffte, dass sein

Freund ihm helfen konnte, die Ereignisse zu verstehen. »Gestern Abend hat hier jemand angerufen und gesagt, dass es meine letzte Nacht sein wird, in der ich Ruhe finden werde.«

»Das erzählst du erst jetzt?!«, erwiderte Richard empört. »So etwas geht echt zu weit. Hast du die Stimme erkannt?«

»Nein, sie war verzerrt.«

»Du musst damit zur Polizei gehen. Es ist eine Straftat. Selbst wenn es nur als ein makabrer Scherz gedacht war.«

»Was sollen die denn unternehmen? Ich habe überhaupt keinen Anhaltspunkt, nicht mal einen Verdacht, wer dahinterstecken könnte.«

»Sie haben Mittel und Wege, Samu. Bring das zur Anzeige. Das ist eine Bedrohung. Was, wenn der ernst macht und dich holt, wie in dieser komischen Anleitung steht? Derjenige kennt dich offenbar, weiß, wo du wohnst, und hat deine Nummer, obwohl du die so gut wie niemandem gibst.«

So hatte es Samuel noch gar nicht betrachtet. Dass der Täter so viele Informationen über ihn hatte, bereitete ihm Bauchschmerzen. »Vielleicht hast du recht. Ich fahre nachher auf dem Weg zu meinen Eltern beim Präsidium vorbei.«

»Halte mich auf dem Laufenden.«

»Warum hast du eigentlich angerufen?«, fragte Samuel seinen Freund.

»Ich wollte nach der Arbeit ein wenig Badminton mit dir spielen, doch vermutlich hast du eher keinen Kopf dafür.«

»Ein anderes Mal gern, aber ich bin heute eh mit meinen Eltern verabredet, mein Bruder ist da.«

»Kein Problem. Ruf mich jederzeit an, wenn ich etwas für dich tun kann. Ich lass das Handy laut, damit ich es höre.« Richard legte auf.

Samuel fühlte sich erleichtert, weil er seinem Freund von der Drohung erzählt hatte, auch wenn dieser nicht wirklich etwas unternehmen konnte. Er lief zurück ins Bad und ließ das Wasser aus der Wanne. Dann stellte er sich unter die Dusche, seifte sich im Akkord ein, brauste sich ab und schlüpfte nach dem Abtrocknen in seine saubere Kleidung.

Er blickte auf die Uhr und rechnete nach. Wenn er erst beim Präsidium vorbeifuhr, würde er es nicht rechtzeitig zum Essen bei seinen Eltern schaffen. Er musste also seinem Vater Bescheid geben. Doch welche akzeptable Ausrede könnte er wählen, ohne seine Eltern zu besorgen?

In diesem Moment klingelte das Festnetztelefon.

Abermals ging Samuel mit mulmigem Gefühl ins Wohnzimmer und hob ab. »Meinicke.«

»Schau in deinen Briefkasten«, sagte die verzerrte Stimme.

Samuels Eingeweide zogen sich zusammen. »Was wollen Sie von mir? Herr Schauber, sind Sie das, weil Ihr Bild noch nicht fertig ist?«

Das Besetztzeichen ertönte.

Samuels Herz schlug wild und der Puls pochte in seinen Ohren. Er stellte den Hörer langsam zurück auf die Basis. Die Luft schien stickig zu werden, er hatte das

Gefühl, kaum atmen zu können, und seine Hände waren feucht vor Angstschweiß.

Es dauerte eine Weile, bis er seinen Körper wieder unter Kontrolle hatte, dann zwang er sich, Richtung Flur zu laufen. Panik begleitete jeden Schritt auf dem Weg zur Eingangstür, die wie kleine Stromschläge seinen ganzen Körper befiel. Es war so, als würde das Haus ihn warnen, damit er es nicht verließ. Mit zittrigen Fingern griff er nach der Klinke und öffnete die Tür.

Kalte Morgenluft schlug ihm entgegen und hüllte ihn in einen eisigen Schleier.

Zögerlich schaute er hinaus, ohne die Tür ganz zu öffnen. Ihm kam in den Sinn, dass sich möglicherweise neben dem Eingang jemand versteckte. Diese Person würde ihm sofort das Messer in den Rücken rammen können, sobald er ins Freie trat. Einen Moment lang wartete er einfach nur ab. Als nichts passierte, steckte er vorsichtig den Kopf hinaus und sah sich schnell um.

Niemand war da.

Also beschloss er, zum Briefkasten zu gehen. Er schlüpfte in die alten Stiefel, die bei Wind und Wetter vor der Tür standen. Die Feuchtigkeit und Kälte krochen ihm in die Knochen, doch seine Angst überschattete das unwohle Gefühl. Schwer atmend erreichte er den Postkasten.

An zwei Stellen war die weiße Farbe abgeblättert. Die dadurch entstandenen schwarzen Kreise wirkten, als würde die Box Samuel aus dunklen Augen anstarren wie ein stummer Zeuge, der auf ihn wartete, um etwas Grausames zu offenbaren.

Sein Inneres bebte vor Spannung und Angst, schrie ihn regelrecht an, den Kasten nicht zu öffnen. Was, wenn sich eine Bombe darin befand und er in wenigen Sekunden in der Luft zerfetzt werden würde? Sollte er lieber die Polizei zu seinem Haus rufen?

Das Puzzleteil, die Drohung und der Anruf am Abend zuvor waren Grund genug, sich unsicher zu fühlen.

Aber in seinem Magen flatterte auch der Drang, Gewissheit zu erlangen. Deshalb hob er die Klappe vor dem Schlitz und schaute in den Briefkasten. Er sah einen flachen Umschlag. *Eine Bombe könnte ich doch erkennen, die wäre nicht so klein verpackt.* Mit zitternden Händen öffnete er den Kasten, biss die Zähne zusammen und zog den weißen Umschlag heraus, der mit blutigen Fingerabdrücken übersät war. Die Adern in seinen Schläfen pulsierten, als er ihn aufriss.

Ein Foto fiel heraus.

Samuel hob es auf und sah es sich an. Sein Magen krampfte.

Auf dem Bild stand sein Vater vor seiner Eingangstür in Koblenz-Niederberg. Darauf waren das aktuelle Datum und eine Warnung notiert: *Keine Polizei.*

Ein kalter Schauder lief ihm den Rücken hinab. Das Gefühl, beobachtet zu werden, kroch wie eine giftige Schlange in sein Bewusstsein. Hastig sah er nach, ob sich irgendwer in den Büschen versteckte.

Er entdeckte niemanden.

Samuel presste den Umschlag fest in seine Faust und rannte zurück ins Haus. Er wählte die Nummer seiner

Eltern. Panik brach in ihm aus, als auch beim vierten Versuch niemand abnahm.

5

10. Januar 2022

Marcel steuerte das Auto geschickt durch die nebelver-
hangene Arenberger Straße in Koblenz-Niederberg, um
von dort in die Alte Burgstraße einzubiegen.

Vor Haus Nummer 18 standen bereits ein Streifen-
und ein Rettungswagen.

Marcel parkte direkt dahinter und war heilfroh, dass
sie endlich angekommen waren.

Durch die Glätte hatte es drei Auffahrunfälle auf einer
Straße gegeben, was sie aufgehalten hatte. Gott sei Dank
waren aber keine großen Schäden entstanden, Marcels
Wagen war unversehrt.

»So ein Mistwetter«, fluchte er und stieg zusammen
mit Konrad aus.

Ein Hauch von Verfall lag über dem Grundstück, zu
dem die Schutzpolizei sie gerufen hatte.

Einer dieser Kollegen sprach gerade mit einer auf-
gelösten Dame und gestikulierte beschwichtigend.

Marcel stellte sich dazu. »Guten Morgen, Kripo
Koblenz. Ich bin Kommissar Schweißer, das ist mein

Partner Kommissar Malter.«

Die Dame schluchzte heftig, starrte kreidebleich immer wieder zum Haus und reagierte kaum auf Marcel.

»Das ist Sabine Neumann, die Tochter des Opfers. Sie hat ihren Vater heute Morgen schwer verletzt aufgefunden, er wird drinnen von einem Notarzt versorgt. Ich versuche, sie zu beruhigen. Mein Partner kann euch genauere Details geben, er hat vorhin mit euch telefoniert.«

»Alles klar, danke.« Marcel wandte sich an die Tochter des Opfers. »Wir verschaffen uns einen Überblick und kommen anschließend noch einmal auf Sie zu. Bitte bleiben Sie so lange bei meinem Kollegen.«

Frau Neumann schluckte und nickte zögerlich.

Als Marcel das Haus betrat, wehte ihm ein unangenehmer modriger Geruch entgegen.

Der Flur hatte dringend eine Renovierung nötig, die Tapete löste sich schon von den Wänden.

An einer Tür stand der zweite Streifenbeamte.

Marcel ging auf ihn zu. »Guten Morgen.« Er schaute in das Zimmer, in dem zwei Sanitäter und der Notarzt einen Mann versorgten. »Wer ist das Opfer?«

Konrad stellte sich dazu.

»Das ist Viktor Neumann, 63 Jahre alt. Seine Tochter hat ihn heute Morgen bewusstlos auf dem Boden gefunden. Wie es aussieht, wurde er mit einem Gegenstand verprügelt. Als wir eintrafen, war er nicht ansprechbar, ließ sich aber nach ungefähr fünf Minuten wecken. Scheint etwas verwirrt zu sein. Er wehrt sich gegen die Sanitäter und den Notarzt. Deshalb dauert die medizinische Versorgung bereits eine ganze Weile. Eine Aussage haben wir auch noch nicht, er will nicht erzählen, was passiert ist. Anhand der Prellungen gehen wir von Körperverletzung aus.«

»Sieht es für euch nach einem Raubüberfall aus?«, fragte Konrad.

»Es gibt keine Einbruchsspuren. Ob was gestohlen wurde, können wir derzeit noch nicht sagen. Ich schätze eher, es ist etwas Persönliches. Wenn du mich fragst, hat Herr Neumann jemanden richtig sauer gemacht.«

»Danke.« Marcel schaute zu dem Verletzten. Dieser war der Einzige, der die Situation erklären konnte, also musste er mit ihm sprechen.

»Lassen Sie mich los, es geht mir gut«, ertönte es aus dem Wohnzimmer. Der Mann hievte sich hoch.

»Bleiben Sie lieber liegen, ich würde Sie gern genau untersuchen«, entgegnete der Notarzt.

»Das ist nicht nötig, Sie haben genug getan.« Herr Neumann stützte sich auf dem Sofa ab, zog sich mit zitternden Armen nach oben und ließ sich keuchend auf die Couch fallen. Er hielt sich mit einer schmerz- verzerrten Grimasse den Kopf. Seine Stirn blutete stark und auch am Hinterkopf klebten Blutkrusten im grauen Haar. Sein Gesicht war zur Hälfte zugeschwollen, man konnte kaum erkennen, wie der Mann aussah. Seine auf- geplatzten Lippen und sein weißer, zerrissener Pullover zeigten das Bild einer gewaltsamen Konfrontation.

»Herr Neumann, ich bin Kommissar Schweißer von der Kriminalpolizei Koblenz. Das ist mein Kollege Malter.

Ihre Verletzungen sehen stark danach aus, dass jemand Sie zusammengeschlagen hat. Sind Sie in der Lage, uns ein paar Fragen zu beantworten, während der Notarzt Sie behandelt?«

»Die Kripo? Ist das nicht etwas übertrieben? Es ist doch gar nichts passiert.« Der Mann winkte ab.

»Das wirkt für uns aber anders«, erwiderte Konrad.

Herr Neumann hielt sich noch immer die Stirn. »Ich bin nur ausgerutscht.«

Marcel warf einen Blick zu dem Notarzt, der leicht mit dem Kopf schüttelte. »Herr Neumann, das sieht nicht nach einem Unfall aus. Warum sagen Sie uns nicht, was passiert ist? Bedroht Sie jemand und haben Sie deshalb Angst, uns zu erzählen, was geschehen ist?«

»Unsinn«, antwortete der Mann harsch. »Es ist alles in Ordnung. Gehen Sie.«

Marcel gab es auf, es brachte nichts. Er nickte dem Notarzt zu, um zu zeigen, dass er seine Arbeit fortführen konnte.

»Ich nehme Sie mit ins Krankenhaus«, sagte dieser. »Die Kopfwunde muss genäht werden und ich vermute, dass Sie mehrere Rippenbrüche haben. Es könnten auch Organe verletzt worden sein, dann würden Sie später zu einem Notfall werden, wenn Sie nicht behandelt werden. Das sollte genau untersucht werden.«

»Ich brauche nur etwas Ruhe. Mir geht es gut.«

»Papa, du warst bewusstlos. Keine Widerrede, du fährst mit!«, ertönte die mahnende Stimme der Tochter aus dem Flur.

Herr Neumann verdrehte die Augen. »Meinetwegen. Aber anschließend geh ich wieder heim.«

Der Notarzt nickte nur. Wahrscheinlich war es ihm egal, was passierte, sobald er den Patienten in der Klinik abgeliefert hatte, denn von da an lag dieser nicht mehr in seinem Zuständigkeitsbereich.

»Sind Sie sicher, dass Sie uns nicht erzählen wollen, was hier geschehen ist?«, fragte Marcel noch einmal.

»Ich bin nur gefallen«, erwiderte der Mann knapp. Er log so schlecht, dass sich die Balken bogen, aber die Polizei konnte nichts tun, wenn Herr Neumann nicht bereit war zu sprechen.

Marcel winkte den Notarzt stumm zu sich.

Sie stellten sich in den Flur.

»Sie gehen nicht davon aus, dass es ein Sturz war, richtig?«, fragte Marcel den Arzt.

»Auf keinen Fall. Die Wunden an Stirn und Hinterkopf passen nicht zu seiner Aussage. Dann wäre er ja zweimal gefallen oder irgendwo runtergestürzt, wo er immer wieder mit dem Kopf angeschlagen wäre. Die Hämatome an Rücken und Flanken stammen von Tritten oder Schlägen mit einem Gegenstand. An seinem Oberteil hinten ist ein Schuhabdruck. Ich weiß gar nicht, wie dieser Mann da überhaupt sitzen kann. Mich würde nicht wundern, wenn er innere Verletzungen hat.«

»Ich denke, dass die Staatsanwaltschaft von Amtswegen diese Straftat verfolgen wird. Könnten Sie ihm unter einem Vorwand den Pullover ausziehen, damit wir den auf Spuren untersuchen können? Ich will nicht, dass er sich aufregt.«

»Ja, wir müssen ihn eh freimachen, um die Verletzungen genauer zu beurteilen. Ich gebe Ihnen gleich den Pullover. Wenn wir fertig sind, bringen wir Herrn Neumann ins Stadtklinikum.« Der Notarzt lief zurück zu seinem Patienten.

Marcel ging zu der Tochter. »Sie wissen nicht, was hier vorgefallen sein könnte?«

»Nein«, schluchzte sie. »Ich habe seit gestern Abend versucht, ihn anzurufen, und ihn nicht erreicht. Deshalb bin ich heute hergefahren. Da habe ich ihn so gefunden. Er lag auf dem Boden, überall war Blut und ich konnte ihn nicht aufwecken.«

»Stand die Tür offen oder war sie abgeschlossen?«

»Sie war zugezogen. Eigentlich so wie immer. Er schließt nicht extra ab, aber man kommt nicht ohne Weiteres rein.«

»Sie haben einen Schlüssel für das Haus?«

»Ja, ich habe ihn Gott sei Dank dabeigehabt, weil mein Bauchgefühl mir schon gesagt hat, dass etwas nicht stimmt.«

»Ist Ihnen irgendetwas aufgefallen, das anders war? Fehlen offensichtliche Dinge?«

Die aufgelöste Frau wischte sich die Tränen ab. »Nein. Ich habe mir vorhin, als der Notarzt da war, kurz einen Überblick verschafft. Mein Vater hat nichts Wertvolles. Kein modernes Handy, keinen Laptop. Sein Safe war geschlossen, da ist auch alles noch drin. Uhren und ein paar Wertpapiere.«

»Wo ist dieser Geldschrank? Ich würde ihn mir kurz anschauen.«

Die Frau zeigte in einen Raum. »Im Schlafzimmer.«

Marcel zog sich Einweghandschuhe über und inspizierte den Safe. »Ich sehe keine Hinweise, die darauf hindeuten, dass jemand versucht hat, den aufzubekommen. Wenn Ihr Vater versorgt ist, untersuchen wir ihn genauer und sichern gegebenenfalls Spuren.«

»Marcel?«, rief Konrad vom Flur aus.

»Bitte entschuldigen Sie mich kurz.« Marcel lief zu seinem Partner.

»Die Sanitäter sind fertig und fahren. Ich habe Herrn Neumann noch einmal gefragt, doch er bleibt bei seiner Version. Hast du was herausgefunden?«

»Im Safe fehlt laut Tochter nichts. Auf den ersten Blick sieht es auch nicht aus, als ob sich jemand daran zu schaffen gemacht hätte.«

Die Sanitäter fuhren mit der Transportliege an ihnen vorbei.

Herr Neumann rollte mit den Augen, als er Marcel anschaute. »Entschuldigen Sie diese Unannehmlichkeiten. Meine Tochter hätte keine Polizei rufen müssen, sie war nur etwas aufgebracht. Verlassen Sie jetzt mein Haus.«

»Papa, ich kümmere mich darum, dass die Polizisten gleich gehen. Du denkst jetzt an dich. Ich komme schnell nach.«

Der Notarzt reichte Marcel ein großes schwarzes Puzzleteil. »Das hat er krampfhaft versucht festzuhalten. Es ist ihm aus der Hand gefallen, als wir ihn auf die Liege gehoben haben. Es kam mir komisch vor, dass er es so gar nicht loslassen wollte. Ich weiß nicht, ob es irgendetwas

nützt, aber ich wollte es Ihnen wenigstens gesagt haben.«
Der Arzt ging hinter den Sanitätern her.

»Geben Sie es mir wieder!«, brüllte Herr Neumann.
»Es ist meins.«

Mit gerunzelter Stirn schaute Marcel auf das Teil, um herauszufinden, warum es dem Opfer so wichtig war.

Auf der Rückseite stand in Großbuchstaben: *DU TRÄGST MITSCHULD!*

»Geben Sie es mir wieder!«, rief Herr Neumann erneut.

»Das bekommen Sie nachher zurück. Wir wollen es uns nur anschauen.« Marcel winkte den Sanitätern zu, dass sie weiterlaufen sollten, und zeigte das Teil Konrad. »Ziemlich groß für ein Puzzle. Warum hatte er es in der Hand?«

»Gute Frage. Es klingt nach einer Drohung, so als wäre er zusammengeschlagen worden, weil er an etwas Schuld hat.« Konrad schaute zu Frau Neumann. »Können Sie sich erklären, was das bedeutet?«

»Ich habe das noch nie zu Gesicht bekommen. Tut mir leid.«

»Schon in Ordnung«, antwortete Marcel. »Wir wissen, dass Ihr Vater es nicht so sieht, aber wir gehen hier von einem Verbrechen aus. Es scheint, als würde er bedroht werden und hätte Angst, die Wahrheit zu sagen. Wir melden es der Staatsanwaltschaft. Dürfen wir uns umschauen, ob wir doch Hinweise finden?«

»Ja, unbedingt. Ich hätte Sie sowieso darum gebeten, denn ich mache mir große Sorgen um ihn. Wer tut einem älteren Herrn so etwas an?«

»Das kann uns nur Ihr Vater erklären. Vielleicht sprechen Sie später noch einmal in Ruhe mit ihm und nehmen ihm die Angst.«

Die Tochter seufzte. »Ich versuche mein Bestes.«

»Wir unterstützen Sie, so gut wir können, sobald wir hier fertig sind.«

Marcel und Konrad teilten sich auf, um sich das Haus des Opfers genauer anzusehen.

Marcel übernahm das Wohnzimmer.

Bis auf den großen Blutfleck auf dem hellgrauen Teppich wirkte alles normal. Es gab keine Spur von Zerstörung, auch keine Anzeichen, dass jemand die Schränke durchwühlt hatte. Lediglich ein Blumentopf lag umgekippt da, möglicherweise war Herr Neumann dagegen gestoßen, als er zu Boden gegangen war.

»Lebt Ihr Vater allein in diesem Haus?«, fragte er die Tochter, die ihn mit besorgten Augen bei der Durchsuchung betrachtete.

»Ja, er wohnt hier zurückgezogen, schon seit ich denken kann. Meine Mutter und er waren nie ein Paar. Ich bin bei ihm aufgewachsen, weil sie nicht in der Lage war, sich um mich zu kümmern. Er ist nicht gern vor die Tür gegangen, wir haben die meiste Zeit nur im Garten gespielt. Ich hatte den Eindruck, dass sich das Verkriechen in den letzten Monaten verschlimmert hat. Er ist nicht mal zum Einkaufen gefahren, das habe ich für ihn übernommen.«

»Es könnte ein Hinweis darauf sein, dass vielleicht vor ein paar Monaten etwas vorgefallen ist. Haben Sie mitbekommen, ob er mit jemandem gestritten hat?«

»Nein. Ich kann mir beim besten Willen nicht vorstellen, dass er sich mit jemandem so dermaßen verkracht haben soll, um so zugerichtet zu werden. Er hat nicht viele Kontakte. Seit sein älterer Bruder gestorben ist, war ich, glaube ich, die Einzige, mit der er noch gesprochen hat, denn der Tod war ganz schlimm für ihn. Papa hat Onkel Paul geliebt. Sie hatten eine sehr enge Verbindung, weil sie vor vielen Jahren ihren jüngeren Bruder verloren haben. Der ist als Kleinkind durch eine Tragödie ums Leben gekommen. Mein Vater hat nie davon erzählt, sondern sich immer weiter zurückgezogen.«

»Ist er denn berufstätig?«

»Er war Künstler und hat für diverse Verlage Illustrationen erstellt, aber er arbeitet schon länger nicht mehr.«

Marcel nickte resigniert, weil es anscheinend keine andere Möglichkeit als die Aussage des Opfers gab, um herauszufinden, was passiert war. »Wir schauen uns fertig um. Zu Ihrem Vater fahren wir später. Wir müssen ihm klarmachen, dass er mit uns reden muss, um aus der Gefahr zu kommen, sollte er wirklich bedroht werden.«

»Wenn Sie nichts dagegen haben, folge ich ihm schon in die Klinik und versuche, ihn zur Vernunft zu bringen. Es wird nicht einfach, er kann sehr stur sein.«

»Machen Sie das. Wir schließen ab, sobald wir fertig sind, und nehmen den Schlüssel mit zum Präsidium.«

»Danke.« Die Tochter lief mit gesenkten Schultern aus der Wohnung.

Marcel ging zu Konrad. »Hast du etwas gefunden?«

»Es sieht so aus, als hätte der Kampf nur im Wohnzimmer stattgefunden. Im restlichen Haus habe ich keinerlei Hinweise auf eine Auseinandersetzung entdeckt.«

»Herr Neumann hat die Tür wahrscheinlich selbst geöffnet. Es gibt keine Einbruchsspuren. Im Flur ist nichts Auffälliges, also könnte es sein, dass er den Täter oder die Täterin kannte und mit ins Wohnzimmer genommen hat.«

»Vielleicht ein Streit unter Freunden«, mutmaßte Konrad.

»Die Tochter sagt, er habe keine sozialen Kontakte.« Marcel sah sich das Puzzleteil an. »Ich glaube, es ist eine Drohung und die Prügel war eine Warnung.«

»*Du trägst Mitschuld.* Klingt, als hätte Herr Neumann irgendwas angestellt.«

»Finden wir es heraus.«

6

Nachdem seine Eltern auch nach dem fünften Mal nicht abgehoben hatten, war Samuel aus dem Haus gestürmt, um zu ihnen zu fahren.

Den Weg zu ihnen über nagte der Gedanke an das Foto seines Vaters und die Warnung, keine Polizei einzuschalten, an ihm. Er sehnte sich danach, sich zu beamen, da eine finstere Ahnung in ihm wuchs und er fürchtete, nicht rechtzeitig dort anzukommen.

Es war noch nie in seinem Leben ein Tag vergangen, an dem er seine Eltern nicht hatte erreichen können. Seine Eltern gingen nicht oft fort, höchstens mal einkaufen. Doch das taten sie in der Regel erst am Nachmittag. Da sie an diesem Tag den Besuch ihrer Söhne erwarten, hatte seine Mutter mit Garantie bereits alles zu Hause.

Durch den heftigen Schneefall war Samuel die 3,5 Kilometer nur sehr langsam vorangekommen. Zudem hatte ein liegengebliebenes Auto die Straße blockiert. Durch den hohen Schnee konnte er jedoch nicht drehen und einen Umweg fahren, was seine innere Unruhe nur noch verschlimmerte. Eigentlich benötigte er von Koblenz-Immendorf bis Koblenz-Niederberg nur sieben Minuten, aber er war nun schon vierzig Minuten auf der L127 unterwegs, davon hatte er eine halbe Stunde gestanden.

Er versuchte noch einmal, über das Handy bei seinen Eltern anzurufen, doch sie nahmen auch dieses Mal nicht ab. Die Scheibenwischer wedelten wild vor seinem Gesicht hin und her, was ihn zusätzlich nervös machte. Als sich im Kreisel ein Streufahrzeug vor ihn setzte, schlug er wütend auf das Lenkrad. »Verdammt.« Samuels linkes Bein wippte.

Wer bedrohte ihn und seine Familie?

Weil er seine Angst kaum ertrug, wählte er über die Freisprechanlage Richards Nummer. Dieser hatte angeboten, dass sich Samuel jederzeit melden konnte, und er brauchte dringend jemanden, dem er seine Sorge mitteilen konnte. Außerdem wäre es gut, wenn jemand wüsste, wo er sich befand, sollte der Täter bei seinen Eltern auf ihn warten.

Richard nahm nach dem dritten Freizeichen ab, was Samuel wie eine halbe Ewigkeit vorgekommen war. »Samu, alles okay?«

»Ich weiß, du bist arbeiten, aber ich brauche dich«, erwiderte er aufgelöst.

»Schon gut, ich sagte ja, dass du jederzeit anrufen kannst. Du klingst sehr aufgebracht. Was ist los?«

»Gerade fahre ich zu meinen Eltern, da stimmt etwas nicht. Ich glaube, derjenige, der mir diese Drohung geschickt hat, ist bei ihnen.«

»Was?«, rief Richard, Samuel konnte das Entsetzen in seiner Stimme hören.

»Ich habe vorhin eine weitere Drohung bekommen. In meinem Briefkasten lag ein Umschlag, der mit Blut beschmiert war. Darin steckte ein Foto meines Vaters mit dem heutigen Datum. Ich habe schon hundert Mal versucht, bei meinen Eltern anzurufen, aber es nimmt keiner ab.«

»Um Himmels willen, du fährst dort nicht allein hin. Ich rufe jetzt die Polizei.«

»NEIN!« In Samuel zog sich alles zusammen. »Bitte tu das nicht.«

»Was du tust, ist gefährlich. Vielleicht ist es eine Falle und er wartet dort auf dich. Ich flehe dich an, ruf die Polizei.«

»Wenn ihnen etwas passiert, weil ich die Polizei gerufen hab, würde ich mir das im Leben nicht verzeihen. Ich habe noch die Hoffnung, dass meine Eltern nur festgehalten werden, bis ich komme, und er ihnen nur etwas antun würde, falls ich die Polizei einschalte.«

Richard holte tief Luft. »Ich werde dich dort nicht allein lassen und fahre jetzt los.«

»Du musst nicht kommen. Ich will nicht, dass du Ärger bekommst, wenn du deine Pause überziehst. Auf der Straße ist die Hölle los, ich stand gerade eine halbe Stunde auf der L127.«

»Ich lasse mir für meinen Chef was einfallen. Mach keine Alleingänge.«

»Ehe du hier ankommst, könnte es schon zu spät sein. Ich muss wissen, was mit meinen Eltern ist. Bitte ruf keine Polizei, versprich es mir. Ich bin gleich da und gehe rein.«

Einen Augenblick lang hörte Samuel nur den schweren Atem seines Freundes. Er konnte sein Missfallen und seine Sorge regelrecht durch das Handy spüren.

»Bitte schwöre es«, flehte Samuel noch einmal.

»Okay, aber wenn ich sehe, dass da irgendwas nicht stimmt, werde ich es tun. Ich bin hoffentlich bald da. Sei vorsichtig.« Richard legte auf.

Endlich kam Samuel am Haus seiner Eltern an, das früher einmal seinen Großeltern gehört hatte.

Es war der Lieblingsort seines Vaters.

Hatte die Person, die ihm den Brief geschickt hatte, ihn ausgerechnet dort getötet?

Samuel wollte es sich nicht ausmalen. Er parkte vor dem vertrauten Eingangstor, sprang aus dem Wagen und eilte mit einem mulmigen Gefühl ins Haus. »Mama! Papa!«, rief er, doch seine Stimme hallte nur durch den leeren Flur. Ihm wurde übel und er hatte Angst, gleich in ein Zimmer zu kommen, in dem seine Eltern tot dalagen. Er stürmte ins Wohnzimmer, voller Hoffnung, die beiden würden dort vor dem Fernseher hocken, der so laut eingestellt war, dass sie das Telefon schlichtweg überhört hatten.

Doch das Zimmer war leer.

In seiner Verzweiflung suchte er das ganze Haus ab, von seinen Eltern gab es aber keine Spur. Er schrie erneut nach ihnen und schaute durch das große Wohnzimmerfenster in den Garten, der sich friedlich vor ihm erstreckte.

Im tiefen Schnee zeichneten sich klare Fußabdrücke ab, es verliefen drei Spuren parallel zueinander. Sie führten zu dem kleinen Gartenhäuschen, das sein Vater vor einem Jahr gebaut hatte.

Hatte der Täter seine Eltern dort eingesperrt?

Samuel riss hastig die Terrassentür auf und stürzte durch den Schnee. Beim Häuschen lauschte er angespannt.

Eine unheilvolle Stille umgab ihn.

Lockte der Täter ihn in eine Falle? Stand er womöglich hinter der Tür und wartete nur darauf, dass Samuel in die Gartenlaube kam?

Dann vernahm er einen kurzen, hohen Aufschrei. Unverkennbar seine Mutter.

Samuel ignorierte seine Angst genau wie Richards warnende Worte, riss die Tür auf und starrte in das Häuschen.

Eine wohlige Wärme wehte ihm entgegen.

Sein Vater stand mit einer Flasche Bier lachend vor ihm. »Mach die Tür zu, sonst wird es hier drin eiskalt.«

Seine Mutter hielt ein Glas Sekt in der Hand, der größte Teil des Inhalts befand sich offenbar auf ihrem Pullover.

Sein Bruder schaute Samuel mit gerunzelter Stirn an. »Du siehst erschrocken aus. Alles okay?«

»Verdammt, ich versuche seit Ewigkeiten, euch anzurufen. Besauft ihr euch am Morgen schon so sehr, dass ihr nichts mehr mitbekommt?« Samuel war laut geworden.

Seine Familie starrte ihn an.

»Warum benehmt ihr euch nicht wie Erwachsene?«, motzte Samuel. Seine Halsschlagader pulsierte so heftig, dass er sie reflexartig festhielt.

Sein Vater stellte das Bier ab und kam auf ihn zu. »Was ist denn in dich gefahren? Dein Bruder ist überraschend früh heute Morgen hier aufgekreuzt und hatte die Idee, hier einen Winterbrunch zu veranstalten. Das ist doch wohl nicht verboten, oder?«

Samuel schluckte, ihm war vor lauter Sorge noch immer ganz übel. »Aber warum in Herrgottsnamen nehmt ihr das Telefon nicht mit raus?«

»Der Empfang reicht nicht bis hierhin, Schatz«, antwortete seine Mutter, die sich weiterhin an ihrem halb leeren Sektglas festhielt.

Sein Bruder stand grinsend neben ihr.

»Ich weiß nicht, was du so lustig findest«, wetterte Samuel.

Ralf hob die Hände und biss sich auf die Unterlippe, lachte jedoch weiter.

»Also ganz ehrlich«, sagte sein Vater. »Wenn ich jedes Mal so einen Aufstand machen würde, wenn du nicht ans Telefon gehst, weil du stundenlang in deinem Atelier sitzt, würde ich gar nicht mehr fertig werden. Warum bist du heute so drauf? Ist etwas passiert?«

»Samu?«, brüllte Richard von draußen.

Samuel verließ das Häuschen. »Ich bin hier.«

Richard hetzte durch den Schnee und blieb außer Atem vor ihm stehen. »Geht es deinen Eltern gut?« Er beugte sich nach vorn, stützte sich mit den Händen an seinen Oberschenkeln ab.

»Alles in Ordnung.« Samuel schaute seinen Freund erstaunt an. »Bist du hergeflogen?«

Auf Richards Stirn standen Schweißperlen. »Ich hatte Angst um dich, da habe ich Gas gegeben. Es sind auf dem Weg hierher einige Autos stecken geblieben, Gott sei Dank habe ich Allradantrieb. Warum waren deine Eltern denn nicht erreichbar?«

»Ihnen geht es gut, sie waren mit meinem Bruder im Gartenhäuschen und haben das Telefon nicht gehört.«

»Bin ich erleichtert.« Richard richtete sich auf. »Ich hatte echt Schiss.«

»Samuel«, sagte sein Vater streng. »Du erzählst jetzt sofort, was los ist!«

Richard senkte den Kopf.

Samuel wägte ab, ob er seinen Eltern von den Drohungen berichten sollte. Würde er sie damit verängstigen und dann war es doch nur ein makabrer Scherz, könnte er sich das nicht verzeihen. Doch andersherum könnte er sich auch nicht verzeihen, wenn er es verschwieg und ihnen etwas passieren würde. Letzteres empfand er als schlimmer. Also entschied er, es ihnen zu sagen, damit sie die nächste Zeit aufpassen konnten. Samuel erzählte seinen Eltern von den Drohungen und dem Puzzleteil. »Regt euch bitte nicht auf. Ich weiß nicht, was dahintersteckt, aber ich möchte es ernst nehmen.«

Sein Vater war kreidebleich geworden.

»Versprecht mir, dass ihr in nächster Zeit ab-schließt und keiner allein bleibt. Seid immer für mich erreichbar.«

»Samu, du musst die Polizei involvieren«, flehte Richard.

»Ich habe Angst, dass ich es dadurch schlimmer mache. Dieser Mensch sagte, dass ich die Polizei nicht einschalten darf.«

Sein Bruder trat Samuel gegenüber. »Das ist doch nur ein schlechter Witz. Du bist gar nicht in der Lage, jemanden zu verärgern.« Wieder dieses schelmische Grinsen.

»Was soll das heißen?«, fragte Samuel wütend.

Ralf war ein arrogantes Arschloch, das sich allen überlegen fühlte, weil er viel Geld mit seinem Unternehmen verdiente und glaubte, etwas Besseres zu sein. Er war selten bei seinen Eltern. Wenn er kam, machte er teure Geschenke und nahm wahrscheinlich an, damit wäre alles in Ordnung.

Dabei konnten seine Mutter und sein Vater mit dem meisten Kram gar nichts anfangen.

Beim letzten Besuch hatten sie sich gestritten und Samuel hatte Ralf in seiner Wut an den Kopf geworfen, dass er sich die Liebe mit teuren Geschenken erkaufen wollte. Seitdem war der Kontakt eingefroren.

Als er in diesem Moment über den Streit nachdachte, kam ihm ein Gedanke, der ihm Gänsehaut bereitete. »Steckst du hinter dem Theater?«

Das Grinsen seines Bruders erstarb. »Wie bitte? Jetzt gehen die Pferde mit dir durch. Warum sollte ich mir für so einen schlechten Streich Zeit nehmen?«

»Sam, du gehst zu weit«, krächzte seine Mutter. »So einen üblen Scherz würde er doch niemals machen.« Trotzdem sah sie Ralf fragend an.

»Nein«, erwiderte dieser. »Würde ich nicht. Keine Ahnung, was in Sams Kopf vorgeht.«

Samuel glaubte ihm kein Wort. »Du bist sauer, weil ich mehr Zeit mit Mama und Papa verbringe. Offenbar bist du neidisch auf meine enge Bindung zu ihnen. Dabei hast du selbst entschieden, weit wegzuziehen, dich nur deiner Karriere zu widmen. Dafür kann ich nichts.«

»Du hast zu viel Fantasie. Sie lieben mich genauso wie dich, auch wenn ich nur ab und zu da bin. Deine Hirngespinste sind absolut lächerlich.« Ralf drehte sich mit hochrotem Gesicht zu ihren Eltern. »Bitte entschuldigt mich. Ich gehe ins Haus, bis sich Samu wieder vernünftig benimmt.« Er trottete davon.

Samuels Vater starrte Samuel kreidebleich an.

»Das war nicht fair, Schatz«, sagte seine Mutter. »Du kannst Ralf nicht für so eine kriminelle Sache verantwortlich machen.«

Samuel holte tief Luft und fuhr sich nervös durch die Haare. »Es tut mir leid, wenn ich unrecht habe. Aber mir fällt im Moment niemand anderes ein, der mir so einen Schrecken einjagen möchte. Ralf hat einen Grund, mir das anzutun, und es war seine Idee, in diesem Häuschen bei Minustemperaturen zu brunchen. Bestimmt wusste er, dass ich euch dann nicht erreichen kann.«

»Hör auf damit!«, befahl sein Vater streng. »Geh zur Polizei und lass die sich darum kümmern.« Er war die ganze Zeit still gewesen. Ein Verhalten, das Samuel nur bei ihm erlebte, wenn sich sein Vater große Sorgen machte.

»Ich wollte euch keinen Schrecken einjagen, sondern war nur besorgt, Papa. Die Polizei möchte ich erst einmal nicht einschalten, denn ich habe Angst, dass derjenige sauer wird, wenn ich das tue, und sich an euch rächt.«

Plötzlich klingelte sein Handy.

Sofort meldete sich das mulmige Gefühl, dass er gleich die verzerrte Stimme hören würde. Er nahm ab.

»Hallo, Herr Meinicke, hier ist Draller. Wo bleiben Sie denn? Ihre Gäste werden bereits unruhig.«

Samuel runzelte die Stirn.

Herr Draller war der Besitzer einer Galerie in der Koblenzer Innenstadt, der Kunstschaffende hin und wieder eine Ausstellung machen ließ.

Aber Samuel wusste partout nicht, wovon der Mann gerade gesprochen hatte. »Welche Gäste?«

»Na die Ihrer Sonderausstellung. Sie haben doch vor ein paar Wochen die Galerie bei mir für dieses Event angefragt. Haben Sie das etwa vergessen?«

»Ähm, ich … ich weiß … davon nichts« Samuel kramte in seinem Gedächtnis. Er hatte auf keinen Fall eine Sonderausstellung geplant, das wäre ihm nicht einfach so entfallen.

»Herr Meinicke. Ihre Gäste stehen hier mit den Einladungen. Sie haben mich als Besitzer angerufen, weil niemand kam, um aufzuschließen. Was soll ich denen sagen?«

»Verzeihen Sie die Umstände. Bitte lassen Sie die Besucher schon einmal eintreten. Ich bin unterwegs.«

Samuel legte auf und sah in das besorgte Gesicht seines besten Freundes.

»Was ist los?«, fragte dieser.

»Angeblich habe ich eine Ausstellung organisiert, allerdings weiß ich nichts davon.«

Richard runzelte die Stirn. »Vielleicht hast du das wegen des ganzen Stresses vergessen.«

Auch wenn ihn Richards Worte kurz ins Straucheln brachten, war er sich schnell wieder sicher, dass er keine Veranstaltung geplant hatte. Er scrollte durch seine E-Mails, über die er in den meisten Fällen die Galerie buchte. »Ich habe Herrn Draller das letzte Mal vor acht Monaten geschrieben und solche E-Mails lösche ich auch nicht.«

Richard und seine Eltern sahen ihn schweigend an. Ein wenig spiegelten ihre Blicke die Besorgnis über seinen geistigen Zustand wider.

»Jetzt stiert mich nicht so an. Ich bin sicher, dass ich keine Ausstellung geplant hatte. Aktuell habe ich nicht mal neue Werke zum Zeigen.«

Richard hob die Hände. »Ganz ruhig. Fahr nachsehen. Bestimmt klärt sich das.«

Samuel schaute zu seinen Eltern. »Es tut mir leid, ich kann heute nicht zum Essen bleiben.« Dann sah er Richard an. »Könntest du vielleicht hier warten und … na ja … ich meine.«

»Mache ich, ich ruf dich an, wenn irgendetwas komisch ist.«

»Danke.«

»Ist das wirklich nötig?«, fragte sein Vater mit zitternder Stimme, während er sich unruhig umsah. »Was soll

Richard denn tun, wenn ein Krimineller auftaucht, der uns umbringen will?«

»Wäre das der Plan dieses Kerls, hätte er euch längst getötet. Irgendjemand möchte mir Angst einjagen. Ich weiß nur nicht, warum. Mir ist einfach wohler, wenn Richard hierbleibt. Ich komme später wieder her.«

Sein Vater, noch immer kreidebleich, seufzte. »Wie du meinst.«

Samuel konnte sich denken, dass ihn das Foto von sich vor seinem Haus erschreckte. Seine eigene Angst war auch groß, denn er wollte auf keinen Fall mit der Schuld leben müssen, dass seinen Eltern seinetwegen etwas zustoßen würde. Er gab beiden noch je einen Kuss auf die Wange und eilte zum Auto. Dann fuhr er mit tausend von Sorge erfüllten Gedanken im Kopf los.

7

10. Januar 2022

»Ich kann zu diesem Viktor Neumann nichts in unserer Datenbank finden«, sagte Konrad. »Scheint ein sauberer Kerl zu sein. Ich ruf jetzt im Krankenhaus an und frage, wann wir den Mann verhören können.« Er nahm das Telefon und wählte die Nummer der Klinik. »Guten Tag. Kripo Koblenz, Malter mein Name. Ich möchte mich nach Herrn Viktor Neumann erkundigen.« Einen Moment lang hörte Konrad offenbar zu. »Ich weiß, dass Sie mir keine Auskunft geben dürfen, gute Frau. Mir geht es nur darum, ob wir ihn bereits sprechen können oder ob er noch immer nicht vernehmungsfähig ist.«

Während Konrad telefonierte, schrieb Marcel Kim eine Nachricht. *Habe morgen frei. Wir können mit Marlene Schlittenfahren gehen, wenn du Lust hast.*

Konrad verdrehte die Augen und setzte eine Miene auf, als würde er die Person am anderen Ende der Leitung nachahmen. »Vielen Dank. Wir melden uns später wieder.« Er legte auf. »Herr Neumann hat ein Beruhigungsmittel bekommen, weil er etwas renitent war und sich der Behandlung verweigern wollte. Seine Verletzungen sind erheblich. Eventuell wird sogar eine Operation nötig sein.«

»Dann müssen wir wohl warten«, sagte Marcel.

»Fahren wir noch einmal zu den Nachbarn von Herrn Neumann. Heute Morgen waren viele noch nicht wach oder schon weg. Möglicherweise sind jetzt mehr gewillt, die Tür zu öffnen. Gerade haben wir ja nichts Anderes zu tun. Vielleicht können wir anschließend in die Klinik, um mit ihm zu sprechen.« Konrad hielt Marcel die Jacke hin.

»Schaden tut es nicht.« Marcel zog sich an und band sich einen Schal um. »Dann mal los.«

Dicke Schneeflocken tanzten vom Himmel herab, und die Scheibenwischer kämpften verbissen darum, Marcels Frontscheibe freizuhalten. Dennoch blieb die Sicht eingeschränkt. Die Straßen waren glatt und gefährlich.

Obwohl Marcel den Winter mochte, raubte ihm das Autofahren bei diesem Wetter jeglichen Spaß. Er parkte fünfzehn Minuten später vor dem Haus des Opfers.

Dieses Mal waren sie gut durchgekommen und hatten nicht viel länger als unter normalen Umständen gebraucht.

Marcel atmete erleichtert aus. »Ich bin immer heilfroh, wenn ich den Dienstwagen im Winter sicher abstellen kann.«

Konrad grinste. »Bei deinen Fahrkünsten wundert es mich, dass du erst einen einzigen geschrottet hast.«

»Dafür konnte nicht ich was, da ist mir dieser Herr reingebrettert. Ich bin der geborene Fahrer, der beste.«

»Wenn du am Steuer sitzt, bekomme ich immer einen halben Herzinfarkt, obwohl ich zugeben muss, dass du vernünftiger zu sein scheinst, seit du Marlene bei dir hast.« Konrad öffnete die Beifahrertür und stieg aus.

Marcel gesellte sich zu ihm. »Teilen wir uns auf? Dann sind wir schneller durch. Ich vermute, es hat eh niemand etwas beobachtet, sonst hätten sie sich gemeldet.«

»Oder sie wollen nichts gesehen haben, das hatten wir auch schon einige Male. Nach dem Motto, dass ihnen nichts passiert, wenn sie sich aus allem raushalten.« Konrad schaute sich um.

Marcel wischte sich das Wasser von der Stirn, das von seinem nassen Haar heruntertropfte. »Kennst du diese Serie, in der die vier Genies mit Homeland zusammenarbeiten und die kniffligsten Fälle lösen?«

»Du meinst diese unrealistische Serie Scorpions, in der sich Leute immer und überall reinhacken?« Konrad sah ihn mit gerunzelter Stirn an.

»Wir brauchen diesen hochbegabten Psychiater, der allein anhand einer Mimik den Fall löst. Der könnte uns sagen, welcher der Nachbarn etwas gesehen hat.«

Konrad schüttelte den Kopf. »Die Kälte scheint dir nicht gut zu bekommen. Wir sollten mit den Befragungen anfangen, bevor wir ganz nass werden.«

Marcel lachte. Er zeigte nach links. »Ich geh die Häuser ab, du die andere Richtung.« Er stapfte durch den frischen Schnee zum ersten Grundstück und klingelte.

Ein Mann öffnete und sah ihn verschlafen an.

»Kripo Koblenz, guten Tag. Bitte entschuldigen Sie die Störung. Ich habe Sie offensichtlich geweckt.«

Der Bewohner winkte ab. »Schon in Ordnung. Ich hatte Nachtdienst. Was kann ich für Sie tun?«

»Im Nachbarhaus hat sich heute in den frühen Morgenstunden mutmaßlich ein Verbrechen abgespielt. Wann sind Sie von der Nachtschicht zurückgekommen?«

»Gegen sieben. Aber ich habe nichts Ungewöhnliches beobachtet oder gehört. Hier in der Burgstraße war es ganz ruhig.«

»Ist Ihnen eventuell eine Person aufgefallen, die weggerannt ist, oder ein Auto, das Sie noch nie in diesem Stadtviertel gesehen haben?«

Der schlaftrunkende Mann schüttelte den Kopf. »Mir ist nichts und niemand aufgefallen. Ich war einfach nur froh, dass ich daheim war. Durch den Schnee habe ich länger als sonst gebraucht. Ich habe ehrlich gesagt nicht auf die Umgebung geachtet.«

»Alles klar, vielen Dank. Und nochmal Entschuldigung für die Störung.«

»Kein Problem.«

Marcel klingelte bei vier weiteren Häusern, von denen aus man etwas hätte beobachten können.

In einem Haus öffnete keiner, in den anderen dreien hatte niemand etwas gesehen.

Marcel lief zum Auto zurück.

Dort stand bereits Konrad.

»Und? Bist du schlauer?«, fragte Marcel.

»Nicht wirklich. Die Leute haben wenig mit Herrn Neumann zu tun. Seine Tochter hatte recht, er zieht sich zurück und legt keinen Wert auf gute Nachbarschaft.«

»Auf der anderen Seite des Hauses hat auch niemand was mitbekommen. Hoffentlich finden die Kollegen von der Kriminaltechnik Spuren an der Kleidung von Viktor Neumann.« Plötzlich hörte Marcel Schnee hinter sich knirschen. Er drehte sich um und entdeckte eine Gestalt, die in einen Hauseingang huschte, so als wollte sie sich verstecken. »Hast du das auch gesehen?«

»Hab ich«, antwortete Konrad. »Kommen Sie bitte sofort da raus«, rief er.

Nichts passierte.

Marcel legte seine Hand auf das Holster und lief ein Stück in Richtung des Hauses. »Das war eine Aufforderung. Zeigen Sie sich und heben Sie die Hände.«

Die Gestalt trat aus dem Schatten einer großen Tanne. Es war eine Frau, die sie mit ängstlichen Augen ansah. »Bitte schießen Sie nicht, ich habe nichts verbrochen.«

Marcel ließ vom Holster ab. »Warum verstecken Sie sich vor uns?«

»Ich bin mir nicht sicher, ob ich mit Ihnen über Herrn Neumann reden sollte.« Sie schaute sich um. »Ich habe mitbekommen, dass Sie seinetwegen bei den Nachbarn klingeln.«

»Wenn Sie etwas wissen, sollten Sie mit uns sprechen. Wir sind von der Kriminalpolizei.« Marcel zeigte seinen Dienstausweis. »Wer sind Sie?«

»Sophie Wagner, ich wohne in der 19.«

»Da war ich doch eben«, sagte Konrad. »Sie haben nicht aufgemacht.«

»Ich habe mich erst nicht getraut, mit Ihnen zu sprechen. Aber vielleicht kann ich helfen. Ich habe nur Angst, dass mir etwas zustößt. Ich lebe allein, bin nicht mehr die Jüngste und kann mich nicht wehren.«

Marcel horchte auf. »Ich verstehe Ihre Sorgen, wir brauchen jedoch dringend Aussagen. Herr Neumann wurde Opfer eines Gewaltverbrechens. Wenn Sie etwas gesehen haben, müssen Sie es uns sagen.« Er klärte sie über die Wahrheitspflicht als Zeugin auf. »Haben Sie Auffälligkeiten beobachtet?«

»Heute nicht direkt, zumindest kein Verbrechen. Aber seit einigen Wochen bekommt Viktor immer wieder Besuch von einem Herrn. Er ist jedes Mal ganz in Schwarz gekleidet, man erkennt überhaupt nichts von ihm. Ich habe mich schon gewundert, weil Viktor eher selten jemanden zu Gast hat, eigentlich nur seine Tochter. Deshalb habe ich mich erst gefreut, ich dachte, er hätte endlich einen Freund. Doch dann habe ich einen heftigen Streit beobachtet, als ich im Garten gearbeitet habe. Sie haben im Wohnzimmer gestanden und ich konnte sie durch das Fenster sehen. Der Mann hat auf Viktor eingeredet, dieser wirkte sehr verängstigt.«

»Konnten Sie Einzelheiten von dem Gespräch hören?«, fragte Konrad.

»Nein, leider nicht. Aber mein Bauchgefühl sagt mir, dass da etwas nicht gestimmt hat. Für mich hat es so ausgesehen, als hätte Viktor von da an Angst gehabt. Er hat sich jedes Mal nervös umgeschaut, wenn er das Haus verlassen hat.«

»Das hilft uns weiter. Danke, dass Sie sich doch entschlossen haben, mit uns zu sprechen.«

Die Frau fasste sich an die Brust. »Ich hoffe nur, dass dieser Mann nicht bei mir auftaucht.«

»Seien Sie unbesorgt. Ich glaube nicht, dass er uns gerade beobachtet. Es ging ihm um Herrn Neumann, der liegt im Krankenhaus. Er wird sicher nicht bei Ihnen aufkreuzen. Öffnen Sie trotzdem nicht unbedacht die Tür. Das sollten Sie sowieso nie tun.«

Konrad und Marcel verabschiedeten sich von der Frau, dann stiegen sie ins Auto.

»Also hatte er doch Streit mit jemandem und derjenige hat ihn wahrscheinlich mit etwas in der Hand, damit er nicht petzt.« Marcel schnallte sich an. »Wir fahren jetzt in die Klinik und reden mit Viktor Neumann.« Das Klingeln seines Handys hielt ihn vom Starten des Motors ab. »Kommissar Schweißer«, meldete er sich.

»Sie müssen mir helfen«, schrie eine hysterische Frauenstimme ins Telefon.

Marcel hielt es reflexartig vom Ohr weg. »Woah, ganz ruhig. Mit wem spreche ich?«

»Sabine Neumann. Mein Vater ist weg.«

Marcel hob die Augenbrauen. »Ich verstehe nicht ganz. Er liegt doch in der Klinik.«

»Nein, er ist spurlos verschwunden. Die Ärzte haben mich angerufen.«

8

10. Januar 2022

Samuel saß seit zwanzig Minuten im Auto und schaute in die Galerie. Obwohl er neugierig war, was das Theater zu bedeuten hatte, hatte er auch Angst davor, was ihn erwartete. Deshalb traute er sich nicht auszusteigen.

Die ganze Fahrt über hatte er sich Gedanken gemacht, wie es sein konnte, dass auf seinen Namen eine Ausstellung organisiert worden war. Er vermutete, dass derjenige, der ihm die Drohungen geschickt hatte, etwas damit zu tun hatte.

Aber warum? War es doch ein missgestimmter Kunde? Er ging seine Käufer in Gedanken durch. Bis auf seinen derzeitigen schwierigen Auftraggeber war niemand mit seiner Arbeit unzufrieden gewesen. Und Herr Schauber würde mit so einer Aktion völlig überzogen reagieren, nur weil ihm die Arbeit nicht passte.

Samuel konnte noch so lang darüber grübeln, Antworten fand er nur in dem Gebäude. Er holte tief Luft, stieg aus und lief auf die Galerie zu.

Ein Mann und eine Frau kamen heraus, die Samuel bereits von einigen Ausstellungen kannte. Sie blieben vor ihm stehen.

»Also, Herr Meinicke, die Bilder sind wirklich nicht schlecht, aber das entspricht nicht Ihren vorherigen Werken und damit leider nicht unserem Geschmack«, sagte der Mann. »Vielen Dank für Ihre Einladung, doch wir würden uns wünschen, dass Sie bei Ihrem alten Stil bleiben.«

Samuel schluckte. Tausend Fragen geisterten in seinem Kopf herum. »Ähm … also das tut mir sehr leid, danke, dass Sie trotzdem vorbeigeschaut haben.«

Der Mann lächelte freundlich. »Wenn Sie einladen, kommen wir gern. Wir lieben Ihre Kunst, aber dieses Comicartige ist nicht unseres.«

Comicartig? Sofort kam ihm das Puzzleteil in den Sinn und sein Herz pochte wild. »Entschuldigen Sie bitte, haben Sie die Einladung zufällig dabei?«

Der Mann zog seine Stirn kraus, holte jedoch trotzdem ein Stück Papier aus der Innentasche seines Wintermantels. »Ich gebe zu, dass wir etwas verwundert über diesen Stil waren, dennoch waren wir neugierig.« Er reichte Samuel die Einladung.

Diese war ein in Schwarz gehaltener Flyer mit einem goldenen Schriftzug: *Das Puzzle.* In Weiß standen Datum, Uhrzeit und Ort darunter. Außerdem das Versprechen, dass es eine Überraschung des Künstlers sein würde.

»Was möchten Sie denn mit dem Thema Puzzle aussagen?«, fragte der Mann. »Wir können es auch anhand

Ihrer Bilder in der Galerie nicht erkennen. Sollen wir die Teile an der Wand zusammensetzen?«

Samuel schluckte seine Übelkeit hinunter. »Ich verstehe, dass Sie verwirrt sind, ich bin es ebenso. Diese Einladung kommt nicht von mir.«

Der Mann schaute auf das schwarze Papier. »Aber …«

»Ich weiß, es steht mein Name darauf. Jemand spielt ein böses Spiel mit mir, nichts von dem hier habe ich organisiert. Bitte verzeihen Sie diese Unannehmlichkeiten. Ich hoffe, ich kann Sie trotzdem beim nächsten Mal wieder begrüßen.«

»Selbstverständlich, Jungchen. Sie sind unser Lieblingskünstler«, antwortete die Frau und tätschelte kurz seinen Arm. »Das ist ein übler Scherz, den man Ihnen da spielt. Wir sind sehr froh, dass Sie nichts damit zu tun haben.«

»Vielen Dank. Ich werde jetzt reingehen und schauen, was da los ist. Haben Sie noch einen schönen Tag.« Samuel eilte in die Galerie.

Der Saal war relativ leer, wenn es hochkam, waren zwanzig Gäste anwesend.

Der Raum war wie auch die Einladung in Schwarz-Gold dekoriert.

An der Wand prangten übergroße Bilder, die die Form von Puzzleteilen hatten.

Samuel hielt den Atem an, als er erkannte, was eines davon zeigte.

Es war genau die Illustration von dem Teil, das er zugeschickt bekommen hatte.

Schweißperlen bildeten sich auf seiner Stirn, als er vor die Bilder trat.

Auf jedem der anderen drei war ebenfalls eine Illustration des blonden Jungen mit der panischen Miene zu sehen. Doch jedes Stück zeigte eine andere Szene.

»Interessante Kunst, Herr Kollege.«

Samuel war zusammengezuckt, als der Inhaber neben ihm aufgetaucht war. »Das ist nicht von mir«, flüsterte er. »Ich weiß nicht, was hier los ist, diese Ausstellung habe nicht ich auf die Beine gestellt.«

»Sie scheinen heute etwas verwirrt zu sein, Herr Meinicke. Wer außer Ihnen soll das denn alles organisiert haben? Nur Ihnen habe ich einen Schlüssel gegeben, um den Saal zu nutzen, weil ich Ihnen vertraue. Wer anders kommt nicht hier rein, ohne vorher bei mir gewesen zu sein.«

Samuel sah Herrn Draller an. »Wie habe ich es gebucht?«

»Wie immer über eine E-Mail.«

»In meinem Postfach habe ich nichts dazu gefunden.«

Der Inhaber der Galerie seufzte. »Sie machen mir ernsthaft Sorgen.« Er holte sein Handy heraus und zeigte ihm die Mail, die unverwechselbar von Samuels Account geschickt worden war. Anschließend öffnete er die Antwort, die er daraufhin gesendet hatte.

Samuels Herz klopfte wie wild. »Ich verstehe das alles nicht.«

Wer sollte sich so viel Mühe machen, eine Ausstellung mit Häppchen und Getränken zu organisieren, nur um ihm Angst einzujagen? Steckte ein Rivale dahinter? War das Paket nur ein Hinweis auf diese merkwürdige Aktion gewesen?

Inmitten dieser wirren Gedanken drang die Stimme des Galeriebesitzers durch. »Die Miete müssen Sie mir trotzdem bezahlen.«

»Selbstverständlich. Ich werde mich darum kümmern.«

Plötzlich stürmte ein Mann auf Samuel zu und packte ihn am Jackenkragen. Er zog ihn ganz nah an sein Gesicht. »Was soll dieser Scheiß? Warum bedrohen Sie uns?« Seine Mimik war zu einer wütenden Fratze verzogen, sein dunkelbraunes Haar klebte an seiner schweißnassen Stirn.

Samuel griff nach den Händen des Mannes. »Sind Sie übergeschnappt? Lassen Sie sofort los.«

Der Mann schüttelte ihn, er hatte verdammt viel Kraft. »Sie Schwein. Ich werde die Polizei rufen und Sie anzeigen.«

»Ich habe Ihnen doch gar nichts getan. Sagen Sie mir erst einmal, was nicht in Ordnung ist. Sind Sie etwa für das hier verantwortlich?«

Einen Moment lang heftete der Mann seinen Blick verwirrt auf Samuel, ehe er sich abwandte und zu zwei anderen Gästen stellte.

Einer ängstlich dreinblickenden Frau, die so bleich wie ein Geist war, und einem weiteren Mann, der nervös mit den Beinen wippte.

Der Typ, der Samuel festgehalten hatte, prustete los. »Erst schicken Sie uns diese Päckchen mit einer

Spielanleitung und einer Drohung. Dann laden Sie uns ein, hängen diese Scheiße hier auf und jetzt wollen Sie mir die Schuld geben?«

Samuel runzelte die Stirn. »Sie haben auch Drohungen erhalten? Ich habe selbst eine bekommen.«

Der Mann schaute ihn fragend an.

»Ich habe gestern dieses ominöse Päckchen mit einer dieser merkwürdigen Illustrationen in kleinerem Format bekommen. Heute wurde ich angerufen, dass hier Besucher auf mich warten, dabei habe ich diese Einladungen gar nicht verschickt.« Er zeigte auf die Bilder. »Die sind nicht von mir. Ich habe nichts mit alldem zu tun.« Samuel schaute sich um, denn er war etwas lauter geworden. Die Gäste sahen ihn an, was ihm sehr unangenehm war. Samuel musste als Allererstes Ordnung reinbringen, um sich mit den drei Personen unterhalten zu können. Er stellte sich auf ein kleines Podest und bat die Gäste um Ruhe. »Es tut mir wirklich leid, dass ich diese Veranstaltung an diesem Punkt beenden muss. Wir alle sind einem Betrug auf den Leim gegangen. Ich habe diese Bilder nicht gezeichnet und auch nicht diese Einladungen verschickt. Hoffentlich haben Sie Verständnis dafür, dass ich Sie nun hinausbitten muss.«

Ein leises Raunen ging durch den großen Raum.

Samuel war klar, dass er damit den einen oder anderen Kunden verlieren würde, weil es unprofessionell aussah, aber das war ihm in diesem Moment egal. Er wollte herausfinden, was hinter dem Ganzen steckte, vor allem wer.

Nach und nach verließen die paar Gäste die Räumlichkeiten.

Herr Draller stellte sich ihm mit ernster Miene gegenüber. »Ich verstehe das wirklich nicht. Bitte gehen Sie dem nach. Ich weiß nicht, ob ich Ihnen eine weitere Buchung der Galerie noch einmal gewähren werde.«

»Entschuldigen Sie dieses Durcheinander. Ich versuche das aufzuklären.«

»Die Reinigungsfirma kommt erst morgen. Sie schließen ab?«

»Ich habe keinen Schlüssel dabei, ich war bei meinen Eltern, als Sie angerufen haben. Wie gesagt, ich habe das hier nicht geplant.«

Herr Draller nickte missbilligend und reichte ihm seinen Schlüssel. »Ich möchte ihn bis spätestens heute Abend zurück. Morgen früh holt die Reinigungsfirma ihn bei mir ab.«

»Natürlich, vielen Dank.«

Als der Inhaber die Galerie verließ, ging Samuel zu den drei Personen, die ebenfalls eine Drohung erhalten hatten.

Sie saßen an dem Tisch, auf dem das Büfett aufgestellt war.

»Darf ich etwas davon nehmen?«, fragte der blonde Mann, dessen Miene sehr angespannt wirkte. Er war in eine legere Jogginghose und einen dunkelblauen Wollpullover gekleidet, eigentlich keine passende Garderobe für eine Kunstausstellung. »Wenn ich etwas esse, kann ich meine Nervosität herunterfahren.«

»Greifen Sie alle zu, ich muss das eh bezahlen. Lassen Sie uns nebenbei über das sprechen.« Samuel zeigte zu der Illustration, auf der der blonde Junge panisch dreinsah. »Sie haben auch so ein Bild erhalten?«

Der Mann, der ihn zuvor angegriffen hatte, nickte. »Wir alle drei haben ein Puzzleteil gekriegt, jeder mit einer anderen dieser Abbildungen. Ich habe das bekommen, auf dem das Kind versucht, aus der Tür zu fliehen. Wer sind Sie? Was soll das mit den Illustrationen?«

Samuel schüttelte den Kopf. »Das weiß ich leider nicht. Ich bin Samuel Meinicke, Künstler, und bekam gestern dieses Teil mit den Beinen im Vordergrund, wo der Junge hochschaut. In meiner Drohung stand etwas von Wahrheit und Vergangenheit, außerdem war hinten drauf eine Spielanleitung.« Er holte sein Handy hervor und las diese von dem Foto ab, das er davon gemacht hatte.

»Genau diesen Text habe ich auch bekommen«, sagte der blonde Mann mit erstickter Stimme.

Die anderen beiden nickten schweigend.

»Irgendwer hat die Veranstaltung in meinem Namen organisiert. Anhand der Bilder kann man ja erahnen, dass es der Mensch war, der uns diese Drohung geschickt hat. Sind Sie auch alle Künstler?«

»Nein«, antwortete der blonde Mann und reichte Samuel die Hand. »Mein Name ist Jan Meier, ich bin Krankenpfleger und habe absolut nichts mit Kunst zu tun. Ich war total erstaunt über diese Einladung. Aber weil das mit dem Puzzle draufsteht, bin ich hergekommen. Es war ja logisch, dass das etwas mit dem Päckchen zu tun hat.

Ich bin Vater und muss wissen, was hier gerade für ein Film läuft, um meine Familie zu schützen.«

Die Frau gab Samuel die Hand. »Yvonne Jahnke, ich bin Lehrerin, nicht für Kunst. Sie interessiert mich ein wenig, doch nicht übermäßig. Mein Gefühl hat mir gesagt, dass ich diese Drohung schnell der Polizei melden sollte. Aber ich hatte gehofft, dass sich das bei dieser Ausstellung als Werbegag herausstellt. Als ich hier angekommen bin, habe ich geschaut, ob mir etwas komisch oder jemand bekannt vorkommt. Aber ich konnte nichts Auffälliges beobachten.« Die zierliche Dame zitterte.

Samuel sah zu dem Mann, der ihn am Kragen gepackt hatte.

Noch immer war dessen Blick skeptisch, fast so, als würde er ihn durchbohren.

Samuel faltete seine Hände. »Bitte glauben Sie mir, ich habe rein gar nichts damit zu tun. Meine Angst ist auch groß.«

Die Gesichtszüge des Mannes entspannten sich leicht. »Es tut mir leid, dass ich Sie angegriffen habe, das ist nicht meine Art. Ich hab die Nacht kaum geschlafen und bin deshalb etwas gereizt.«

»Das verstehe ich. Ich bin heute auch schon auf meinen Bruder losgegangen, weil mir das Angst einjagt«, erwiderte Samuel. »Schwamm drüber. Wollen Sie sich auch vorstellen?«

»Ich bin Patrick Stricker. Auch ich habe nichts mit Kunst am Hut, ich bin Psychiater. Genau wie die anderen beiden bin ich hergekommen, weil diese Überschrift auf der Einladung sicher kein Zufall war. Ich wollte demjenigen, der das hier veranstaltet, ordentlich eins auf die ...« Er verschluckte die restlichen Worte.

»Kennen Sie sich untereinander?«, fragte Samuel.

»Nein«, antwortete Yvonne Jahnke. »Wir haben uns hier getroffen und sind durch ein Gespräch darauf gekommen, dass jeder von uns so ein Puzzleteil erhalten hat. Wir haben noch andere danach gefragt, aber die haben das verneint.«

»Offensichtlich will die Person, die das alles organisiert hat, dass wir vier das Rätsel lösen. Ich befürchte, dass diese Person dabei über Leichen gehen würde. Wenn wir uns weigern, wird sie unseren Familien etwas antun.« Samuel holte das Foto seines Vaters heraus. »Das war in meinem Briefkasten. Es ist heute vor dem Haus meiner Eltern geschossen worden. Habt ihr auch so eine Drohung bekommen? Ich hoffe, es ist okay, wenn ich euch duze.«

»Ja«, erwiderte Jan. »Mich hat gestern einer angerufen und gesagt, dass ich nicht mehr ruhig schlafen werde.«

Die anderen beiden erzählten, dass sie ebenfalls einen ähnlichen Anruf erhalten und diese Drohung im Briefkasten gefunden hatten.

»Wir sollten es also ernst nehmen und versuchen zu lösen. Habt ihr die Teile, die ihr bekommen habt, zufällig dabei?« Samuel sah jeden an.

Sie nickten und holten sie heraus.

Auf dem Tisch fügten sie diese zusammen, so dass sie ein ganzes Bild ergaben.

Samuel blickte abwechselnd von dem Puzzle zu den Illustrationen an der Wand.

Die hingen in einer anderen Reihenfolge, wahrscheinlich, um das Spiel zu erschweren.

Samuel betrachtete ein Bild nach dem anderen. »Ich glaube, es erzählt uns eine Geschichte. Wie ein Comic. Auf dem ersten Teil sitzt ein Junge in einer Hütte und hat offenbar Angst.« Er zeigte zum nächsten. »Hier versucht er vielleicht, aus dem Raum zu fliehen. Auf dem dritten Bild rennt er vor jemandem weg.« Beim vierten stockte Samuel kurz. »Und hier haben sie ihn wahrscheinlich erwischt. Deshalb die Beine, die vor ihm stehen.«

»Ich kapiere nicht, was wir herausfinden sollen. Weshalb dieser Comic?« Patrick schaute Samuel fragend an.

»Die Geschichte, um die es dabei vermutlich geht, scheint dem Typen wichtig zu sein. Warum er an uns geraten ist, verstehe ich auch nicht.« Samuel stellte sich vor die großen Bilder an der Wand und betrachtete sie. »Wir haben zumindest jetzt schon mal die Reihenfolge bestimmt.« Er musterte den blonden Jungen genau. »Wenn ich seine Augen länger ansehe, kommen sie mir irgendwie bekannt vor, aber ich kann sie nicht einordnen.«

Auch die anderen drei stellten sich davor.

»Glaubt ihr, dass es sich bei der Illustration um die Darstellung einer echten Person handelt?«, fragte Jan.

Samuel nickte. »Irgendetwas in mir sagt Ja. Jemand erzählt uns damit, was in der Vergangenheit geschehen ist.«

»Das geht mir zu weit. Wer weiß, was der Typ noch vorhat«, sagte Jan. »Ich rufe jetzt die Polizei.«

»Bitte beruhig dich erst einmal«, sagte Samuel. »Ich bin auch für die Polizei, aber wir sollten uns das gut überlegen. Er beobachtet unsere Eltern, ihr könnt euch gewiss sein, dass er auch eure restliche Familie ausspioniert. Er kennt uns irgendwoher. Wir haben keine Ahnung, wer hinter dem Ganzen steckt. Die Kripo würde genau ermitteln, das könnte denjenigen verärgern. Er hat uns doch geschrieben, dass wir die Polizei nicht einschalten dürfen. Wir sollten noch mit der Anzeige warten und probieren, das Rätsel zu lösen. Wir haben doch jetzt schon eine Erkenntnis gehabt, ein zusammenhängendes Bild, eine Geschichte. Damit können wir ihm was liefern.«

Jan, Patrick und Yvonne starrten ihn an, als hätte er ihnen vorgeschlagen, ihre Angehörigen gleich an diese mysteriöse Person auszuliefern.

»Ich weiß, das klingt beängstigend. Aber lasst uns wenigstens darüber nachdenken, keine Polizei einzuschalten, um unsere Familien zu schützen.«

Patrick hob die Augenbrauen. »Ich habe ehrlich gesagt keine große Lust, ein Spielchen mit dem Typen zu spielen. Du hast diese merkwürdige Anleitung gelesen. Willst du darauf warten, dass er dich holt?«

Samuel konnte Patrick nicht wirklich widersprechen. »Natürlich nicht. Du hast recht«, sagte er schließlich.

Es war gefährlich zu denken, dass sie es mit einem möglich Kriminellen allein aufnehmen könnten.

»Wir rufen die Polizei, vielleicht finden sie hier Fingerabdrücke.« Gerade als Samuel sein Handy herausholen wollte, schrillte ein anderes durch die Galerie.

Sein Herz fühlte sich an, als würde es stocken, beruhigte sich aber sofort.

Jan kramte seins hastig aus der Jackentasche und schaute drauf. »Sorry, es ist meine Frau, da muss ich rangehen.« Er nahm ab. Einen Augenblick lang blieb es still, dann verfärbte sich Jans Gesicht gräulich. »Ja, Schatz, es dauert noch einen Moment, bis ich komme. Ich habe einen Termin mit einem Kollegen.« Jan schaute auf den Boden. »Sag Lili bitte, dass ich ganz sicher morgen mit ihr puzzle.« Er verabschiedete sich und legte auf.

Samuel sah ihn abwartend an, anhand des Gehörten plagte ihn ein mulmiges Gefühl.

»Meine Frau hat mir gerade erzählt, dass Lili ein Puzzleteil mit einer Comicfigur drauf bei sich hatte, als sie aus dem Kindergarten kam. Ein blonder Junge, der über eine Wiese rennt. Meine Frau sagt, dass das Teil verstörend wirkt.«

Yvonne riss die Augen auf und schlug sich die Hand vor den Mund. »O mein Gott.«

»Es wäre ein merkwürdiger Zufall, wenn es nicht von der gleichen Person kommt, die uns hierhergelockt hat«, sagte Jan mit brüchiger Stimme.

Samuel war genau dieser Meinung. »Es ist eine Drohung an dich. Dieser Mensch zeigt, wie er in unsere Leben eingreifen kann. Bei mir die Ausstellung, bei Jan im Kindergarten seiner Tochter.« Er schaute die anderen beiden an. »Er wird das auch bei euch tun.«

»Scheiße, Mann«, brüllte Patrick. »In was sind wir da reingeraten?«

»Und warum wir?«, fragte Yvonne mit dünner Stimme, dem Gegenteil von Patricks.

»Was machen wir denn jetzt nur?« Jan strich sich über das Gesicht und lief nervös umher.

Samuel verstand die Panik, es war ihm nicht anders gegangen, als er das Foto seines Vaters in der Hand gehalten hatte. »Wir rufen am besten jetzt die Polizei, die müssen unsere Familien schützen.«

»Schaut doch mal«, sagte Yvonne mit einem Mal, die sich mit zittrigen Beinen zwischen zwei Illustrationen gegen die Wand gelehnt hatte. »Das ist mir vorhin gar nicht aufgefallen.« Sie zeigte auf eins der Bilder an der Wand.

Samuel folgte ihrem Blick, konnte jedoch nicht erkennen, was sie meinte. »Was ist da?«

»Es steht unten an der Ecke ab, ganz anders als die restlichen.«

Samuel lief zu dem Bild und hob es an, um darunter zu schauen.

An der untersten Ecke klebte etwas.

Samuel griff danach.

Es war ein USB-Stick.

»Ich vermute, darauf ist eine Nachricht für uns«, sagte Samuel mit einem mulmigen Bauchgefühl.

Yvonne stieß einen erstickten Laut aus. »Bitte lasst uns die Polizei rufen.«

»Ich will erst sehen, was dieses Arschloch zu sagen hat. Vielleicht kennen wir die Person. Gibt es hier einen Computer?« Patrick sah Samuel an.

»Ja, dort hinten.« Samuel lief vor und die drei folgten ihm. Er schaltete den PC an und atmete erleichtert aus, dass dieser nicht passwortgeschützt war. Dann steckte er den Stick ein und trat zurück. Sein Herz hämmerte wild, er hatte Angst vor dem, was er sehen würde.

Zu Anfang kamen nur Rauschen und Flimmern. Dann ertönte eine verzerrte Stimme, die sie begrüßte, jedoch war keine Person zu erkennen. »Wie ich sehe, seid ihr meinen ersten Hinweisen gefolgt. Hach, was freue ich mich darüber, welche Macht ich über euch habe. Diese Ausstellung sollte euch bewusst machen, dass ich eure Leben in der Hand habe. Ich kann jederzeit wie mit dieser Aktion eingreifen. Deshalb rate ich euch davon ab, die Polizei einzuschalten. Ich weiß, wer ihr seid, wo ihr wohnt, wo eure Familien sich aufhalten. Ihr könnt mir nicht entkommen. Ich bin wie ein Schatten, immer bei euch.«

Samuel schluckte seine Übelkeit hinunter.

»Das Spiel geht weiter. Ich habe einen neuen Hinweis für euch.«

Wieder erschien ein Flimmern, dann ein Film in Schwarz-Weiß, der wahrscheinlich vor Samuels Geburt aufgenommen worden war.

Ein dürrer Junge, schätzungsweise im Teenageralter, saß auf einem Stuhl in einem kahlen Raum, der aussah, als wäre er Teil einer Holzhütte. Das Haar ging ihm bis kurz über die Ohren und kräuselte sich leicht im Nacken. In dem Video schien es Sommer zu sein, denn der Junge trug Shorts und ein Poloshirt.

»Wie geht es dir, Niklas?«, fragte eine Stimme, die sich wie die eines kleinen Jungen anhörte. Offenbar hielt der die Kamera.

Niklas blickte sich um, antwortete aber nicht.

»Du siehst echt mies aus«, sagte der Kamerajunge. »So als hättest du sehr lange nicht geschlafen.«

Niklas nickte. »Das tue ich schon drei Jahre nicht mehr gut.«

»Warum nicht?«

Niklas wippte vor und zurück, dabei knarzte der Stuhl. Er senkte den Kopf und antwortete auch darauf nicht.

Der Junge hinter der Kamera seufzte. »Möchtest du vielleicht etwas von meinem Kuchen haben?«

»Ich habe keinen Hunger.« Tränen rollten seine Wangen hinab.

»Aber jedes Kind mag Süßigkeiten.«

Niklas schüttelte den Kopf. »Ich nicht. Ich gehe jetzt lieber wieder nach Hause«, jammerte er. »Wir können uns auch an einem anderen Tag nochmal treffen.«

»Ich will aber, dass du ein bisschen bei mir bleibst, du musst auch keinen Kuchen essen. Wir können etwas anderes Cooles machen. Ich kann dich interviewen, ich möchte Journalist werden.«

Einen Augenblick lang schaute Niklas in die Kamera, seine Stirn lag leicht in Falten. »Hmm, das klingt spannend. Über was möchtest du denn sprechen?«

»Die Leute sagen, dass du anderthalb Jahre in der Psychiatrie warst, weil du etwas ganz Schreckliches erlebt hast. Meine Mama war auch mal in so einer. Sie sah immer ganz müde aus. Es ist nicht schön dort, oder?«

Niklas schluchzte und wischte sich Sekret von der Nase. Dann nickte er.

»Ich bin dein Freund. Du kannst mir erzählen, warum du dort sein musstest. Wenn du doch möchtest, gebe ich dir was von meinem Kuchen ab.«

»Ich habe wirklich keinen Hunger. Mein Bauch tut weh und mir ist übel.«

»Nimm dir wenigstens ein winziges Stück. Süßigkeiten helfen, wenn man traurig ist.«

Niklas griff nach dem Kuchen und biss davon ab. Er kaute darauf herum und würgte, als äße er Gift.

»Wow, dein Magen knurrt aber laut«, plärrte der Kamerajunge und kicherte. »Was ist denn mit dem los?«

Niklas senkte den Kopf. »Er hat nichts zu essen verdient.«

»Warum nicht?«

»Weil er zu einem Mörder gehört.«

Stille.

»Aber ... aber ... Wieso sagst du das?«

»Weil es stimmt.« Niklas' Stimme hatte etwas energischer geklungen. »Du hättest Tims Gesicht sehen müssen. Er hat in dieser Hütte gesessen, in die Ecke gekauert. Seine Augen waren panisch aufgerissen. Er hatte so große Angst. Wegen mir ist er tot.«

Einen Moment lang blieb es still.

Dann senkte Niklas den Kopf. »Ich bin der Mörder«, wiederholte er flüsternd. Er wischte sich über die Augen und holte tief Luft. »Er war ganz allein im Wald unterwegs und hatte gar keine Angst. Ich bin viel älter und hatte immer welche im Wald, selbst wenn andere dabei waren. Mir tut es leid, dass offenbar niemand mit ihm spielen wollte. Alle in Koblenz-Niederberg kannten ihn. Es spricht sich herum, wer so stinkreiche Eltern hat und in dem großen Haus lebt. Er hatte deshalb keine richtigen Freunde, nur welche, die Geld wollten.« Niklas kratzte sich erneut am Arm.

»Aber er war nicht einsam. Er war doch oft mit uns allen im Kino.«

»Die anderen haben ihn nur ausgenutzt, weil er Geld hatte. Er war so naiv und ist darauf hereingefallen. Wahrscheinlich war er deshalb auch so blindlings mit in die Hütte gegangen. Er hat gefleht, dass sie ihn nach Hause lassen. Es sollte eigentlich nur ein Spiel sein, doch es war aus dem Ruder gelaufen.«

»Was war denn der Plan?«

»Die älteren Kinder wollten ihm Angst einjagen. Sie haben die Verbrecher gespielt und er war das Opfer. Die Hütte hat als Verlies gedient, wo sie ihn eingesperrt haben. Plötzlich war Oliver auf die Idee gekommen, dass sie Geld für seine Freilassung fordern könnten. Danach sollte er wieder nach Hause. Noch am gleichen Tag. Doch Oliver war ein Missgeschick passiert.« Niklas hielt sich die Hand vor den Mund.

»Was hat er denn gemacht?«

»Er hat wohl einfach vergessen, dass Tim sie nicht erkennen sollte, und seine Maske abgezogen. Alle hatten Angst, dass der Kleine zu Hause erzählen würde, wer ihn eingesperrt hat. Das gab ordentlich Streit. Wenn die Bewohner im Ort wussten, dass Oliver dabei war, wussten sie auch, wer die anderen sind.«

»Die Niederberger-Clique«, sagte der Junge hinter der Kamera.

Niklas schluckte und nickte.

»Was haben sie dann mit Tim gemacht?«

»Er musste dortbleiben, bis die Clique entschieden hat, wie es weitergeht. Die anderen wollten, dass es nach Plan weiterläuft, sie nach der Geldübergabe Tim heimschicken und so tun, als wäre nie etwas gewesen. Nur Oliver hatte Bedenken. Er war der Meinung, dass der Kleine sie verrät, sobald der die Hütte verlässt, und wollte ihn auf keinen Fall gehen lassen.«

»Haben sie eine Lösung gefunden?«

Niklas atmete schwer. »Erst nicht. Claudia war hysterisch geworden, weil sie geglaubt hat, dass Oliver Tim einfach töten wollte. Das hat sie laut ausgesprochen, dadurch ist Tim in Panik ausgebrochen. Er war so blass und in seinen Augen hat Furcht gelegen. Das konnte ich kaum ertragen.« Niklas weinte. »Tim hat gezittert und geschworen, dass er niemanden verraten würde. Er hat sich nur gewünscht, nach Hause gehen zu können.«

»Der arme Tim«, sagte der Junge, dessen Stimme leicht zitterte.

»Claudia hat sich neben ihn gehockt, ihn gestreichelt und beruhigend auf ihn eingeredet. Sie hat sich sogar bei ihm entschuldigt. Dann hat sie gesagt, dass er nach Hause kann.«

»War Oliver einverstanden?«

Niklas schüttelte den Kopf. »Er hat sie beleidigt und geschrien, dass Tim nicht gehen darf und sie sich abwechseln müssen, um ihn zu bewachen. Die anderen haben Oliver einen Vogel gezeigt. Mir wird ganz übel, wenn ich an all das zurückdenke.« Er verstummte und beugte sich nach vorn. Er hielt sich den Bauch, so als hätte er Krämpfe.

»Bitte erzähl weiter«, forderte der Junge auf, er hörte sich dabei gequält an.

»Sie werden mich umbringen.« Niklas setzte sich wieder aufrecht hin und wischte sich mit dem Ärmel über den Mund. Auf seiner Stirn standen Schweißperlen, er sah elendig aus.

»Ich verrate dich nicht, das schwöre ich.«

Niklas sah in die Kamera, es schien, als haderte er mit sich. »Okay, ich vertraue dir. Sie haben am nächsten Tag erst einmal das Geld gefordert. Das sollten die Eltern in einen Mülleimer am Sportplatz legen. Und danach wollten sie noch einmal darüber sprechen, wie sie vorgehen. Petra kam irgendwann wieder, sie war zuständig, das Geld zu holen und hatte es dabei.«

»Wie können Kinder Lösegeld einsammeln, ohne erwischt zu werden?«

»Oller, der Obdachlose, wurde dafür ausgenutzt. Wenn jemand wirklich die Polizei gerufen hätte, wäre er verdächtigt gewesen, denn niemand glaubt, dass ein Teenager ein Kind entführt. Oller hat immer im gleichen Müll nach was Essbarem gesucht, auch in dem am Sportplatz. Es war abgemacht, dass Petra wartet, bis Oller an den Mülleimer geht, schnell den Beutel mit dem Geld herausholt und abhaut.«

»Oller ist ein ganz lieber Kerl, er hätte niemals ein Kind entführt«, sagte der Junge hinter der Kamera, sein Tonfall klang verärgert.

»Ja, das stimmt. Aber so war der Plan. Oliver hat ihn sich ausgedacht. Es ging ja alles gut, keiner wurde verhaftet.«

»Weil niemand die Polizei gerufen hat.«

Niklas nickte.

»Und was hatten sie dann mit Tim vor?«, fragte der Junge.

Ein Schatten legte sich über Niklas' Gesicht, seine Mundwinkel sanken nach unten. »Sie wollten ihn gehen lassen. Claudia hat gesagt, dass sich die Erwachsenen an die Abmachung gehalten haben, also sollte die Clique das auch tun. Tim hat noch einmal geschworen, dass er niemandem etwas verraten würde. Er hat sogar selbst vorgeschlagen, dass er bestraft werden kann, wenn er es ausplaudert. Die Clique hat einstimmig entschieden, dass er gehen darf. Oliver hat ihm gedroht, dass er ihm die Kehle durchschneiden würde, wenn er ein Sterbenswörtchen sagen würde.« Niklas fing heftig an zu weinen und schrie mit einem Mal ganz laut. »Tim hätte niemals etwas gesagt, er hatte so große Angst. Das Geld ist in so einer reichen Familie egal. Sie wollten einfach nur wieder zusammen sein.«

»Warum konnte er doch nicht gehen?«

»Ich habe ihn getötet!« Niklas sprang auf und rannte aus der Hütte.

Das Video endete.

»Warum mussten wir uns das anschauen?«, fragte Yvonne schluchzend. »Der arme Junge sah furchtbar aus.«

»Der Typ hat ja vorhin gesagt, dass es ein weiterer Hinweis ist«, erwiderte Samuel.

Jan starrte fassungslos in die Runde. »Hat dieser Niklas gerade gebeichtet, dass er ein Mörder ist?«

»Es hat auf alle Fälle danach geklungen. Weiß jemand, wer der Junge ist?«

»Wir können ihn nicht kennen«, sagte Patrick. »Das Video scheint alt zu sein, da waren wir noch nicht mal in den Gedanken unserer Eltern.«

»Warum zeigt man uns dann diesen Film?«, fragte Yvonne.

»Könnte dieser Niklas der Junge auf den Illustrationen sein?«, fragte Samuel.

»Ich denke, das ist er nicht«, antwortete Patrick. »Vielmehr glaube ich, dass es dieser Tim ist, von dem der Junge im Video gesprochen hat. Auf dem Puzzle sieht es ja so aus, als wäre er in eine Hütte gesperrt, so wie in der Geschichte eben.«

»Und wir sollen jetzt einen Mörder überführen, oder was bezweckt der Typ damit?«, fragte Jan. »Sollen wir vielleicht herausfinden, wo und wer dieser Niklas ist?«

Patrick betrachtete das Bild. »Woher sollen wir das wissen? Das Video ist so alt, vielleicht lebt der gar nicht mehr.«

»Der Film ist alt, also ist wahrscheinlich damit die Vergangenheit gemeint, von der die Botschaft gesprochen hatte«, sagte Samuel. »Irgendetwas müssen wir also mit diesem Jungen zu tun haben. Wir sollen diese Wahrheit herausfinden.« Das Klingeln seines Handys ließ ihn zusammenfahren. Er nahm ab. »Richard, ist alles in Ordnung?«

»Das würde ich gerne von dir wissen. Ich habe eine gefühlte Ewigkeit nichts von dir gehört. Deine Eltern wollten, dass ich fahre. Dein Bruder ist ja dort. Ich war bei dir zu Hause, aber du bist nicht da. Wo steckst du?«

»Noch in der Galerie. Es ist alles okay. Ich bin nicht der Einzige, der diese Drohungen erhalten hat, es gibt noch drei. Wir unterhalten uns gerade.«

»Was?«, fragte Richard entsetzt.

»Ich rufe dich an, wenn ich zu Hause bin, und erzähle dir alles. Geht es meinen Eltern gut?«

»Sie sind okay. Dein Vater war sehr ruhig. Du hast ihnen ordentlich den Tag vermiest.«

Samuel seufzte. »Ich weiß, ich muss mich auch bei meinem Bruder entschuldigen. Er hat nichts damit zu tun.«

»Das hätte mich gewundert. Eifersüchtig ist er, aber dass er so weit gehen würde, habe ich nicht geglaubt. Ich bin froh, dass bei dir alles okay ist. Meldest du dich, wenn du daheim bist?«

»Mache ich. Bis später, Richard.« Samuel legte auf. »Wir sollten hier abbrechen. Seht nach, ob es euren Familien gut geht. Wir treffen uns morgen Vormittag um elf im Café *Bemme* und überlegen in Ruhe, was die zusammengesetzten Puzzleteile bedeuten und was wir als Nächstes tun.«

Patrick tippte sich an die Stirn. »Ich lass mich auf keinen Fall auf so ein abgekartetes Spiel ein, ich fahre damit zur Polizei.«

Yvonne nickte. »Ich bin seiner Meinung. Das ist wirklich gefährlich.«

Samuel hob die Hände. »Wartet bitte noch ab, ihr habt die Drohung gehört.«

»Wir sollten wirklich gut überlegen, was wir tun. Er hat meiner Tochter im Kindergarten aufgelauert.« Jan strich sich über das Gesicht.

»Lasst uns keine Alleingänge machen«, fuhr Samuel fort. »Wir treffen uns morgen um elf im Café Bemme und besprechen alles. Vielleicht fällt uns doch noch etwas ein. Dann hätten wir mehr, das wir der Polizei geben können.«

Patrick kaute auf der Unterlippe und starrte Samuel mit zusammengezogenen Augenbrauen an. »Ich bin nicht überzeugt davon. Wer sagt mir, dass nicht doch einer von uns der Täter ist?« Er zeigte auf Samuel. »Steckst du doch dahinter und willst dabei zuschauen, wie wir uns vor Angst in die Hosen scheißen?« Patricks Gesicht war hochrot.

»Ich habe ebenfalls diese Drohung bekommen«, blaffte Samuel zurück.

»Vielleicht hast du sie ja selbst erstellt.«

»Hört auf!« Jan stellte sich vor Patrick. »Er war die ganze Zeit hier. Wie soll er meiner Tochter das Puzzleteil in den Rucksack gesteckt haben?«

Patrick winkte mit dem Hauch eines arroganten Lachens ab. »Heute Morgen. Oder er hat jemanden geschickt. Ist ja nicht so schwer.«

»Und wer sagt, dass nicht du es bist?«, konterte Samuel.

Patrick funkelte ihn an. Seine Kiefer mahlten.

»Bitte hört auf zu streiten«, forderte Yvonne. »Wir beruhigen uns, fahren nach Hause und morgen gehen wir gemeinsam zur Polizei.« Sie sah Samuel an. »Wenn du dann noch immer anderer Meinung bist, gehen wir drei allein.«

Samuel nickte, Yvonnes Vorschlag war sinnvoller als dieser Streit, den Patrick angefangen hatte.

Dieser zeigte auf Samuel. »Sollte sich herausstellen, dass du doch dahintersteckst, haue ich dir den Schädel ein. Das verspreche ich dir.«

Samuel kochte innerlich vor Wut. »Für einen Psychiater bist du recht impulsiv. Solltest nicht gerade du in Krisen einen kühlen Kopf bewahren?«

»Es reicht jetzt«, schimpfte Yvonne streng. Ihre klare, laute Stimme verwunderte Samuel fast. »Benehmt euch nicht wie kleine Jungs.« Sie schaute zu Patrick. »Lass uns gehen.«

Patrick warf Samuel noch einen biestigen Blick zu, dann verließen die beiden die Galerie.

Jan legte seine Hand auf Samuels Schulter. »Er hat bestimmt große Angst und reagiert deshalb über. Ich glaube dir, dass du nicht dahintersteckst. Mit der Aktion hier hat diese Person in dein Leben eingegriffen, mit dem Puzzleteil bei meiner Tochter in meins. Hoffen wir, dass es kein Fehler ist, nicht sofort zur Polizei zu gehen. Ich fahre jetzt nach meiner Familie schauen. Bis morgen.«

Samuel blieb in der leeren Galerie zurück. Was an diesem Tag geschehen war, fühlte sich unwirklich an. Mit einem Mal überfiel ihn eine heftige Müdigkeit. Er wollte nur noch nach Hause. Auf dem Weg dorthin würde er den Schlüssel zu Herrn Draller bringen und dann nur noch schlafen gehen. Er hoffte, dass er Ruhe finden würde.

9

Marcel grinste, als er die Händchen seiner Nichte im Gesicht spürte. Er öffnete die Augen und streckte sich. »Guten Morgen, mein kleiner Engel.« Er gab Marlene einen Kuss auf die Stirn und schaute auf den Wecker.

Es war schon 9 Uhr.

Erschrocken setzte er sich auf, er hatte sich den Alarm doch für halb acht gestellt. »So lange wollte ich gar nicht schlafen«, sagte er zu seiner Nichte, die ihn erwartungsvoll ansah und lachte.

»Bist du bereit, im Schnee zu spielen?«

Marlene nickte und nuckelte aufgeregt an ihrem Schnuller.

»Frühstück ist fertig«, rief Kim.

Marcel formte den Mund zu einem O. »Hat die liebe Kim uns etwas Leckeres gezaubert?«

Wieder nickte Marlene fröhlich jauchzend.

»Und hat sie dich geschickt, um mich zu wecken?«

Marlene grinste und schlug sich ihre kleine Hand vor den Mund. Dann nickte sie abermals.

»So eine Frechheit. Da habe ich frei und werde von meinen zwei Frauen aus dem Bett geworfen.« Marcel nahm Marlene, schmiss sie in die Luft und fing sie auf. »Na schön, gehen wir essen.« Er ließ sie auf den Boden, woraufhin sie hinauseilte.

Marcel schaute auf sein Handy und war verwundert, dass das Präsidium ihn noch nicht kontaktiert hatte.

Auch Konrad hatte sich nicht gemeldet. Der sollte Bescheid geben, wenn sich im Fall Viktor Neumann etwas Neues ergab.

Es war selten, dass Marcel nicht im Frei gerufen wurde, er nahm die Ruhe an diesem Tag aber gern an, denn die Zeit mit seinen beiden Damen war ihm heilig. Er erhob sich und öffnete den Rollladen. Der Anblick des strahlenden Sonnenscheins versetzte ihn in gute Laune. Er freute sich auf die Freizeit mit Kim und Marlene.

Bei dem vielen Schnee konnten sie einiges unternehmen.

Er zog sich an und lief in die Küche, wo er von dampfendem Kaffee begrüßt wurde. »Das würde mir jeden Tag gefallen.«

»Kannst du haben, du musst nur mehr zu Hause sein«, sagte Kim und drückte ihm einen Kuss auf den Mund.

Sofort meldete sich das schlechte Gewissen, weil Kim noch nicht wieder arbeiten ging, sondern sich um die Kleine kümmerte.

Auch für sie war Marlene über Nacht in ihr Leben gekommen, daraufhin hatte sie ihre Anstellung und ihr Haus aufgegeben.

»Wie angeboten kann ich kürzertreten, wenn du in deinen Job zurück möchtest.«

Kim grinste. »Das ist nicht nötig. Lenchen und ich sind ein eingespieltes Team. Stimmt's, mein Schatz?« Sie schaute zu der Kleinen.

»Jaaaa«, rief Marlene und hüpfte klatschend umher.

»Na dann möchte ich dem Duo nicht im Wege stehen. Ich habe einen Bärenhunger.« Marcel setzte sich und aß von dem Rührei. Dazu belegte er sich ein Vollkornbrötchen mit Käse.

Nach dem Frühstück zog er seiner Nichte den dicken Winteroverall an. Das Aufsetzen der Mütze gestaltete sich etwas schwieriger, denn sie jammerte und zerrte sie sich immer wieder vom Kopf. »Schatz, die brauchen wir, sonst wird dein schönes Haar nass und du bekommst Ohrenschmerzen, weil es draußen eiskalt ist.«

»Nein.« Marlene heulte und zog eine wütende Grimasse, bei der Marcel Mühe hatte, nicht laut loszulachen, weil sie so süß aussah.

Kim hockte sich vor die Kleine, nahm ihm die Mütze aus der Hand und stülpte sie über Marlenes Kopf. »Die bleibt auf, sonst gehen wir nicht Schlitten fahren.«

Marlenes wütende Grimasse wechselte in eine beleidigte, doch die Mütze ließ sie in Ruhe.

Marcel grinste. »Du bist aber streng.«

»Und du zu nett. Es gibt Dinge, an denen geht kein Weg vorbei. Du hättest das Hin und Her noch ewig spielen können, denn der kleine Schatz hat einen langen Atem.« Kim lächelte. »Und nun raus in den Schnee.«

Marlene lachte und schmiss die Arme hoch.

»Kleine Kinder soll man verstehen, die wechseln ihre Laune von Minute zu Minute.« Marcel zog sich auch an und verließ mit seinen beiden Damen das Haus.

Am Rodelhang Rengsdorf war um diese Zeit nicht viel los, denn die meisten Kinder waren in der Schule oder in der Kita und die Eltern arbeiten. Nur wenige hatten mit ihren Kleinkindern die gleiche Idee wie Marcel gehabt.

Er liebte die Ruhe, die winterliche Landschaft, die klare Luft und das Leuchten in Marlenes Augen, die zum ersten Mal in ihrem Leben Schlitten fahren ging. An der Rodelbahn konnte Marcel durchatmen und für eine Weile den Alltagsstress vergessen. Er hoffte, dass Marlene so glücklich wie nur möglich aufwachsen würde, damit sie die Wahrheit ihrer Herkunft besser verdauen konnte.

Ein Schneeball traf ihn am Rücken.

»Hey, träumst du?«, fragte Kim.

Marlene lachte und warf Schnee in seine Richtung.

Der war so pulvrig, dass er vor Marcel herunterrieselte, trotzdem tat er so, als hätte sie ihn getroffen. »Na warte, ich fange dich und dann rodeln wir den Berg runter.« Er breitete seine Arme aus und rannte auf sie zu. Dabei rutschte er aus und landete mit dem Gesicht im Schnee.

Kim lachte laut.

Marcel hob den Kopf und klopfte sich den Schnee vom Gesicht.

Marlene schaute schockiert drein.

»Nichts passiert«, sagte er und stand schnell wieder auf. Er setzte sich auf den Schlitten. »Komm, mein Schatz, wir machen mit Kim eine Wettfahrt.«

»Ihr habt keine Chance«, erwiderte diese und stieg auf den anderen Schlitten.

Marcel platzierte Marlene vor sich und steckte sie in einen warmen Sack. Dann sausten sie den Hang hinab.

Die Kleine kreischte vor Vergnügen. »Noch mal«, rief sie, als sie unten ankamen.

Während Marcel den Schlitten mit Marlene nach oben zog, schaute er auf sein Handy.

Konrad hatte sich nicht gemeldet.

Der verschwundene Viktor Neumann ließ Marcel nicht los. Am liebsten würde er seinen Partner anrufen und fragen, ob er wieder aufgetaucht war. Doch er wollte Kim wenigstens an einem freien Tag, an dem noch nicht einmal das Telefon geklingelt hatte, nicht das Gefühl geben, die Arbeit wäre ihm wichtiger.

Sie liebte ihn bedingungslos und akzeptierte seinen Beruf immer, egal, wie spät er heimkam, wie oft er zusätzlich gerufen wurde oder es gar nicht nach Hause schaffte. Kim selbst war Opfer eines sehr schlimmen Verbrechens gewesen und verstand, dass manche Fälle Zeit benötigten.

Trotzdem wollte er das nicht ausnutzen.

»Alles okay, Schatz?«

Marcel zuckte zusammen, weil er nicht bemerkt hatte, dass Kim neben ihn getreten war. »Natürlich. Kein Anruf.« Er lächelte.

Kim legte eine Hand auf seine Schulter. »Was beschäftigt dich?«

Marcel seufzte. »Entschuldige bitte, dass ich nicht von der Arbeit abschalten kann. Ich habe kurz an das Opfer gedacht. Mein Bauchgefühl sagt mir, dass so viel mehr als nur diese Körperverletzung dahintersteckt. Ich bin sicher, dass er bedroht wurde, und nun habe ich Sorge, dass er deshalb aus der Klinik verschwunden ist.«

»Du meinst, er könnte von dort entführt worden sein?«, hakte Kim nach.

»Ich hoffe, so schlimm ist es nicht. Vielleicht versteckt er sich, weil er Angst hat.« Marcel gab Kim einen Kuss. »Doch ich habe keine Nachricht erhalten, also brauchen die mich auch nicht. Ich schieb das jetzt beiseite.« Das fiel ihm aber nicht leicht.

»Du genießt einfach noch ein wenig den Tag mit uns, dann fahren wir nach Hause und trinken zusammen heiße Schokolade. Wenn du danach nichts gehört hast, rufst du bei Konrad an. Einverstanden?«

Marcel fühlte sich ertappt. Kim war zwar verständnisvoll, aber er ärgerte sich trotzdem, dass er es selten schaffte abzuschalten. »Danke.«

Marcel schob die Sorgen weg und konzentrierte sich darauf, den restlichen Tag mit seiner Familie zu verbringen, ohne einen weiteren Gedanken an die Arbeit zu verschwenden. »Wer rodelt noch mal mit?«

Marlene warf die Arme hoch.

10

Samuel saß schon seit einer Stunde im Café *Bemme*. Er war viel zu früh, da er so aufgeregt war.

In der letzten Nacht hatte er kaum geschlafen, weil ihm der Junge von dem Video permanent durch den Kopf geisterte. Warum sollten Samuel und die anderen drei diese Geschichte lösen? Was hatte dieser Niklas mit ihrer Vergangenheit zu tun.

Sein Handy kündigte mit einem Piepen eine Nachricht an.

Sie war von Richard. *Guten Morgen, ich bin jetzt im Büro, du kannst mich jederzeit anrufen, wenn etwas ist.*

Mit Richard hatte er am Abend zuvor ewig telefoniert, er hatte ihm von den anderen und dem zusammengesetzten Puzzle erzählt. Sein Freund war richtig sauer geworden, weil sie nicht die Polizei gerufen hatten. Er hatte geschimpft, dass dies eine gefährliche Sache werden könnte und sie nicht eigenmächtig handeln durften.

Samuel hatte ihm versprochen, dass sie direkt nach dem Treffen am nächsten Morgen zur Polizei gehen und dieses Video abgeben würden. Er hatte selbst eingesehen, dass es das Beste war, wenn er seine Familie schützen wollte.

Gedankenverloren drehte er seinen Kaffeebecher in der Hand. Wieder erschienen Niklas von dem Video und der Junge auf dem Puzzle vor seinem inneren Auge. Man konnte unmöglich sagen, ob es sich um ein und denselben handelte, aber Samuel dachte wie Patrick, dass das blonde Kind auf den Illustrationen wahrscheinlich dieser Tim war, von dem Niklas gesprochen hatte.

»Hey, bist du noch allein?«

Samuel fasste sich ans Herz. »Gott, hast du mich erschreckt.«

»Sorry, das wollte ich nicht.« Patrick setzte sich und schaute sich im Gastraum um. »Diese Situation ist kaum erträglich, oder? Ich habe kein Auge zugemacht und ständig sehe ich in Menschen eine Gefahr. Jeder, der hier sitzt, könnte derjenige sein, der uns diese Drohungen schickt.«

Samuel nickte. »Ich habe auch schon alle genau gemustert. Mit so viel Angst können wir nicht weiterleben, sonst drehen wir durch. Wir gehen nachher zur Polizei.«

»Mein Reden, wir hätten das schon gestern tun sollen, dann hätte ich besser schlafen können.« Patrick bestellte sich ein Bier.

Samuel hob eine Augenbraue. »Es ist erst kurz nach elf.«

»Ich brauche das jetzt.«

Einen Moment später trat Jan ins Café, der genauso müde aussah, wie Samuel sich fühlte. »Morgen«, raunte er, bestellte einen Kaffee und setzte sich zu den beiden.

»Alles okay?«, fragte Patrick. »Du schaust beschissen aus.«

»Ich hatte wenig Schlaf, weil ich meine Kinder und meine Frau nach Trier zu meiner Tante gebracht hab, ich hätte sonst keine Ruhe gefunden«, sagte er. »Meine Frau weiß Bescheid und achtet auf ungewöhnliche Dinge. Auf der Fahrt habe ich mir den Kopf zerbrochen, warum wir dieses Rätsel lösen sollen, doch mir fällt nichts ein. Seid ihr weitergekommen?«

Samuel schüttelte den Kopf. »Ich sehe keinen Zusammenhang, wieso ausgerechnet wir vier diese Drohungen erhalten haben.«

Patrick verdrehte die Augen. »Das hatten wir gestern schon, darüber brauchen wir nicht diskutieren. Die Qualität des Filmes passt nicht zu der heutigen Technik. Ich schätze, dass der Dreh bestimmt fünfzig Jahre her ist. Wenn Niklas da ein Teenager war, ist er jetzt zwischen sechzig und siebzig Jahre alt. Wir sind in den Achtzigern geboren, da war das ein erwachsener Mann. Ich wüsste nicht, woher wir den kennen sollten.« Patrick nahm einen großen Schluck Bier, damit war die Flasche schon halb leer.

»Das stimmt«, erwiderte Jan. »Aber der Typ hat uns in diese Galerie gelockt und dieses Video gezeigt. Also muss es was mit uns zu tun haben.«

»Irgendetwas liegt in unserer Vergangenheit. Das hat er in der Botschaft angedeutet.« Samuel verzweifelte fast daran, nicht zu wissen, was das alles zu bedeuten hatte. »Wo seid ihr als Kinder aufgewachsen?«

»Ich in Kassel«, sagte Patrick.

»Koblenz«, antwortete Jan.

»Ich auch in Koblenz«, erwiderte Samuel.

»Was hat dich her verschlagen?«, fragte Jan. »Seit wann lebst du hier?«

»Meine Mutter stammte aus Koblenz, ist aber nach Kassel gezogen, weil sie dort geheiratet hat. Nach ihrer Scheidung ist sie mit mir zurückgekehrt, da war ich circa fünfzehn Jahre.«

Samuel dachte darüber nach. »Das ist in etwa das Alter von diesem Niklas. Vielleicht besteht ein Zusammenhang zwischen seiner Jugend und unserer. Gab es bei uns irgendetwas Spezielles, als wir Teenager waren?«

»Ich war ein Angsthase und hätte mich nie getraut, etwas anzustellen«, sagte Jan.

Patrick mahlte mit dem Kiefer und schlug auf den Tisch. »Verdammt, ich bin völlig fertig. Mein bester Freund war die ganze Nacht bei mir, weil ich Schiss habe. So geht das nicht weiter«, entgegnete Patrick. »Ich spiele mit dem Typ keine Spiele. Wenn ihr euch nicht dazu aufraffen wollt, gehe ich allein zur Polizei. Meine Mutter ist alles, was ich habe. Der darf nichts passieren, sie muss geschützt werden. Ich überlasse die Aufklärung den Profis.« Er sah Samuel an. »Gib mir den Stick. Ich zeige denen auch dieses Video.«

Jan fuhr sich mit der Hand über das Gesicht. »Ich verstehe dich ja. Aber er hat gesagt, dass wir keine Polizei einschalten dürfen. Ich habe Angst um meine Familie.«

»Patrick hat recht, wir sollten das melden.« Samuel schaute auf die Uhr. »Warten wir nur noch auf Yvonne.«

Es war 11:20 Uhr.

Patrick nahm sein Handy. »Sie ist schon zwanzig Minuten zu spät. Ich rufe sie an. Sobald sie da ist, gehen wir zur Polizei.«

Samuel nickte. Auch wenn ihn die Drohung *keine Polizei* noch immer sehr nervös machte, war es wohl die klügere Entscheidung. Er würde seinen Bruder bitten, eine Weile in Koblenz zu bleiben, damit sie zu zweit auf seine Eltern achten konnten. Bis die Sache geklärt war, musste er an seine Familie statt an seine Karriere denken.

Patrick legte sein Smartphone auf den Tisch. »Ihr Handy scheint aus zu sein. Vielleicht ruft sie gleich zurück.«

»Mir macht das echt Bauchschmerzen«, sagte Jan. »Das Treffen ist doch wichtig. Würde sie sich da wirklich so verspäten, ohne uns anzurufen, wenn sie doch weiß, dass wir zur Polizei wollten? Sie hat unsere Nummern.«

Das waren exakt Samuels Gedanken. »Weiß jemand, wo sie wohnt?«

»Sie hat mir gestern nur gesagt, dass sie in Koblenz-Immendorf lebt«, antwortete Jan.

Patrick zuckte kopfschüttelnd die Schultern.

»Ich wohne auch in Immendorf und frage mal meinen Nachbarn, der kennt sich gut aus. Vielleicht kann er uns helfen, dann fahren wir bei ihr vorbei. Wenn sie nicht zu Hause ist, gehen wir allein zur Polizei.« Samuel rief seinen Nachbarn an und fragte, ob er eine Yvonne Jahnke kannte.

»Die kleine Jahnke, na klar ist die mir ein Begriff. Ihre Mutter war früher mit mir auf der Schule. Eine Klasse unter mir. Beide haben ihr Haus im Bitzenweg, die Mutter in der 13 und das Yvonnchen irgendwo in der Nähe.«

»Vielen lieben Dank. Das hat mir sehr geholfen.« Samuel legte auf. »Sie wohnt im Bitzenweg. Wollen wir?«

Die beiden waren einverstanden.

Samuel ging zu der Cafébesitzerin, zahlte die Getränke und verließ das Gebäude. Wieder klopfte sein Herz so doll, dass er es in seinem Hals spürte.

Patrick übernahm das Fahren.

Sie kamen nur langsam voran, weil die Straßen ziemlich rutschig waren.

Samuel hatte das Gefühl, die Zeit würde stillstehen. Unsicherheit legte sich wie ein Schleier über ihn. Wieder warnte ihn sein Verstand, dass dies eine Falle sein könnte. Er starrte aus dem Fenster und versuchte, die Gedanken an eine mögliche Bedrohung zu verdrängen, indem er sich an dem schönen winterlichen Bild erfreute.

Die Sonne warf lange Schatten auf den Boden, und das Knirschen der Reifen auf dem Schnee vermischte sich mit dem Klopfen seines Herzens. Die winterlichen Dächer zogen vorbei.

Es half nichts. Seine Gedanken drehten sich nur um den mysteriösen Jungen und das Puzzle, die schönste Landschaft konnte ihn nicht davon ablenken.

»Was, wenn Yvonne wirklich in Gefahr ist?«, flüsterte Jan. Sein Blick wanderte nervös zwischen den Häusern umher. »Vielleicht fahren wir doch erst zur Polizei.«

»Sollte sie nicht zu Hause sein, rufen wir die sofort zu dem Haus, damit die nachschauen können«, erwiderte Samuel. Er hoffte noch immer, dass sie den Termin nur vergessen hatte und die Person, die sie alle bedrohte, nicht so weit gehen würde, ihnen etwas anzutun.

Patrick fuhr bis zur Hausnummer 13 und stellte sein Auto dort ab.

Sie gingen die Straße hinunter, bis sie Yvonnes Namen auf einem Schild fanden.

Das Einfamilienhaus war noch mit Lichterketten und weihnachtlichen Tannengirlanden geschmückt.

»Sie hat noch nicht einmal die Rollläden hochgezogen«, sagte Jan mit zittriger Stimme. »Ich habe wirklich kein gutes Gefühl dabei. Wir sollten lieber verschwinden, vielleicht ist das eine Falle.«

»Was ist, wenn sie verletzt dort drin liegt? Ich klopfe wenigstens. Ihr bleibt auf Abstand. Wenn was passiert, rennt ihr zum Auto und holt Hilfe.« Samuel atmete tief ein, ihm ging der Arsch auf Grundeis, doch er konnte nicht einfach so verschwinden. Zwar kannte er Yvonne kaum, aber wenn sie in Not war, musste er ihr helfen. Vorsichtig stapfte er durch den Schnee und klopfte an die Tür.

Der Klang hallte durch das ruhige Wohnviertel.

Zunächst passierte nichts. Sekunden fühlten sich wie Stunden an.

Dann wurde die Tür langsam geöffnet.

Ein Herr, der ziemlich lädiert aussah, so als hätte er sich geprügelt, schaute durch einen Spalt.

»Entschuldigen Sie die Störung, wir suchen Yvonne. Ist sie da?« Wahrscheinlich waren die Sorge und Angst in seiner Stimme zu hören gewesen.

»Hier wohnt keine Yvonne. Sie müssen sich geirrt haben«, raunte der Mann mürrisch und warf die Tür vor Samuels Nase wieder zu.

Eine eisige Klaue legte sich um ihn. Er traute sich nicht, noch einmal zu klopfen. Aus Reflex schaute er auf die Klingel, auf der *Y. Jahnke* stand, wie auf dem Schild vorne am Gartenzaun. Dass der Mann gelogen hatte, verstärkte Samuels Angst. Er eilte zu den anderen. »Hier stimmt etwas nicht. Ruft die Polizei.« Er erzählte ihnen, was gerade passiert war.

Es dauerte fünfzehn Minuten, bis ein Streifenwagen vorfuhr.

Eine junge Polizistin stieg aus und kam auf sie zuge-laufen. »Guten Tag, Sie haben uns gerufen?«

Samuel nickte. »Mein Name ist Meinicke. Wir haben sie alarmiert, weil wir bedroht werden und unsere Freundin vermisst wird.«

Der Polizist, der am Steuer gesessen hatte, gesellte sich ebenfalls dazu. Auch er war noch sehr jung.

»Ich bin Polizeikommissarin Schneller, das ist mein Kollege Polizeikommissar Schröder. Von was für einer Bedrohung sprechen Sie?«

Samuel schluckte und erzählte von den letzten 24 Stun-den. Den Drohungen, den Puzzleteilen, der Ausstellung und dem Verschwinden von Yvonne. »Es hat ein Mann geöffnet, der aussah, als hätte er sich geprügelt.«

»Wissen Sie, ob Frau Jahnke mit jemandem gemeinsam dort wohnt?«, fragte der Polizist.

»Yvonne lebt allein. Sie ist geschieden und kinderlos«, antworte Jan. »So hat sie es zumindest erzählt.«

»Wir schauen nach und befragen die Person, die Sie im Haus gesehen haben. Ich bitte Sie, sich im Hintergrund zu halten.« Die Polizistin lief zum Eingang, dicht gefolgt von ihrem Partner. Sie klingelte, doch niemand öffnete.

Auch nach dem dritten Mal nicht.

Der Polizist ging ums Haus und rief seine Kollegin, die ihm eilig folgte.

»Ich schaue nach. Wenn Yvonne etwas zugestoßen ist, möchte ich wissen, was uns blüht, falls uns das Monster schnappt.« Patrick rannte den Polizisten hinterher.

Samuel und Jan folgten ihm.

An die Rückseite des Hauses grenzte ein kleiner Garten. Es gab keinen Zaun oder Ähnliches. Die Terrassentür stand offen.

»Der Typ ist bestimmt bereits über alle Berge, er konnte hier unbemerkt entkommen«, sagte Samuel.

Die Polizistin kam auf sie zu. »Im Haus ist niemand.«

»Auch keine verletzte Frau?«, fragte Patrick.

»Nein, wir haben die Räumlichkeiten durchsucht. Es gibt keine Spuren eines Kampfes. Frau Jahnke scheint einfach nur nicht da zu sein.«

»Aber sie lässt doch nicht die Terrassentür auf. Und den Mann habe ich mir nicht eingebildet.«

»Es führen frische Schneeabdrücke aus dem Garten hinaus. Sie stammen definitiv von nur einer Person. Vielleicht hat es hier einen Einbruch gegeben und Sie haben den Täter auf frischer Tat ertappt. Wahrscheinlich war es sogar Glück, dass sich Frau Jahnke nicht zu Hause befand.«

Der andere Polizist gab per Funk Einzelheiten weiter und folgte den Fußabdrücken.

»Wir werden dem nachgehen. Ich nehme Ihre Aussage auf. Bitte beschreiben Sie mir so genau wie möglich den Mann, der Ihnen die Tür geöffnet hat.«

Samuel gab alles zu Protokoll, was ihm in dem kleinen Moment aufgefallen war.

»Männlich, ca. 1,80 Meter groß, schlanke Statur, graue kurze Haare. Grünes Karohemd, das mit Blut beschmiert war. Blaues und zugeschwollenes Auge. Ist das so richtig?«, hakte die Polizistin nach.

Samuel nickte.

»Gab es sonst noch Auffälligkeiten? Eine Narbe, Brille, Ohrringe oder so?«

»Ich habe nichts Derartiges gesehen, aber es ging so schnell. Außerdem hat er die Tür nur einen Spaltbreit geöffnet.«

Der andere Polizist kam wieder. »Da ist niemand mehr. Wir sollten mit dem Auto nach dem Mann suchen.«

»In Ordnung.« Die Polizistin sah Samuel an. »Melden Sie sich, wenn Ihnen noch etwas einfällt.« Sie packte ihr Notizbuch ein.

»Was ist mit den Drohungen, die wir bekommen haben?«, fragte Jan. »Wollen Sie das nicht auch aufnehmen?«

»Es handelt sich dabei wahrscheinlich um einen anderen Fall. Ich möchte Sie bitten, mit den Briefen und dem Film zum Präsidium am Moselring zu kommen, damit wir die Sache anschauen können. Wir suchen jetzt erst einmal nach diesem vermeintlichen Einbrecher.«

»Hallo? Was ist denn hier los?« Eine ältere Dame mit grau meliertem Haar rannte auf ihre kleine Gruppe zu. »Was suchen Sie auf dem Grundstück?«

»Guten Tag, mein Name ist Schneller, Polizei Koblenz. Wer sind Sie?«

»Ich bin die Mutter von Yvonne Jahnke, die hier in dem Haus wohnt. Wo ist sie? Ist irgendwas passiert?«

Die Polizistin schilderte der Frau kurz den Vorfall.

Die Mutter war kreidebleich geworden. »Du meine Güte. Ein Einbrecher. Gott sei Dank war Yvonne nicht da.«

Samuel hätte am liebsten erzählt, dass das möglicherweise kein Einbrecher gewesen war, aber er wollte der Mutter nicht noch mehr Angst einjagen.

»Wissen Sie zufällig, wo Ihre Tochter ist?«, fragte Polizeikommissarin Schneller.

»Sie war heute Morgen mit ihrem guten Freund zum Frühstück verabredet und sagte, dass sie gegen elf noch einen Termin habe. Leider hat sie mir aber nicht erzählt, wo.«

»In Ordnung. Richten Sie Ihrer Tochter bitte aus, sie soll sich bei uns melden, damit wir sicher sein können, dass es ihr gut geht.« Die Polizistin war im Begriff, das Grundstück zu verlassen.

Samuel hielt sie zurück. »Ich finde, Sie sollten das ernster nehmen. Wir waren um elf mit Yvonne verabredet, aber sie ist nicht gekommen.«

»Wir können noch keine Vermisstenmeldung machen. Frau Jahnke ist erwachsen, es gibt keine eindeutigen Hinweise, dass ihr etwas zugestoßen sein könnte. Vielleicht hat sie sich bei dem Frühstück einfach nur verquatscht. Wir sind wegen eines möglichen Einbruchdelikts gekommen. Mit den Drohungen gehen Sie bitte zum Präsidium, dafür wird ein neuer Fall eröffnet. Ich regle das hier mit der Angehörigen und sehe, dass wir Ihre Freundin irgendwie erreichen.« Die Polizistin wandte sich der Mutter zu.

»Sie nehmen uns gar nicht ernst«, schimpfte Jan. »Ich glaube nicht, dass Yvonne den Termin wegen eines Frühstücks hat sausen lassen. Sie hatte doch genauso große Angst wie wir.«

Doch die Beamtin reagierte nicht mehr darauf.

»Wir können die Regeln der Polizei nicht ändern«, sagte Samuel. »Fahren wir zum Präsidium. Wir müssen nur noch die großen Kunstwerke bei mir abholen. Ich habe die heute Morgen leider daheim liegen lassen.«

11

Kim hatte Marcel und Marlene gerade zu Tisch gerufen, weil die heiße Schokolade fertig war, da klingelte sein Handy.

Er nahm ab. »Kommt ihr nicht einen Tag ohne mich aus?«

Kim hob die Augenbrauen und sah ihn mit einem *Echt-Jetzt*-Gesichtsausdruck an.

Konrad schnaubte. »Glaub mir, ich würde mich auch gern mal von dir erholen. Allerdings weiß ich, dass du sehnsüchtig auf einen Anruf von mir wartest.«

Marcels Wangen glühten. Zum zweiten Mal an diesem Tag fühlte er sich ertappt. Er wollte schnell vom Thema ablenken. »Habt ihr Neumann gefunden?«

»Nein, der ist nicht aufgetaucht. Ich habe das an Kollegen weitergegeben, denn wir haben eine Leiche. Leider ist Mareike krank geworden. Ich finde keinen Ersatz und brauche dich.«

»Ich wollte gerade mit meinen beiden Frauen einen gemütlichen Nachmittag einläuten.« Marcel schaute zu

Kim, weil er ihr zeigen wollte, dass er es ernst meinte.

Die lächelte. »Geh schon.«

»Okay, wohin muss ich?«, fragte er Konrad.

»Zur Grünschnitt-Kompostieranlage in der Greiffen-klaustraße Koblenz-Niederberg. Vom Wachhäuschen aus fährst du circa 140 Meter weiter, da liegt sie an einem alten Gebäude. Wolfgang ist bereits vor Ort. Ein Rechts-mediziner ist auf dem Weg und ich komme auch direkt dorthin.«

»Alles klar, ich fahre gleich los.« Marcel legte auf.

Kim grinste. »Du bist halt unverzichtbar.«

»Es tut mir leid. Ich werde gebraucht, es gibt ein vermeintliches Tötungsdelikt. Mareike ist krank und Konrad findet niemanden.«

»Fahr schon, Marlene und ich legen uns jetzt eh für ein Schläfchen auf das Sofa und kuscheln uns erst einmal warm.«

»Danke.« Marcel gab den beiden jeweils einen Kuss und zog sich um. Dann eilte er zum Auto hinaus, befreite es von dem Schnee, stieg ein, startete den Motor und wartete einen Moment, bis das Gebläse die beschlagenen Scheiben freimachte. Anschließend fuhr er los.

Am Wachhäuschen der Grünschnitt-Kompostieranlage fuhr er vorsichtig die Greiffenklaustraße entlang, die weder geräumt noch gestreut und dadurch aalglatt war.

Der Schnee knirschte unter den Reifen seines Wagens und sein Heck rutschte permanent weg.

»Tolle Stelle«, maulte Marcel, der sich stark konzentrierte, um nicht vor einem der Bäume zu landen. Er entdeckte das alte Gebäude, das Konrad erwähnt hatte, parkte das Auto am Straßenrand hinter den Streifenwagen, zog den Kragen seiner Jacke höher und stieg aus. Durch den Schnee stampfte er zu den Kollegen und binnen Sekunden waren seine Strümpfe nass.

»Kannst du dir keine vernünftigen Winterschuhe leisten?«, fragte ihn Wolfgang Becker, der leitende Ermittler der Kriminaltechnik. Er starrte auf Marcels Sneaker.

»Kannst du dir nicht ein neues Lachen leisten?«, konterte Marcel.

»Um freundlicher zu sein, bräuchte ich höflichere Kollegen«, witzelte Wolfgang, der durch eine frühere Borrelioseinfektion eine halbseitige Gesichtslähmung hatte und deshalb immer miesepetrig aussah. Er selbst machte darüber gern Scherze und über die Jahre war das zu einem Running-Gag unter den Kollegen geworden. Er zwinkerte. »Zieh dir einen Overall an, das hier wird dich interessieren.«

»Aye, aye, Chef.« Marcel freute sich, dass Wolfgang am Fundort der Leiche war.

Mit ihm arbeitete es sich unkompliziert. Außerdem konnte der Kriminaltechniker aufgrund seiner langjährigen Erfahrung oft Aussagen zum Leichnam machen, mit denen das Team schon etwas anfangen konnte, bis der Rechtsmediziner die Obduktion abgeschlossen hatte.

Marcel zog sich den Schutzoverall an und stülpte sich die Handschuhe über. Dann ging er zu seinem Partner, der mit einem Mann sprach.

Konrad unterbrach die Unterhaltung. »Das ist mein Kollege Kommissar Schweißer.« Er sah Marcel an. »Herr Manner hat uns gerufen. Er hat sie nur gefunden und kann keine weiteren Angaben machen.« Konrad entließ den Zeugen. Als er sich wieder an Marcel wandte, schaute er an ihm herunter. »Kannst du dir keine ordentlichen Winterstiefel kaufen?«

Marcel verdrehte die Augen. »Ich habe ein Paar, aber die waren nass von unserer Rodelfahrt.«

»Es sind keine ordentlichen, wenn sie nass sind.«

»Sind wir wegen meiner Schuhe hier oder möchtest du mir etwas über das Opfer erzählen?«

Konrad zeigte auf die Leiche.

An das Gebäude gelehnt saß eine Frau, deren Hautfarbe sich fast nicht vom Schnee unterschied.

»Weiblich, Alter circa dreißig bis vierzig Jahre. Wurde vor etwa einer Stunde hier gefunden. Leider hat es so heftig geschneit, dass es keine Autoreifenspuren oder Fußabdrücke mehr außer die von dem Zeugen selbst gibt.«

»Wissen wir schon, woran sie gestorben ist?«, fragte Marcel.

Wolfgang nickte. »Meiner Einschätzung nach wurde sie erwürgt. Ihr Hals weist typische Male auf und ich wette, der Rechtsmediziner diagnostiziert einen Zungenbein- oder Kehlkopfbruch. Sie liegt schon eine Weile hier, ich kann aber zum Todeszeitpunkt nichts Genaues sagen. Die eisigen Temperaturen spielen bei dessen Bestimmung eine große Rolle, dazu wird euch der Rechtsmediziner mehr erzählen.«

Hinter Marcel knirschte der Schnee und er drehte sich um.

»Rechtsmedizinerin«, sagte eine hochgewachsene, schlanke Frau, die sich vor die drei stellte und lächelte. Ihr Gesicht war fast vollständig von einer Mütze und einem Schal verdeckt. Die langen braunen Haare hingen an den Seiten heraus und reichten bis zu ihrer Taille.

Alle starrten sie an, keiner erwiderte etwas.

»Ich bin Rosie Vahl und komme, um mir die Leiche anzuschauen.« Sie zog den Schal herunter und die Mütze ab. »Nun schauen Sie nicht so, als wäre ich ein Gespenst«, sagte sie lächelnd.

»Kommissar Schweißer«, stellte sich Marcel vor. »Bitte entschuldigen Sie unsere Blicke. Wir waren nur kurz irritiert, weil sonst immer die zwei gleichen Herrschaften nach Koblenz kommen.«

Die Frau band sich das kräftige Haar zu einem hohen Zopf und schlüpfte in einen Overall. »Kein Problem. Ich bin neu im Team am Institut für Rechtsmedizin in Mainz und wohne näher an Koblenz als die Kollegen. Deshalb werde ich ab jetzt sicher häufiger hier auftauchen, vor allem wenn Sie die Leichen am frühen Morgen finden. Also wundern Sie sich zukünftig nicht, sollte ich die Erste am Fundort sein.« Sie zwinkerte und setzte eine Brille auf. »Klären Sie mich auf?«

Wolfgang stellte sich vor und gab die nötigen Informationen weiter. Darunter auch seine Einschätzung zur Todesart, was die meisten Rechtsmediziner nicht gern annahmen, weil das nicht in seinen Fachbereich gehörte.

»Ich mag Kollegen, die mitarbeiten«, sagte Rosie Vahl und hockte sich zu der Leiche.

Wolfgang errötete und schmunzelte.

Das brachte Marcel zum Grinsen.

»Ich bestätige, dass dieses Opfer erwürgt wurde, meiner Meinung nach mit bloßen Händen. Zum Todeszeitpunkt kann ich noch nichts Gewichtiges sagen, unter Berücksichtigung der kalten Temperaturen und der Leichenstarre gehe ich von vor circa drei bis fünf Stunden aus. Mehr gibt es, wenn ich sie mir genauer angesehen habe.« Die Rechtsmedizinerin schaute Marcel und Konrad an. »Reicht Ihnen das erst einmal für Ihre Ermittlungen?«

Marcel konnte nicht glauben, wie herrlich unkompliziert diese Frau war. Er kannte nur Rechtsmediziner, die man fast foltern musste, um etwas zu erfahren. »Sie gefallen mir.«

Wolfgang sah Marcel empört an.

»Fachlich, Kollege«, sagte er schnell. Auch wenn die attraktive Frau sicher jede Menge Männerherzen höherschlagen ließ, hatte er nur Augen für Kim.

So wie Wolfgang Rosie Vahl anschaute, hatte sie wohl sein Herz schon gewonnen.

»Mein Ex war Kriminalbeamter«, sagte die Rechtsmedizinerin lächelnd. »Ich weiß also, worauf Sie stehen.« Sie erhob sich. Dann sah sie zu Wolfgang. »Sichern Sie erst Ihre Spuren fertig und geben Sie mir Bescheid, wenn ich anfangen kann.« Sie stellte sich an die Seite.

Wolfgang schien irritiert zu sein, normalerweise hatten die Rechtsmediziner selten Zeit und wollten am liebsten ihre Arbeit sofort erledigen. Das brachte nicht selten Diskussionen zwischen ihnen und Wolfgang.

Marcel fand dessen Sprachlosigkeit amüsant, doch er musste die Aufmerksamkeit seiner Kollegen auf den Fall lenken. »Gab es noch weitere Spuren, die uns nützlich sind?«

Konrad hob eine Tüte. »Und ob.«

Darin steckte ein übergroßes Puzzleteil, das dem von Viktor Neumann stark ähnelte. Allerdings war auf diesem ein Bild.

Marcel griff danach, um es besser erkennen zu können.

Es war eine Illustration. Ein Junge, der panisch dreinschaute und auf dem Boden einer Art Hütte hockte. Darauf stand: *Es tut mir leid.*

»Was hat das zu bedeuten?«

»Keine Ahnung«, erwiderte Konrad. »Unser Fall Neumann nimmt damit eine andere Richtung. Er hatte so ein Puzzleteil in Schwarz in seiner Hand, auf dem stand, dass er mitschuldig sei. Es gibt sicher nicht viele solcher übergroßen Teile und es wäre schon auch ein merkwürdiger Zufall, dass die ausgerechnet zur gleichen Zeit auftauchen.«

»Das Bild ist eine Illustration und Neumann war von Beruf Illustrator. Das erscheint mir ebenso nicht als Zufall.«

Konrad nickte. »Warum war sein Puzzleteil schwarz? Und sollte er auch getötet werden?«

Marcel dachte darüber nach. »Oder aber er ist der Täter. Vielleicht wollte er gerade das Puzzleteil bemalen, so wie dieses hier, und wurde gestört. Es könnte jemand von dem Tötungsdelikt wissen und Neumann deshalb angegriffen haben. Eventuell gibt es noch weitere Opfer.«

»Das würde erklären, weshalb er nicht wollte, dass wir es sehen. Er hatte Angst, dass wir ihm auf die Schliche kommen.«

Konrad seufzte. »Es wäre auch eine Antwort darauf, warum er sich einer Untersuchung verweigert hat und aus der Klinik stiften gegangen ist.«

»Um seinen Plan umzusetzen, diese Frau zu töten. Hören wir noch mal nach, ob es hier weitere Hinweise gibt, und dann suchen wir diesen Neumann.« Marcel ging zu Wolfgang. »Hast du bei der Frau irgendetwas gefunden, was uns ihre Identität verrät?«

»Nein, sie hatte keine Dokumente bei sich.«

»Sie wurde auch nicht hier getötet«, warf die Rechtsmedizinerin ein. »Wahrscheinlich hat der Täter oder die Täterin ihre Sachen irgendwo verschwinden lassen.«

»Und das kann überall sein«, sagte Marcel resigniert. »Wir fahren ins Präsidium und schauen uns die Vermisstenfälle an.« Er machte ein Foto von der Leiche. »Es war mir ein Vergnügen, Sie kennenzulernen, Frau Vahl.«

»Nennen Sie mich Rosie, Vahl erinnert mich immer an meinen Ex.« Sie grinste.

»Sehr gern, ich bin Marcel.«

Auch die anderen beiden begrüßten das Duzen.

Anschließend verabschiedeten sich Marcel und Konrad, sie fuhren jeder in seinem Wagen los.

Auf dem Weg ins Präsidium machte sich Marcel gedanklich Notizen. Er fragte sich, was dieser panisch aussehende Junge zu bedeuten hatte und vor allem die Botschaft: *Es tut mir leid.*

Vielleicht konnte Neumanns Tochter etwas zu dem Kind sagen.

Da er ungeduldig war, entschied er, sie direkt anzurufen.

»Kommissar Schweißer, haben Sie meinen Vater gefunden?«, überfiel sie ihn direkt nach dem ersten Freizeichen.

»Nein, haben wir nicht. Ich habe eine Frage an Sie. Arbeitet er noch an einem Projekt als Illustrator?«

»Er hat mir gesagt, dass er nichts mehr damit zu tun hat, weil er keine Lust mehr darauf hat.«

»Okay. Und wissen Sie etwas über einen kleinen blonden Jungen, den Ihr Vater illustriert haben könnte?«

»Ich kann Ihnen dazu nichts sagen. Er hat mich leider nie an seinen Arbeiten teilhaben lassen.«

»Haben Sie Geschwister, die Ihr Vater damals gemalt haben könnte, oder hat er Kontakt zu anderen Kindern?«

»Ich habe einen Halbbruder, aber mit dem hatte Papa nichts zu tun. Er stammt aus Mamas Ehe. Warum fragen Sie mich das alles?«

»Wir ermitteln in einem Fall, bei dem ein ähnliches Puzzleteil aufgetaucht ist wie das, das wir auch bei Ihrem

Vater gefunden haben. Mehr darf ich Ihnen dazu erst einmal nicht sagen. Wir wissen wirklich nichts über den Verbleib Ihres Vaters. Sobald wir da etwas haben, erfahren Sie es.«

»Ich mache mir große Sorgen. Er verhält sich so komisch.«

»Das verstehe ich. Überlegen Sie weiter, wohin er gegangen sein könnte, und melden Sie sich bitte, wenn er auftaucht.«

»Mache ich. Auf Wiederhören.« Sie legte auf.

Der Anruf hatte Marcel nicht weitergebracht. Er hoffte, dass sie wenigstens mit der Identifizierung der Leiche schnell vorankamen, damit sie nach einer Verbindung zwischen ihr und dem verschwundenen Viktor Neumann suchen konnten.

12

Patrick ließ sich durch die schneebedeckten Straßen zu Samuels Haus führen. Sie waren von Yvonne erst zu ihm gefahren, da er sein Puzzleteil aus dem Geschenk hatte liegen lassen. Aber als Beleg für die Drohungen sollten sie alles der Polizei vorlegen, was sie hatten.

Dann hatte sich Jans Mutter total aufgelöst gemeldet. Sein Vater war nicht aufzufinden gewesen und hatte sich nicht abgemeldet.

Jan war in Panik ausgebrochen, was Samuel gut verstehen konnte, es war ihm einen Tag zuvor genauso gegangen.

Sie hatten nach dem Rechten geschaut, aber Gott sei Dank war Jans Vater nur beim Nachbarn gewesen. Er hatte etwas abgeben wollen und sich dann verquatscht.

Nun fuhren Samuel und die anderen beiden wieder zurück nach Immendorf zu Samuels Haus.

Richard hatte sich schon zweimal gemeldet und war richtig sauer, weil sie immer noch nicht bei der Polizei gewesen waren. Samuel hatte ihm erzählt, dass die Sache mit

Yvonne dazwischengekommen war und sie sich endlich auf den Weg ins Präsidium machten.

»Reichen denn nicht die Puzzleteile?«, sagte Patrick genervt. »Auf den Galeriebildern ist das Gleiche drauf, nur in groß.«

»Warum sind wir dann hergefahren? Wir sollten alles mitnehmen, was wir haben«, erwiderte Samuel, wegen Patricks Dauernörgelei ebenso etwas missmutig.

»Warum haben wir vorhin nicht erst bei Samuel die Sachen geholt?« Patrick schüttelte den Kopf und wedelte mit der Hand vor dem Gesicht herum. »Jetzt fahren wir noch mal her. So ein Umweg.«

»Wahrscheinlich weil wir derzeit nicht klar denken können. Wir sind völlig fertig mit den Nerven«, antwortete Jan. »Meint ihr, es könnte eine Bedeutung haben, dass sowohl Yvonne als auch Samuel in Immendorf leben?«

»Glaub ich nicht«, erwiderte Patrick. »Warum wären wir beide dann involviert? Ich wohne in Koblenz-Asterstein und du in Koblenz-Rübenach.«

Samuel hörte zwar, was die beiden sprachen, aber seine Gedanken wanderten wieder zu diesem Niklas auf dem Video. Sie mussten unbedingt herausfinden, was genau der Täter von ihnen wollte, sein Bauchgefühl sagte eindeutig, dass Yvonnes Verschwinden genau damit zu tun hatte.

Der Typ hatte seine Drohung wahr gemacht, dass er jemanden holte.

Samuel stieg aus, nachdem Patrick das Auto vor dem Haus abgestellt hatte. »Helft ihr mir bei den großen Teilen tragen? Dann sind wir schneller fertig.«

Die anderen beiden stiegen auch aus. Sie liefen den kleinen Stich hinauf zu Samuels Eigentum.

Schon von Weitem erkannte er, was vor seiner Eingangstür lag. Sofort kam ihm die Galle hoch. »Da steht ein neues Geschenk.« Die winterliche Kälte kroch Samuel in die Knochen.

Sie steuerten langsam auf das Haus zu. Der Schnee knirschte unter ihren Schuhen, die Luft war von einer unheimlichen Spannung erfüllt.

In Samuels Kopf entstanden gruselige Bilder, weil ihm etliche Filme einfielen, bei denen als Drohung irgendwelche Körperteile an die Angehörigen geschickt wurden.

Waren in dem Paket etwa Finger oder ein Ohr von Yvonne?

Jan stöhnte plötzlich auf und verscheuchte Samuels grausame Befürchtung. »Ich habe auch eins vor der Tür stehen«, kreischte Jan. »Was bin ich froh, dass ich meine Familie weggeschickt habe.«

Samuel runzelte die Stirn und drehte sich zu ihm. »Woher weißt du, dass du auch ein Päckchen bekommen hast?«

Jan zeigte ihm sein Handy, auf dem das Bild einer Überwachungskamera zu sehen war.

Darauf erkannte man einen Eingang. Auf der oberen Treppenstufe stand ein schwarzes Geschenk mit roter Schleife.

»Hast du den Mistkerl gefilmt, wie er es abgestellt hat?«, rief Patrick aufgeregt.

Jan senkte den Blick. »Leider nicht. Die Speicherung von Aufnahmen funktioniert nur mit einem Abonnement, das ich nicht habe.«

Patrick starrte Jan fragend an. »Warum besitzt man eine Überwachungskamera, die nichts aufnimmt?«

»Die hängt nur dort, damit meine Kinder sehen, wer vor der Tür steht, wenn es klingelt und sie allein zu Hause sind. Sie dürfen nicht öffnen, außer es ist einer ihrer Freunde oder ein Familienangehöriger.«

Patrick warf die Arme in die Luft und stöhnte genervt. »Verdammt, es hätte uns weiterbringen können, wenn du das Abo hättest.«

»Nicht aufregen, das hilft uns nicht. Lasst uns schauen, was dort drin ist.« Samuels Herz pochte wild in seiner Brust. Der Gedanke daran, was sich wohl in dem Paket verbarg, ließ eine Welle der Unruhe über ihn hinwegfegen. Die letzten Ereignisse hatten ihn an den Rand seines Verstandes getrieben.

»Was, wenn da ein Foto von Yvonnes Leiche drin ist?«, brach es aus Jan heraus. Er starrte auf das Geschenk.

Samuel zögerte noch einen Moment, dann hob er es auf. »Wir schauen nach und gehen damit sofort zur Polizei.«

Gemeinsam betraten sie das Haus.

Samuel führte sie ins Wohnzimmer und ließ sie auf dem alten Sofa Platz nehmen. Das Geschenk stellte er auf den Couchtisch. Er wischte sich übers Gesicht. »Für eine Bombe ist es zu klein, oder?«

»Werden wir gleich sehen«, antwortete Patrick barsch. Er strich sich permanent durch seine Haare. »Mach das blöde Ding endlich auf!«

Samuel riss das schwarze Geschenkpapier ab und öffnete den Deckel. Er erkannte einen Zettel und zog ihn mit zitternder Hand heraus. »Seid ihr des Rätsels Lösung nahe? Die Zeit läuft. Eine von euch ist bereits weg, sie hat es nicht gelöst«, las er vor.

Jan stand auf, lief hastig im Zimmer auf und ab. »Ich habe es gewusst, dieser Verbrecher hat sich Yvonne geholt«, flüsterte er, sein Gesicht war kreidebleich geworden. »Ich fahre jetzt aufs Präsidium, ich will Personenschutz.«

»Beruhig dich«, bat Samuel. »Wir gehen gleich gemeinsam zur Polizei.« Dann sah er noch einmal in den kleinen Karton. »Es ist ein weiterer Stick drin.« Er schluckte.

»Ich kann mir das nicht ansehen«, klagte Jan und hielt sich die Hände vors Gesicht. Er sank auf die Couch.

»Mach es an«, forderte Patrick, dessen Teint ebenso eine Nuance bleicher geworden war. »Ich muss wissen, was darauf ist.«

»Nein!«, plärrte Jan und sprang wieder auf. »Die Polizei soll sich das anschauen. Merkt ihr denn nicht, dass wir in großer Gefahr sind?«

Samuel stellte sich vor Jan und legte ihm die Hände auf die Schultern. »Wenn wir zum Präsidium fahren, brauchen wir so viele Beweise wie möglich, damit sie uns ernst nehmen. Sollte auf dem Video etwas drauf sein, was wichtig ist, können wir es denen direkt sagen. Dann schicken sie uns nicht wieder weg.«

Jan schüttelte den Kopf. »Sie werden es sich schon selbst ansehen, das müssen nicht wir tun.«

»Und wenn sie wie die Polizistin vorhin sagen, dass sie sich erst später darum kümmern?«, fragte Patrick. »Es könnte sein, dass Yvonne noch nicht tot ist und gerettet werden muss, dann zählt jede Minute. Also sehen wir es uns jetzt an und fahren anschließend zur Polizei, um denen direkt mit der Tür ins Haus zu fallen.«

Es dauerte noch einen Augenblick, bis auch Jan einverstanden war, das Video anzuschauen.

Samuel schaltete den Laptop ein und steckte den Stick hinein.

Wieder erschien der Teenager, der auf dem Stuhl saß.

»Hey Niklas«, sagte die Jungenstimme hinter der Kamera. »Schön, dass du heute noch mal gekommen bist. Du siehst echt schlecht aus, so als wärst du ganz müde. Hat dich das mit Tim gequält, was du mir beim letzten Mal erzählt hast?«

Niklas starrte verweint in die Kamera. »Ja, ich kann deshalb einfach nicht schlafen.« Er kratzte sich über den Arm. »Wenn ich die Augen schließe, erscheinen immer wieder diese Bilder. Ich kriege auch nichts zu essen hinunter, weil mir diese Bilder Übelkeit machen.«

»Das ist nicht schön. Möchtest du mir erzählen, wie es mit Tim weiterging?«

Niklas schüttelte den Kopf. »Ich bin ein Mörder. Was gibt es da noch zu erzählen? Ich habe Tim umgebracht. Das ist die Geschichte.«

»Ich kann dir das nicht richtig glauben. Wärst du nicht im Gefängnis, wenn du recht hättest?«, hakte der Kamerajunge nach.

Niklas Körper zitterte. »Da gehöre ich hin, aber niemand sperrt mich ein. Dabei habe ich das verdient.« Er presste sich die Hände auf die Ohren. »Tims Schreie waren so laut. Ich höre sie jede Nacht und werde sie nie mehr vergessen.«

»Das klingt schlimm. Ich möchte es gern verstehen. Hat Tim geschrien, weil er hier in der Hütte war und ganz viel Angst hatte?«

»Nein, hier drin hat er sich meist ruhig verhalten. Er war mutig, er sollte ja nach Hause zurückkehren.«

»Du hast erzählt, dass er gehen konnte. Warum hat er es nicht getan?«

»Das war meine Schuld.« Niklas schluchzte. Er krümmte sich nach vorn. »Ich habe das wirklich nicht gewollt.«

»Was denn genau?«, stocherte der Junge hinter der Kamera weiter. »Was ist mit Tim geschehen?«

»Mir ist ein Fehler passiert, deshalb ist er tot. Ich habe fast den ganzen Tag lang, als sie in dieser Hütte waren, durch das Fenster beobachtet, wie Claudia, Petra, Oliver und Thomas den Kleinen geärgert haben. Nur in der Nacht bin ich nach Hause gegangen. Gleich am nächsten Morgen bin ich wiedergekommen, da haben sie dann dieses Geld geholt.« Niklas weinte wieder. »Sie haben gerade entschieden, dass sie ihn gehen lassen, da sind die Holzbalken weggerollt, auf denen ich gestanden habe. Ich habe noch versucht, mich an den Fensterläden festzuhalten. Aber das war keine gute Idee. Sie haben dabei gegen die Glasscheibe geschlagen und es hat laut gepoltert. Die vier sind sofort zum Fenster gekommen. Ich habe mich gerade noch so hinter dem Baum versteckt, der genau neben dem Haus steht. Ich konnte nicht sehen, was drin passiert ist, doch kurz darauf ist Tim aus der Hütte gestürmt. Vermutlich hat er diesen Moment der Ablenkung genutzt, um abzuhauen.« Niklas' Kinn zitterte. »Die Entscheidung zu verschwinden, hat ihn das Leben gekostet.«

Es folgte ein Rauschen, dann erschien ein weiteres Bild. Die Kamera lag offensichtlich auf dem Boden, vor der Linse wehten Grashalme. Sie zeigte auf ein Grab, das wie das eines Kindes aussah. Es hing ein roter Luftballon an einem Steinkreuz.

Davor saß eine Person, die die Statur eines Kindes hatte. Man konnte aber nicht erkennen, ob es eins war, weil das Gesicht von der Kamera weg zeigte. Sie schrie. So laut und markerschütternd, dass dieser Schrei schmerzte. Es dauerte lange, bis sie verstummte. Anschließend legte sie ein Spielzeug auf das Grab.

Plötzlich erschien noch ein anderes Motiv. Dieses Mal nicht in Schwarz-Weiß, sondern mit viel besserer Ton- und Bildqualität.

Samuel stockte der Atem, als er Yvonne erkannte, die in einer Ecke kauerte.

Es schien, als wäre sie in einer Hütte, die Wände waren aus Holz.

Sie starrte mit aufgerissenen Augen in die Kamera.

Samuel erhöhte die Lautstärke, die er gesenkt hatte, als die Person an dem Grab so laut geschrien hatte.

»Hast du Angst, Yvonne?«, fragte die verzerrte Stimme, die auch Samuel am Telefon gehört und die in der Galerie zu ihnen gesprochen hatte.

Yvonne hievte sich hoch. Sie hielt sich den Bauch und verzog das Gesicht schmerzerfüllt. Ihre schwarzen Haare hingen wild durcheinander. Die Lippen wirkten geschwollen, die Mundpartie war mit Blutresten beschmiert. »Bitte hör auf. Ich weiß nicht, was du von mir willst.« Sie duckte sich.

»Ich habe dich etwas gefragt.«

Yvonne nickte. »Natürlich habe ich Angst.«

»Wovor?«

Sie strich sich über die Arme. »Vor dir. Vor dem, was du mir antust.«

»Was glaubst du, was ich dir antue?«

Einen Moment lang blieb sie still, schaute auf und sah genau in die Kamera. Ihre tränennassen, geröteten Augen spiegelten ihre Panik wider. Sie verrieten auch, dass sie nach der richtigen Antwort suchte. »Das Gleiche, was du diesem kleinen Jungen angetan hast. Du hast ihn in die Hütte gesperrt. Bist du Oliver? Oder bist du Niklas, der Junge aus dem Interview? Hast du Tim getötet?«

Wahrscheinlich war das nicht die Antwort, die der Täter hören wollte, denn indem sie zwei Namen ins Spiel gebracht hatte, zeigte sie die Unsicherheit, dass sie die Wahrheit nicht kannte.

»Warum glaubst du, ich hätte das getan?«, fragte die Stimme und zu Samuels Verwunderung war diese sehr ruhig.

Er hätte damit gerechnet, dass sie wütender klingen würde.

»Weil ich dich für absolut unnormal halte. Dass du ein Sadist bist, sieht man ja daran, was du mit uns anstellst.«

Darauf erwiderte die Stimme nichts.

Die Kamera schwenkte zu einer Wand, dort hingen mehrere Bilder. Das erste wurde nah herangezoomt.

Auf diesem war eine dunkelhaarige Frau zu sehen, die Samuel auf Mitte oder Ende 50 schätzte. Beim zweiten Blick erkannte er die Frau, die sie an Yvonnes Haus getroffen hatten.

»Wer ist das?«, fragte die verzerrte Stimme.

»Meine Mutter«, antwortete Yvonne. Sie hatte hysterisch geklungen. »Hast du ihr etwas angetan?«

»Tja, wer weiß. Das erste Bild habe ich gestern Abend von ihr aufgenommen, da hat sie noch gelacht. Das daneben ist von heute Morgen, sie wusste noch nicht, dass du vermisst wirst. Auf dem letzten Foto steht sie vor deinem Haus, als die Polizei ihr erzählt, dass ihr liebes Töchterchen weg ist.«

Yvonne schluchzte.

Die Kamera zeigte auf sie.

Plötzlich zog eine schwarz behandschuhte Hand ihren Kopf an den Haaren nach hinten.

Beim bloßen Zuschauen tat Samuel der Hals weh, weil der Ruck so heftig aussah.

Sie schrie. »Hör auf.«

»Was glaubst du, bedeutet es, dass ich dir die Bilder zeige?«

Yvonne weinte und schluchzte, sie konnte kaum reden. »Bi... Ich ... Bitte.«

»Was?!«, brüllte die Stimme.

»Dass du sie beobachtest. Willst du ihr was antun?«

»Vielleicht werde ich sie erdrosseln. Oder ich tauche ihr Gesicht in Wasser und lasse dich dabei zuschauen, wie ihr das Leben aus dem Körper weicht. Was empfindest du, wenn du dir das vorstellst?«

»Angst.« Ein erstickter Laut drang aus Yvonnes Kehle. »Ich liebe meine Mutter, sie ist ein guter Mensch. Du darfst ihr nichts tun.«

»Ich mag deine Angst, sie treibt mich an.«

Die Kamera glitt zu einem anderen Bild. Darauf war der blonde Junge zu sehen, der panisch in der Hütte kauerte. Es war die Illustration von dem Teil, das Yvonne als Drohung bekommen hatte.

»Siehst du, wie viel Angst er hat? Kannst du es in seinen Augen lesen?« In seiner Stimme hatte Wut mitgeklungen. »Er war noch ein kleines Kind, als er genauso Panik wie du gerade hatte.«

»Das ist schlimm, aber ich verstehe nicht, was du von mir willst. Ich kenne diesen Jungen nicht, ich habe doch nichts mit ihm zu tun.« Yvonne weinte.

»Bist du dir da sicher?«, fragte die Stimme.

Yvonne antwortete nicht darauf. Sie hatte von den Tränen ein klitschnasses Gesicht und ihr ganzer Körper zitterte.

»Ich will eine Antwort. Warum bist du hier? Wieso musst du dieselbe Angst wie dieser Junge erleiden?«

»Ich habe keine Ahnung, deshalb muss ich raten. Niklas hat das Kind getötet und du willst, dass jeder die Wahrheit kennt. Ist das richtig?« Yvonnes Stimme hatte gezittert.

»Sag du es mir!«

»Das habe ich gerade. Ich bleibe dabei. Niklas hat diesen Jungen getötet, er hat es in dem Video selbst gesagt.«

Ohne Vorwarnung knallte eine Faust in Yvonnes Gesicht.

Sie schrie auf, beugte sich nach vorn und griff sich an die Nase.

Die Person packte sie am Genick, zog sie zu dem Bild mit dem Jungen in der Hütte. Dann hielt er sie ganz nah daran. »Das ist nicht die Wahrheit.«

»Es tut mir leid, ich weiß nicht, was du hören willst.« Yvonne schluchzte.

Einen Moment lang blieb es ganz ruhig. Nur Yvonnes schwerer Atem war zu hören.

Samuel bekam kaum Luft.

Das Monster schlug Yvonnes Gesicht dreimal hintereinander gegen die Wand. Dann legten sich Hände, die in schwarzen Handschuhen steckten, um ihren Hals.

Sie riss die Augen auf. Schlug mit den Fäusten gegen die Hände, zerrte daran, doch diese blieben an ihrer Kehle. Solange bis sie zusammensackte.

Das Bild wurde schwarz.

Die verzerrte Stimme begrüßte Jan, Patrick und Samuel. »Wie schade um Yvonne. Es tut mir leid. Ihr solltet das Rätsel lösen, sonst ergeht es euch genauso. Wer wird wohl als Nächstes an der Reihe sein?«

»Er hat sie getötet«, flüsterte Jan. »Gütiger Gott, das ist nicht zu ertragen.« Er stand auf, lief erneut durch das Wohnzimmer und fuhr sich permanent durch die Haare. »Wir müssen dieses Rätsel lösen. Wer weiß, wie viel Zeit wir noch haben, bis er einen von uns holt.«

Patrick schlug mit der Faust auf das Sofa. »Ich schwöre euch, wenn ich den in die Finger bekomme, werde ich ihn mit bloßen Händen erwürgen.«

»Oder er dich«, sagte Jan.

»Hat irgendwer die Person an dem Grab erkannt?«, fragte Samuel, um von dem Thema wegzulenken.

Patrick und Jan schüttelten synchron den Kopf.

»Wenn er uns das zeigt, hat das was zu bedeuten. Der Täter hat uns gesagt, dass er uns Hinweise schickt. Die ersten waren die Puzzleteile, die zusammengefügt eine Geschichte bilden. Ich vermute die Story, die Niklas in den Videos erzählt. Jeder Film ist ein weiterer Hinweis darauf, wie die Geschichte ausgeht. Und nur wenn wir ihm das richtige Ende sagen können, wird der Albtraum aufhören.«

»Aber was sollen wir herausfinden?«, fragte Jan. »Niklas hat selbst gesagt, dass er der Mörder ist. Irgendwas fehlt dem Täter noch, denn Yvonnes Antwort hat er nicht als Wahrheit anerkannt.«

»Vielleicht will er von uns wissen, wer genau Tim war. Deshalb der Hinweis vom Friedhof«, mutmaßte Samuel. »Sollten wir nach dem Grab suchen?«

»Wo sollen wir denn anfangen? Es gibt so viele in Koblenz.« Jan sah Samuel abwartend an.

»Im Video sprach der Junge hinter der Kamera von der Niederberger Clique. Auf dem Friedhof dort könnten wir schauen.«

»Dieses Grab wird nicht mehr existieren, das Ganze ist so lange her. Selbst wenn, würde es uns nichts nützen. Das Skelett wird wohl nicht rauskommen und uns erzählen, was wirklich passiert ist.« Patrick stand auf und stellte sich an das Fenster. »Wir brauchen schnell eine Antwort. Ich bin der Nächste, den er holt.«

Jan sah ihn mit aufgerissenen Augen an. »Wie kommst du darauf?«

»In dem ersten Video ging es darum, dass Tim voller Angst in der Hütte festgehalten wurde. Wie auf dem Puzzleteil, das Yvonne bekommen hat. Außerdem hat der Täter ihr große Angst gemacht. In dem zweiten Interview hat Niklas erzählt, dass Tim aus der Hütte geflohen ist. Wie auf meiner Illustration.«

»Das stimmt, das ist die Reihenfolge«, erwiderte Samuel mit brüchiger Stimme. »Du musst gut achtgeben.«

Patrick stieß pfeifend Luft durch die Zähne. »Ich habe

nicht vor, diesen Typen an mich ranzulassen. Er hat keine Chance, mich zu töten, ich bin nicht so leicht gegen eine Wand zu schlagen.«

»Wir sollten alles dafür tun, dass du gar nicht erst in seine Fänge gerätst. Deshalb fahren wir jetzt zur Polizei«, sagte Samuel entschieden. »Wir haben nun sogar einen Beweis, dass dieser Typ Yvonne getötet hat, damit können sie uns nicht wieder wegschicken.«

13

11. Januar 2022

Konrad schaute die Vermisstenmeldungen durch, während Marcel nach Parallelen zu Fällen suchte, bei denen es um Illustrationen oder Puzzle ging. Allerdings versprach er sich nicht viel davon. »Hast du schon was gefunden?«, fragte er Konrad.

»Es gibt keine Vermisstenmeldung im System, die auf unser Opfer passt.«

»Vielleicht sollten wir nach Fällen schauen, wo Kinder vermisst werden.«

Konrad runzelte die Stirn. »Wieso das?«

»Wegen des Jungen auf dem Puzzleteil. Diese Entschuldigung darauf in Kombination mit einem Bild von einem panisch dreinschauenden Jungen, das bei einem Tötungsdelikt auftaucht, hat ganz sicher etwas zu bedeuten.«

»Du glaubst, dass die Illustration für eine reale Person stehen könnte?«

»Wir sollten es zumindest ins Auge fassen. Warum sonst lag das Bild bei der Leiche und weshalb sollte der

Täter oder die Täterin sich entschuldigen? Das würde man doch nicht tun, wenn es sich nur um eine rein fiktive Illustration handelt.«

»Dann schauen wir mal.« Konrad tippte etwas in den Computer. »Im näheren Umkreis wird kein blonder Junge vermisst. Ansonsten passt jede dritte Meldung zu der Illustration.«

»Ich habe auf den Weg hierher Neumanns Tochter angerufen, weil ich wissen wollte, ob der Junge mit ihrem Vater zusammenhängt.« Marcel erzählte Konrad von dem Telefonat. »Wir brauchen Viktor Neumann. Ich bin sicher, dass er uns mehr über diese Puzzlesache sagen kann und weiß, wer das auf dem Bild sein soll.«

Es klopfte an der Tür.

Eine junge Kollegin von der Schutzpolizei trat ein. »Entschuldigt bitte die Störung. Arne schickt mich, der feiert heute Abend seinen Abschied unten im Gemeinschaftsraum unserer Einheit. Er sagte, er würde kein Nein akzeptieren, weil er euch beide schätzt. Ihr sollt bitte Wolfgang Becker mitbringen.«

Marcel grinste. »Warum überbringt er uns die Einladung nicht selbst?«

Kommissarin Schneller, die zwar noch sehr jung, aber im Präsidium bekannt für ihre Stärke auf der Straße war, zuckte mit den Schultern. »Er kommt nicht gern hier hoch. Wahrscheinlich wegen seiner Erinnerungen.«

Arne war früher bei der Kripo gewesen. Nachdem seine Frau entführt und ermordet worden war, hatte er sich freiwillig in den Polizeidienst der Schutzpolizei versetzen lassen und erledigte am liebsten nur noch Schreibtischarbeit.

Marcel schluckte bei dem Gedanken an dieses furchtbare Verbrechen. »Das kann man ihm nicht verübeln, er hat Schlimmes erlebt.« Er schüttelte die Beklemmung ab und setzte ein Lächeln auf. »Wann geht es los?«

»18 Uhr. Bitte sagt zu, wenn ich ihm ein Nein ausrichte, wird er mich wieder herschicken und ich habe einen Berg Arbeit unten liegen.« Sie faltete die Hände wie zum Gebet.

»Wir bemühen uns, aber wir haben ein ungeklärtes Tötungsdelikt und damit gut zu tun.« Marcel zeigte auf das Whiteboard.

Die junge Kommissarin sah sich die angehefteten Bilder an und runzelte die Stirn. »Das ist ja interessant.«

»Die Leiche?«, hakte Marcel nach.

»Nein, sorry. Ich habe nur gerade wegen des Puzzleteils laut gedacht. Wir wurden heute Vormittag aufgrund eines vermeintlichen Vermisstenfalls nach Koblenz-Immendorf gerufen. Drei Männer suchten ihre Bekannte, die dort wohnt. Es war wohl ein Einbrecher im Haus, der ihnen die Tür geöffnet hatte. Als wir kamen, war er aber weg.«

»Und die Frau?«

»Sie heißt Yvonne Jahnke. Es sah nichts danach aus, dass sie unfreiwillig verschwunden ist. Ihre Mutter kam zufällig vorbei und sagte, dass sie zum Frühstück mit einem Freund verabredet sei. Ich wollte jetzt den Bericht darüber schreiben und dann noch einmal mit der Mutter sprechen.«

Marcels Muskeln verkrampften sich und sein Blick huschte von der Kollegin zum Whiteboard. »Und warum irritiert dich das Puzzle so?«

»Weil diese drei Männer davon sprachen, dass sie Drohungen in Form von Puzzleteilen bekommen hatten, wohl auch Yvonne Jahnke. Wir haben dort entschieden, uns auf den Einbruch zu konzentrieren und nach dem flüchtigen Täter zu fahnden, denn wir hatten wirklich keinerlei Hinweise dafür, dass die Frau entführt wurde. Ich sagte ihnen, dass sie auf dem Präsidium erscheinen sollen, damit wir das als Fall eröffnen können. Weil sie vor Ort ziemlich aufgeregt wirkten, wundert es mich sehr, dass sie offenbar noch nicht da waren.« Die Polizistin starrte Marcel blass an. »Ich habe wohl die falsche Entscheidung getroffen.«

Marcel ließ seine Schultern sinken, während er langsam ausatmete. Er musste gestehen, dass er frustriert war, denn mit Sicherheit gehörte die Aussage der Männer zu dem Fall der getöteten Frau und ihnen ging wertvolle Zeit verloren, weil man die noch nicht offiziell aufgenommen hatte. Doch dafür gab er nicht der jungen Kollegin die Schuld, es hätte ihm genauso passieren können. »Du konntest das nicht ahnen. Wir brauchen sofort die Namen und Anschriften der drei Männer.«

Die Polizeibeamtin errötete. »Natürlich, ich hole sie.« Sie eilte aus der Tür. Es dauerte nicht mal eine Minute, bis sie mit drei Männern im Raum stand.

Diese trugen vier Puzzleteile unter den Armen, die so groß wie Gemälde waren.

»Das sind die Zeugen, die uns gerufen hatten«, sagte Kommissarin Schneller.

Marcel bedankte und verabschiedete sich von der Kollegin. Er brachte die drei in das Befragungszimmer.

Sie waren kreidebleich, ihre Hände zitterten und ihre Blicke huschten nervös im Raum umher.

»Wir glauben, dass unsere Bekannte ermordet wurde. Sie müssen uns glauben«, polterte einer der Männer los. »Wir haben auch Beweise dafür.«

»Bitte verraten Sie uns erst einmal Ihre Namen.«

»Ich bin Samuel Meinicke, das sind Patrick Stricker und Jan Meier. Verzeihen Sie, dass wir uns nicht vorgestellt haben und Sie einfach so überfallen, wir sind sehr aufgeregt. Ihre Kollegen vorhin haben uns leider nicht ernst genommen.«

»Schon in Ordnung«, erwiderte Marcel. »Welche Beweise haben Sie für ein Tötungsdelikt?«

Samuel Meinicke holte einen USB-Stick aus seiner Hosentasche. »Hierauf ist erst das Video von einem Niklas, der angeblich ein Kind getötet hat. Es ist ein alter Film. Danach sehen Sie die Ermordung von Yvonne. Wir haben auch noch einen anderen Film bekommen.«

Konrad nahm den Stick entgegen und steckte ihn in den Computer.

Es erschien nur ein schwarzer Bildschirm.

Er spulte etwas vor, doch auch dann kam nichts. »Sind Sie sicher, dass das der richtige Stick ist?«, fragte Konrad. »Hier ist nichts drauf.«

»Was?« Samuel Meinicke starrte Konrad mit aufgerissenen Augen an. »Das kann nicht sein, wir haben es gerade bei mir zu Hause angeschaut. Er hat Yvonne mit dem Kopf gegen die Wand geschlagen und danach erwürgt. Das war darauf zu sehen.«

Zumindest die Todesursache hatte die Rechtsmedizinerin bestätigt.

Marcel beschlich ein mulmiges Gefühl. »Sie sprachen davon, dass Sie ein zweites Video erhalten haben. Haben Sie das dabei?«

»Ja, hier.« Samuel Meinicke gab Konrad einen anderen Stick, den der in den USB-Anschluss steckte.

Auch dieses Mal blieb alles schwarz.

»Ich schwöre Ihnen, da waren Videos drauf.« Der Mann hatte es beinahe herausgeschrien.

Die andern beiden, die sonst kaum einen Ton von sich gaben, bestätigten das.

»Wir könnten die gleichen Sticks zu Hause haben«, sagte Herr Meier und holte sein Handy heraus. »Auf meiner Überwachungskamera am Eingang sieht man, dass davor ein ähnliches Geschenk steht. Ich könnte es holen. Bestimmt ist auch da ein Stick drin.« Er tippte auf seinem Smartphone herum. »Du meine Güte.« Er starrte auf das Display, als wäre ein Geist darauf zu sehen.

»Was ist?«, fragte Marcel.

Der Mann zeigte das Überwachungsbild seiner Kamera.

Diese war auf eine Tür und Treppe gerichtet, sonst war nichts zu sehen.

»Es ist weg. Ich schwöre, dass es eben noch dort gestanden hat.«

Marcel kam die Sache immer merkwürdiger vor.

Alle Beweise, die die Männer angeblich hatten, waren aus heiterem Himmel verschwunden. Zudem kannten sie Details des Tötungsdeliktes, sollte es sich bei der Leiche wirklich um Yvonne Jahnke handeln.

Deshalb notierte er sich die drei in Gedanken als mögliche Verdächtige. »Wir werden diese Sticks behalten und prüfen.«

»Dieser Typ hat uns gedroht, dass wir nicht zur Polizei gehen sollen. Er muss diese Videos irgendwie gelöscht haben, damit wir keine Beweise haben.« Auf Samuel Meinickes Stirn hatten sich Schweißperlen gebildet. Er tastete seine Jackentasche ab und zog mit zittrigen Händen sein Handy heraus. »Ich muss meine Eltern anrufen. Nicht, dass er ihnen etwas antut, weil wir jetzt hier sind.«

»Warten Sie bitte noch kurz die Befragung ab. Wir möchten keine Zeit verlieren, einen Täter zu schnappen, wenn es um ein Tötungsdelikt geht. Es dauert nicht mehr lang.« Marcel wollte verhindern, dass es mögliche Absprachen gab, sollten die Zeugen wirklich etwas mit der Tötung des Opfers zu tun haben.

Samuel Meinicke nickte und packte das Handy weg.

»Sie sprachen davon, dass Sie und Ihre Bekannte Yvonne Jahnke bedroht werden.«

»Richtig«, antwortete Herr Meinicke. »Es fing alles am 9. Januar an. Wir haben Puzzleteile bekommen, auf denen ein kleiner Junge zu sehen ist. Und der Täter hat uns eine Botschaft geschickt.« Der Mann schob ihm einen Zettel zu.

Marcel las.

Willkommen im Spiel der Wahrheit, wo die Vergangenheit erwachen wird. Wenn ihr die Puzzlestücke zusammensetzt, wird ein Hinweis entfesselt. Deine Angst wird mein Antrieb sein. Die Realität wird dir Schmerzen bereiten. Das Spiel hat seinen Anfang genommen, es gibt keinen Ausweg. Die Masken fallen, die Schatten steigen empor – möge der Albtraum beginnen.

»Haben Sie eine Ahnung, was die Person, die diese Nachricht verfasst hat, damit meint?«, fragte Marcel und reichte Konrad den Zettel weiter.

»Nein, wir verstehen sie auch nicht«, antwortete Samuel Meinicke.

Die anderen beiden Männer waren sehr still.

»Und Ihre Freundin Yvonne Jahnke hat ebenfalls solch eine Drohung bekommen?«, fragte Marcel.

»Richtig. Wir waren heute Vormittag mit ihr verabredet, wir wollten gemeinsam zur Polizei kommen, um Ihnen das zu zeigen. Aber sie ist nicht erschienen. Also fuhren wir zu ihrem Haus, wo uns ein Mann öffnete und behauptete, dass Yvonne dort nicht wohnen würde.« Samuel Meinicke strich sich über den Kopf. »Er war älter, hatte graue Haare und sah aus, als wäre er vor Kurzem verprügelt worden. Glauben Sie mir, Ihre Kollegin irrt sich mit dem Einbruch, er hat Yvonne etwas angetan.«

Das befürchtete auch Marcel und er konnte sich denken, wer dieser Herr gewesen war.

Wenn es sich bei der Leiche um Yvonne Jahnke handelte, war sie bereits tot gewesen, als die Zeugen zu ihrem Haus gefahren waren. Diese Timeline würde bedeuten, dass Viktor Neumann, sollte er der Täter sein, nach ihrem Tod in ihr Haus gegangen war.

»Ich zeige Ihnen das Foto eines Mannes. Sagen Sie mir bitte, ob das der war, den Sie bei Ihrer Freundin angetroffen haben.« Er öffnete am Handy das Bild von Viktor Neumann, das seine Tochter Marcel geschickt hatte, nachdem er aus dem Krankenhaus entflohen war.

»Ja, das ist er«, antwortete Samuel Meinicke mit sich überschlagender Stimme.

Damit erhärtete sich für Marcel der Verdacht, dass Viktor Neumann für den Tod der Frau verantwortlich sein könnte. »Bitte warten Sie kurz, ich bin gleich wieder da.« Er eilte hinaus zu Stefan. »Gib eine Fahndung nach Viktor Neumann raus. Er ist dringend tatverdächtig im Fall eines Tötungsdeliktes.«

»Erledige ich.«

»Danke.« Marcel lief zu den drei Zeugen zurück. »Sie haben diesen Mann zuvor noch nie bei Frau Jahnke gesehen?«

Samuel Meinicke zog eine entschuldigende Grimasse. »Das kann ich Ihnen leider nicht beantworten. Wir kennen uns alle erst seit gestern, durch dieses Geschenk sind wir aufeinandergestoßen.« Der Mann erzählte Marcel von einer gefakten Kunstausstellung, weiteren Drohungen und erneut von diesen angeblichen Videobotschaften.

»Wann haben Sie Yvonne Jahnke das letzte Mal gesehen?«

»Gestern am Nachmittag in der Galerie. Wir haben uns für heute 11 Uhr verabredet und sie kam nicht«, antwortete Patrick Stricker. »Sie müssen uns ernst nehmen, wir sind in großer Gefahr.«

Marcel war sich nicht ganz sicher, ob er ihnen glauben sollte.

Ebenso gut könnten sie mit Neumann unter einer Decke stecken.

Es klopfte an der Tür.

Ein Kollege trat ein.

»Wir sind in einer Befragung«, motzte Marcel genervt. »Es wäre super, wenn wir nicht gestört werden.«

»Ich weiß, sorry. Es gehört zu dem Fall. Draußen steht die Mutter von Yvonne Jahnke, die sich Sorgen um ihre Tochter macht.«

Marcel nickte. »Ich komme.« Er stand auf. »Wir haben erst einmal keine Fragen mehr. Bleiben Sie für uns erreichbar. Mein Kollege überprüft noch Ihre Daten mit Ihnen. Sagen Sie uns Bescheid, sollte sich die Person wieder mit einer Botschaft melden. Achten Sie ein wenig mehr als üblich auf sich.«

Patrick Stricker sprang auf. »Das war es? Bekommen wir keinen Schutz?«

»Leider gibt es derzeit keine Beweise dafür, dass Sie in Gefahr sind. Es würde kein Polizeischutz genehmigt werden«, antwortete Marcel.

Patrick Strickers Gesicht glühte rot. »Das ist die Höhe. Wir wissen doch alle, dass diese unmögliche Bürokratie und die Regeln der Grund sind, warum so viele Stalkingopfer getötet werden, obwohl diese schon oft zuvor Anzeigen erstattet haben. Sie geben einem Mörder Spielraum, den er nicht haben sollte.«

»Ich verstehe Ihre Sorge, aber es gibt nun mal Regeln, die wir befolgen müssen. Wir werden Ihre Bitte auf Polizeischutz dem Staatsanwalt vortragen, der hat das zu entscheiden. Gehen Sie nirgendwo allein hin, bis wir die Sache geklärt haben.« Marcel verabschiedete sich.

»Was ist mit Yvonne?«, fragte Samuel Meinicke, der in den letzten Minuten völlig in sich zusammengesunken gewesen war.

Da das Tötungsdelikt wahrscheinlich sowieso bald in den Nachrichten thematisiert werden würde, konnte Marcel es den Männern sagen, ohne Einzelheiten zu erwähnen. »Wir haben heute eine Leiche gefunden, bei der es sich um Ihre Bekannte handeln könnte. Ich werde jetzt die Mutter befragen, ob sie uns die Identität bestätigen kann.«

»Und das reicht Ihnen nicht, um uns zu schützen?«, fragte Jan Meier mit zittriger Stimme. Der hochgewachsene, trainierte Mann stand wie ein Schluck Wasser vor ihm. »Es geht hier nicht um meine Meinung, wir handeln nach Vorschriften. Ich verspreche Ihnen, dass ich alles tun werde, um bei der Staatsanwaltschaft etwas zu erreichen. Jetzt muss ich weitermachen, damit wir den Täter schnell fassen.« Marcel ging aus dem Raum zu einer Frau, die im Flur auf und ab lief. »Guten Tag, ich bin Kommissar Schweißer. Sie sind wegen einer Vermisstenmeldung hier?«

Sie rieb sich die Hände. »Ja, meine Tochter ist seit heute Morgen verschwunden.«

»Kommen Sie bitte mit.« Marcel brachte die Frau in ein anderes Besprechungszimmer. Sein Magen zog sich zusammen, weil er der aufgebrachten Frau wahrscheinlich sagen musste, dass ihr Kind tot war »Setzen Sie sich, ich bin sofort bei Ihnen.« Er eilte zu seinem Kollegen, den er kurz zuvor angeranzt hatte. »Ich will mich entschuldigen, ich hätte nicht so motzen dürfen. Das ist nicht meine Art, ich war nur gerade konzentriert. Tut mir leid, das hättest du nicht abbekommen sollen.«

»Schon vergessen«, antwortete der Kollege. »Ich weiß, dass es nichts Persönliches war.« Er lächelte. Marcel hatte das Gefühl, dass er die Entschuldigung wirklich angenommen hatte.

»Danke. Würdest du bitte das Notfallinterventionsteam benachrichtigen? Ich werde der Frau wahrscheinlich sagen müssen, dass ihre Tochter getötet wurde.«

»Wird sofort erledigt.«

Marcel bedankte sich noch einmal und ging zurück in das Befragungszimmer.

Die Frau erhob sich abrupt, wobei sie den Stuhl einige Zentimeter nach hinten schob. »Ich kann meine Tochter einfach nicht erreichen und glaube, dass ihr etwas zugestoßen ist.«

»Es tut mir aufrichtig leid, wir haben heute eine Frauenleiche gefunden, bei der wir davon ausgehen, dass es Ihre Tochter ist«, sagte er behutsam.

Die Mutter schaute ihn mit großen Augen an. »Sie … Sie haben Yvonne gefunden? Ist sie in Ordnung?«, flüsterte die Frau mit zitternder Stimme. Sie stand offensichtlich unter Schock und verdrängte die Nachricht, die Marcel ihr überbracht hatte.

Er senkte den Blick. »Sie müssen uns die Identität Ihrer Tochter noch bestätigen. Wenn sie es ist, dann ist sie tot. Es tut mir so leid.«

Ein Schrei zerriss die Luft. Es war ein markerschütterndes, schmerzvolles Geräusch, das den Raum erfüllte. Ihre Knie knickten ein. Sie klammerte sich an den Tischrand, als ob sie nach irgendetwas suchen würde, das sie vor einem Fall bewahren könnte.

Marcel eilte auf sie zu und schob den Stuhl hinter ihr näher heran. »Setzen Sie sich bitte.« Er konnte die Ohnmacht in der Luft fühlen und wollte verhindern, dass sie stürzte und sich verletzte. »Ich habe ein Foto des Opfers und es wäre sehr hilfreich, wenn Sie es sich einmal ansehen. Sie können aber auch jemanden anrufen, der das für Sie erledigt, oder wir warten einen Zahnabgleich ab.«

Die Mutter schnäuzte sich, räusperte sich und richtete den Rücken auf. »Nein, das mache ich selbst, sie ist meine Tochter. Ich möchte sie auch sehen. Nicht nur auf dem Foto.«

»Das geht derzeit leider noch nicht. Sie ist in Mainz im rechtsmedizinischen Institut zur Obduktion, damit wir herausfinden, woran sie gestorben ist und wann. Das benötigen wir für die Ermittlungen. Sobald die Staatsanwaltschaft die Leiche freigibt, wird sie wieder hierher überführt. Dann können Sie sie noch einmal sehen.«

»Ich glaube nicht, dass sie tot ist. Zeigen Sie mir das Foto, vielleicht ist es gar nicht Yvonne.«

Marcel legte das Bild vor sie, auf dem man nur das Gesicht erkennen konnte.

Die Mutter starrte darauf und ihre Augen weiteten sich. Ein erstickter Schluchzer entwich ihrer Kehle. Sie legte eine zitternde Hand auf das Foto. »Das … das ist Yvonne«, wisperte sie gebrochen. »Warum wurde sie getötet? Sie wollte doch nur frühstücken gehen.«

Der Schmerz in ihren Worten verursachte einen Kloß in Marcels Hals. Seit er selbst eine Familie hatte, fiel ihm das Überbringen solcher Nachrichten viel schwerer. Er musste sich zusammenreißen, um für die Frau da zu sein. »Wir wissen noch nicht, was passiert ist. Wenn Sie sich in der Lage fühlen, ein paar Fragen zu beantworten, könnten wir vielleicht Hinweise finden. Es wird auch gleich jemand dazustoßen, der sich um Sie kümmert. Ich kann gern einen Ihrer Angehörigen oder Bekannten für Sie anrufen.«

»Nein, ich mache das allein. Dieser Unmensch, der das meiner Tochter angetan hat, muss gefasst werden. Fragen Sie mich.«

Konrad kam ins Zimmer und setzte sich neben Marcel.

Er informierte seinen Partner darüber, dass die Mutter Yvonne Jahnke identifiziert hatte.

»Mein aufrichtiges Beileid«, sagte Konrad.

Marcel schaute die Frau an. »Eine Kollegin von uns war heute um die Mittagszeit aufgrund eines vermeintlichen Einbruchs beim Haus Ihrer Tochter. Sie erzählte uns, dass Sie auch kurz vor Ort waren und aussagten, Yvonne Jahnke sei zum Frühstück verabredet. Stimmt das so?«

»Ja«, schluchzte die Mutter. »Sie wollte mit einem guten Freund essen und anschließend hatte sie noch einen Termin um elf.«

»Kennen Sie die Person, mit der sie frühstücken war?«

»Ja, das ist Falk Vorrink. Sie verstehen sich schon seit Jahren gut. Ich hatte gehofft, sie würden sich verlieben. Aber meine Tochter wollte nicht, weil er um einiges älter ist. Ich habe seine Nummer, wenn Sie die wollen. Die hat sie mir mal gegeben, falls sie nicht erreichbar ist. Meist war sie dann bei Falk.«

»Sehr gern, ich würde ihn kurz anrufen lassen, um zu erfahren, ob sie überhaupt bei diesem Frühstück war.«

Die Frau gab ihnen die Nummer und Konrad ging damit nach draußen.

»Sie sagten, dass sie um 11 Uhr noch einen Termin hatte. Hat sie Ihnen erzählt, worum es bei diesem gehen sollte?«

»Nein. Ich habe sie zwar gefragt, aber sie hat sich herausgewunden.«

Marcel wusste von den drei Zeugen, dass sie mit Frau Jahnke um 11 Uhr verabredet gewesen waren, was sie noch verdächtiger wirken ließ. »Es waren heute

Vormittag drei Männer bei Ihrer Tochter zu Hause, die nach ihr gesucht haben. Kennen Sie die?«

»Nein, ich habe die noch nie gesehen und Yvonne hat mir auch nichts von ihnen erzählt.«

»Ich zeige Ihnen jetzt ein Foto. Es besteht der Verdacht, dass dieser Mann heute Morgen in das Haus Ihrer Tochter eingebrochen ist. Kennen Sie den?« Marcel legte ein Bild von Viktor Neumann hin.

»Das ist der Mann, der bei Yvonne im Haus war?« Die Antwort war sehr schnell gekommen und hatte erstaunt gewirkt. »Glauben Sie, dass er meine Tochter ermordet hat?«

»Das wissen wir nicht. Ich verspreche Ihnen, dass wir alles tun werden, um diesen Fall aufzuklären. Deshalb ist es wichtig, dass Sie unsere Fragen beantworten. Kennen Sie ihn?«

Die Frau schluckte. »Nein, ich habe ihn noch nie gesehen.«

Konrad kam zurück. »Der Freund bestätigt, dass Yvonne Jahnke gegen 7:30 Uhr beim Frühstück war. Er sagte, dass sie nicht lange blieb. Sie meinte, es wäre etwas dazwischengekommen, und wirkte wohl ängstlich. Er weiß aber nicht, wieso. Ich habe Herrn Vorrink gebeten, heute oder morgen zu einer schriftlichen Aussage aufs Präsidium zu kommen.«

»Gütiger«, sagte die Mutter. »Warum hat sie sich niemandem anvertraut? Wir hätten ihr doch helfen können.«

»Es gibt viele Gründe, warum Opfer nicht mit Angehörigen über ihre Probleme sprechen, zum Beispiel, wenn man sie unter Druck setzt. Dazu habe ich noch eine Frage«, sagte Marcel. »Die drei Männer, die am Haus waren, erzählten von einer Drohung, die sie und wohl auch Ihre Tochter erhalten haben. Da ging es um ein Spiel. Haben Sie etwas davon mitbekommen?«

Frau Jahnke hielt sich die Hand auf die Brust. »Yvonne hat mir das nicht erzählt. Von was für einem Spiel sprechen Sie?«

»Die Person, die das den vieren geschickt hat, spricht von einer Wahrheit aus der Vergangenheit. Mehr wissen wir noch nicht. Wir werden ein Team der Kriminaltechnik zum Haus Ihrer Tochter schicken, die alles absuchen, ob sie diese Drohung dort auch finden. Bitte betreten Sie das Grundstück in den nächsten Tagen nicht.«

Die Frau nickte stumm.

»Die vier haben auch eine Illustration gekriegt.« Marcel öffnete ein Foto auf seinem Handy und zeigte das Puzzleteil, das bei der Leiche gelegen hatte. »Können Sie irgendetwas damit anfangen? Wissen Sie, ob der Junge eine Bedeutung für Ihre Tochter hatte?«

Die Frau starrte lange auf das Bild. Dann hob sie den Kopf. Sie war kreidebleich. »Nein, tut mir leid.«

In diesem Moment klopfte es und das Kriseninterventionsteam trat ein.

»Die Kollegen werden sich jetzt um sie kümmern. Wenn wir weitere Fragen haben, melden wir uns. Noch einmal unser aufrichtiges Beileid.«

14

»Wie kann uns die Polizei einfach unserem Schicksal überlassen?« Jan hatte diese Frage gefühlt das hundertste Mal gestellt.

»Wenn das die Vorschriften sind, können die Kriminalbeamten nichts dafür«, antwortete Samuel.

Die drei lungerten seit einer Weile auf dem Parkplatz in der Altstadt, auf dem Jans und Samuels Autos noch vom Morgen standen, als sie sich im Café getroffen hatten.

Samuel fror und sehnte sich nach seinem Zuhause, doch er wollte die beiden nicht einfach stehen lassen, weil sie so aufgebracht waren.

Schließlich saßen sie alle im selben Boot.

Allerdings hatte Samuel auch keinen Nerv, sich wieder mit ihnen in das Café zu setzen. Er hoffte, dass sie sich schnell beruhigten, damit er guten Gewissens aufbrechen konnte.

Patrick schlug mit der flachen Hand auf sein Autodach, was Samuel aus den Gedanken riss. »Ich hatte das Gefühl, dass sie uns nicht glauben und uns deshalb keinen Schutz geben. Wetten, dass dieses Arschloch alles dafür getan hat, uns als Täter dastehen zu lassen?«

Jan runzelte die Stirn. »Warum sollten wir verdächtig wirken?«

Samuel war auf die Antwort gespannt, an diese Möglichkeit hatte er gar nicht gedacht.

»Wir haben ausgesagt, dass wir Yvonne zuletzt getroffen haben. Dann waren wir auch noch vor ihrem Haus. Außerdem haben wir ihnen erzählt, dass sie erwürgt wurde, weil wir es auf dem Video gesehen haben, das jedoch nicht mehr existiert. Die Todesursache kann nur der Täter wissen. Wir sind in eine Falle getappt. Der Typ, der mit uns sein Spielchen spielt, hat das alles so geplant.«

»Aber wie?«, fragte Jan. »Dann hätte er auch unsere Verabredung im Café einfädeln müssen. Er konnte doch nicht wissen, dass wir uns treffen oder dass wir zu Yvonne fahren, weil sie nicht auftaucht.«

Patrick starrte einen Moment lang in die Ferne. »Es sei denn, einer von uns ist der Täter«, sagte er dann scharf und sah Samuel eindringlich an. »Ich habe ja schon gestern den Verdacht geäußert, dass du dahintersteckst.«

»Fängst du wieder damit an?«, schimpfte Samuel angesäuert. »Ich war die ganze Zeit bei euch. Wann hätte ich denn dieses Päckchen vor die Haustür legen sollen? Und wann hätte ich das Video löschen können, das wir heute bekommen haben? Ich war nie allein.«

»Da gibt es bestimmt Methoden. Ich glaube dir kein Wort, du hast uns schließlich immer wieder davon abgehalten, zur Polizei zu gehen.«

»Das stimmt nicht«, fauchte Samuel zurück.

Jan hob die Hände. »Verliert nicht die Nerven. Wenn wir uns angiften, nützt uns das auch nichts. Wir sind alle drei Opfer eines Kriminellen.«

Samuel atmete tief durch und sein Puls beruhigte sich ein wenig. »Wir müssen gut aufpassen und sollten nicht allein sein. Könnt ihr bei jemandem unterkommen? Sonst kommt mit zu mir.«

»Ich fahre zu meiner Mutter und werde mir dort die Hucke vollsaufen. Das brauche ich jetzt«, sagte Patrick. »Vielleicht hat ein Kumpel Zeit und verbringt den Abend mit mir.«

»Gut«, erwiderte Samuel. »Was ist mit dir, Jan?«

»Ich fahre auch zu meinen Eltern und werde ihnen erzählen, was los ist. Sie müssen es wissen, damit sie vorbereitet sind, wenn sie die Nachricht erhalten, dass ich tot bin.«

Samuel schluckte bei dem Gedanken, dass noch jemand getötet werden würde. »Wir müssen aufpassen und dürfen nicht allein irgendwo hingehen. Schließt euch ein, macht niemandem die Tür auf, solange die Polizei Yvonnes Mörder noch nicht hat.«

»Vielleicht sollten wir einfach behaupten, wir waren es«, sagte Jan mit einem Mal. »Im Knast wären wir wenigstens sicher.«

»Was ist denn das für eine unsinnige Idee?«, maulte Patrick. »Ich gehe nicht für einen Mord ins Gefängnis, den ich nicht begangen habe. Die Polizei würde dann aufhören zu ermitteln und wir würden nie wieder rauskommen.«

»Patrick hat recht«, erwiderte Samuel. »Wir müssen hoffen, dass wir herausbekommen, wohin uns die Hinweise führen sollen. Wenn wir wissen, um welche Wahrheit es geht, finden wir diesen Drecksack, der uns tot sehen will. Aber erst mal fahre ich nach Hause und versuche zu schlafen, ich bin mit meinen Kräften am Ende.« Er stieg in seinen Wagen. »Ruht euch etwas aus. Wir telefonieren morgen.«

Zu Hause nahm er sich den Baseballschläger, den er nach der ersten Drohung neben seiner Haustür platziert hatte, und lief die Zimmer ab. In Gedanken mahnte er sich, dass er nicht allein daheimbleiben sollte. Warum gab er den anderen den Tipp und fuhr selbst nicht zu seinen Eltern oder zu Richard?

Als er sicher war, dass sich niemand im Haus befand, rief er seinen besten Freund an.

»Hey Samu.«

Samuel hörte, dass Richard mit dem Auto unterwegs war. »Yvonne ist tot«, posaunte er sofort die Neuigkeit hinaus. »Der Täter will uns umbringen. Ich weiß absolut nicht, was ich getan haben soll.« Samuel hatte selbst gehört, wie hysterisch er geklungen hatte.

»Scheiße, das ist übel. Was genau ist denn passiert?«

Samuel erzählte Richard von dem Treffen am Vormittag, zu dem Yvonne nicht gekommen war, dem vermeintlichen Einbruch in ihrem Haus und der neuen Botschaft. Er berichtete auch von den gelöschten Videos und Patricks Vermutung, dass sie nun als mögliche Täter infrage kamen.

»Das glaube ich nicht, die Polizei wird euch sicher nicht aufgrund solcher Sachen verdächtigen, sonst hätten sie euch doch festgenommen. Habt ihr noch immer keine Ahnung, was dieser Typ von euch möchte?«

»Nein. Mir geistert das Thema seit zwei Tagen im Kopf herum. Ich habe sogar das Gefühl, als hätte ich eine Erinnerung, die ich nicht greifen kann. Dieser Junge auf dem Puzzle kommt mir bekannt vor, doch anhand der Klamotten sieht man ja, dass es vor meiner Geburt passiert ist. Ich kann ihn doch gar nicht kennen, geschweige denn etwas von dieser Geschichte wissen.«

»Vielleicht wollte der Typ das Spiel ja nur schwer machen und hat deshalb eine Illustration gewählt. Wenn ein echtes Foto drauf wäre und ihr damit zur Polizei gehen würdet, würde man den Jungen von damals eventuell schneller finden.«

»Da könntest du recht haben. Das Spielchen scheint ihm Spaß zu machen. Wenn er die Absicht hat, uns zu töten, wird er alles tun, dass wir das Rätsel nicht lösen. Deshalb hat er auch dafür gesorgt, dass die Videos verschwinden, damit die Polizei nicht mit ermitteln kann.«

»Klingt nicht sehr beruhigend. Kommt euch denn wirklich überhaupt gar nichts in den Sinn, warum ausgerechnet ihr vier ausgesucht wurdet?«

»Ganz bestimmt gibt es irgendeine Sache, die uns verbindet, nur wissen wir nicht, welche. Glaub mir, wir sind viele Szenarien durchgegangen, aber wir sind uns noch nie über den Weg gelaufen.« Samuel wischte sich über die Stirn. »Die Wahrheit, von der der Täter spricht, hat was mit einem Mord zu tun. Weil diese Videos mit diesem Niklas so alt zu sein scheinen, muss der viele Jahre zurückliegen. Vielleicht will der Typ, dass wir den Tod des Jungen auf dem Puzzle aufklären.«

»Glaubst du denn, dass dieser Niklas der Täter sein könnte?«, hakte Richard nach.

»Das haben wir schon in Erwägung gezogen. Vielleicht wurde er nie als Mörder gefasst, kann damit nicht leben und verlangt von uns, dass wir ihn finden und an die Polizei ausliefern. Es gibt doch oft Berichte darüber, in denen es heißt, dass manche Täter froh sind, sich nicht mehr verstecken zu müssen.«

»Das klingt für mich nicht sehr logisch.«

»Alles ist unlogisch. Mich macht das Ganze völlig kirre. Ich kann nicht mehr schlafen, ich trau mich weder raus noch ins Haus, überall lauert Gefahr. Wenn es dir nichts ausmacht, würde ich mir wünschen, dass du zu mir kommst. Ich wäre jetzt lieber nicht allein.«

»Das verstehe ich. Ich bin noch eine Weile unterwegs, weil ich meiner Ex versprochen habe, meine Töchter zum Turnen zu bringen und sie wieder heimzufahren. Aber ich komme am späten Abend und bleibe über Nacht bei dir.«

»Danke, Richard. Das hilft mir. Rufst du bitte an, wenn du vor der Tür stehst?«

»Mache ich. Bis nachher.« Richard legte auf.

Samuel war erleichtert, dass er die Nacht nicht allein bleiben brauchte, aber bis dahin musste er noch überleben. Wieder ließ er seinen Blick durch das Zimmer schweifen.

Der Täter war mit Details über sie vier vertraut. Er kannte ihre Wohnorte, sogar die Adresse ihrer Eltern. Die Galerie, in der Samuel oft ausstellte, ebenso wie seinen E-Mail-Account und sämtliche Telefonnummern. Es musste eine Person geben, mit der sie alle etwas zu tun hatten. Wo lag die gemeinsame Verbindung?

Es vergingen Minuten, in denen er keine Antworten fand, und allmählich wurde er müde. Er wollte sich noch einmal bei seinen Eltern erkundigen, dann würde er eine Flasche Rotwein öffnen.

Patrick hatte recht, in so einer Situation half es, etwas Alkohol mit einem Freund zu trinken. Er hoffte, dass Richard bald kommen würde.

Samuel rief seine Eltern an.

»Meinicke«, meldete sich seine Mutter.

Samuel atmete tief durch. Er war noch nie so angespannt gewesen, nachdem er die Nummer seiner Eltern gewählt hatte. »Ich bin es. Geht es euch gut?«

»Hier ist alles in Ordnung. Und bei dir, Schatz?«

»Ich bin okay.« Er verkniff sich, ihr zu sagen, dass es einen Mord an einer Person gegeben hatte, die eine ähnliche Drohung wie er bekommen hatte.

»Wir sorgen uns um dich. Dein Vater hat kaum gesprochen, seit du gestern weg bist. Es geht ihm nicht gut.«

»Er soll sich keine Gedanken machen. Ich war heute bei der Polizei, die kümmert sich jetzt um die Sache.«

»Es ist gut, dass du dich so entschieden hast.«

»Das denke ich auch. Mir ist nur wichtig, dass ihr in Sicherheit seid. Ist Ralf noch bei euch?«

»Ja, er bleibt bis morgen, dann muss er zurück. Komm doch auch, dann bist du nicht allein im Haus.«

»Ich muss endlich an meinem Bild weiterarbeiten, das habe ich die letzten Tage sehr vernachlässigt. Richard hat sich für später angekündigt, er übernachtet hier. Macht euch also keine Sorgen. Ich rufe morgen früh wieder an.«

»In Ordnung. Ich habe dich lieb.«

»Ich dich auch, Mama.« Samuel legte auf. Er hatte sich noch nie so emotional bei diesen Worten gefühlt wie an diesem Tag. Es könnte das letzte Mal gewesen sein, dass er es ihr gesagt hatte, denn er wusste nicht, wen der Typ als Nächstes töten wollte.

Erschöpft holte er den Rotwein aus dem Keller, setzte sich vor den Fernseher und goss sich einen Schluck ein. Er nippte daran. Der herbe, süßliche Tropfen glitt seine Kehle hinunter und hinterließ ein warmes Gefühl in seinem Hals. Samuel seufzte. Er wollte sich nicht mehr regen, bis Richard endlich kam.

15

Auf dem Weg zur Cybercrime-Abteilung ging Marcel die Befragung der Männer im Kopf durch. Sie hatten Details vom Mord der Frau gewusst, was sie verdächtig wirken ließ. Aber würden sie wirklich mit einem leeren Stick zur Polizei kommen und so viel Aufwand betreiben, wenn sie hinter dem Mord an Yvonne Jahnke stecken würden? Er glaubte, dass ihre Panik echt war. Allerdings hatten ihm die Jahre als Kriminalkommissar auch gezeigt, dass die Fantasie einiger Täter oder Täterinnen sehr groß war, um von sich abzulenken.

Das Klingeln seines Telefons unterbrach seine Gedanken, er nahm ab. »Kripo Koblenz, Kommissar Schweißer am Apparat.«

»Hier ist Rosie«, grüßte ihn eine Frauenstimme.

Marcel musste kurz überlegen, wer Rosie war. Gott sei Dank fiel es ihm schnell ein, ehe es peinlich werden konnte. »Schön, von Ihnen zu hören.«

»Dir, ich hatte das Du angeboten.«

»Richtig. Verzeihen Sie … verzeih, ich muss mich erst

daran gewöhnen, dass die Rechtsmediziner so nett sind.«

»Na, nun aber. Ihr hattet einfach nur noch kein Glück, die meisten von uns sind sehr lieb. Aber ich rufe nicht an, um dir das mitzuteilen, sondern um eine erste Einschätzung zu geben. Wisst ihr schon, wer die Tote ist?«

»Ja, ihr Name ist Yvonne Jahnke, ihre Mutter hat sie identifiziert.«

»Danke. Ich mag es nicht, wenn man von Opfer oder Leichen spricht, sie sind alles Menschen.«

Marcel musste schmunzeln, genau das würde Wolfgang Becker gefallen.

»Frau Jahnke wurde wie eingeschätzt erwürgt, das Zungenbein ist gebrochen. Es wurde eine massive Kraft dafür aufgewendet, der Kehlkopf war quasi zerquetscht. Außerdem hat sie wahrscheinlich mehrere Schläge gegen das Gesicht bekommen, dafür sprechen verschiedene Hämatome und multiple Verletzungen.«

Marcel erinnerte sich an die Aussage der Männer. »Können die Verletzungen auch davon kommen, dass sie mit dem Gesicht gegen eine Wand geschlagen wurde?«

»Ja, in der Tat. Ein bloßer Schlag hätte womöglich nicht an so vielen Stellen Verletzungen zugefügt.«

»Weißt du schon etwas zum Todeszeitpunkt?«

»Sie hat kurz vor ihrem Tod etwas gegessen, das noch nicht angedaut war. Unter Berücksichtigung dieser Erkenntnis und aller anderen Einflüsse ist sie zwischen 8 und 9 Uhr getötet worden.«

»Kurz nachdem sie sich mit ihrem Freund getroffen hatte.«

»Wie bitte?«, fragte Rosie.

»Sorry, ich habe nur laut gedacht. Wir wissen, dass sie am Morgen zum Frühstücken verabredet war. Danach muss sie ihrem Täter oder ihrer Täterin in die Arme gerannt sein.«

»Klingt nicht schön. Die arme Frau.«

»Ja, dieser Fall bereitet uns Kopfzerbrechen, weil wir noch keine Idee haben, was dahinterstecken könnte. Das mit dem Puzzle ist verwirrend, wir hoffen deshalb auf weitere Hinweise. Hast du sonst irgendwelche Spuren sicherstellen können?«

»Ja, ich habe ein Haar sichergestellt, das definitiv nicht von ihrem schwarzen stammt. Es klebte in ihrer Hand, kurz und grau. Ich habe es bereits an das LKA weitergereicht, die melden sich dann bei euch.«

»Das ist super. Vielen lieben Dank für die schnelle Arbeit. Das hilft uns weiter.«

»Klaro, ihr hört von mir.« Rosie legte auf.

Marcel mochte die erfrischende, unkomplizierte Art dieser Frau und hoffte, dass sie noch lange bleiben würde.

»Möchtest du ewig hier draußen stehen oder wolltest du mir was bringen?«

Marcel zuckte zusammen und drehte sich um. Er hatte während des Telefonats auf dem Flur der Cybercrime-Abteilung gestanden und aus dem Fenster geschaut. »Warum musst du mir so einen Schock verpassen?«

»Es erschrecken sich nur Menschen, die etwas zu verbergen haben.«

»Du solltest nie von dir auf andere schließen.« Marcel grinste. »Ich habe Arbeit für dich.«

»Dann komm rein in mein heiliges Reich.«

Marcel setzte sich zu seinem Kollegen an den Schreibtisch. »Heute haben uns Zeugen Details zu einem Tötungsdelikt erzählt. Sie sagten, dass sie ein Video davon auf einem Stick bekommen haben. Als wir es abspielen wollten, war aber nichts drauf. Ist das möglich?«

»Ja, wenn eine Person Ahnung davon hat, kann die ein Programm darauf installiert haben. Einen sogenannten Daten-Löscher, der dieses Video entfernt hat.«

»Das geht?«

»Ja. Du kannst es dir vorstellen wie eine App auf dem Computer oder in E-Mail-Accounts, wo Daten beziehungsweise Nachrichten nach einer gewissen Zeit gelöscht werden.«

»Dann hätten die Männer nicht gelogen. Ist es möglich, dass du diese Filme wiederherstellst?«

»Das kommt darauf an, wie gut die Person war. Ich kann es versuchen, aber nichts versprechen.«

»Gib alles, wir benötigen dringend diese Videos.«

»Aye, aye, Sir. Wird erledigt. Doch dafür brauche ich sicher etwas länger.«

»Danke.« Marcel lief zurück zu seinem Büro, weil die Kollegen wahrscheinlich schon auf die anberaumte Besprechung warteten.

Als Marcel das Zimmer betrat, war der Staatsanwalt da. »Guten Abend, Staatsanwalt Krämer. Was machen Sie denn noch so spät hier?«

»Ich wollte mich nach dem Stand der Ermittlungen zu dem Tötungsdelikt erkundigen, ehe ich in den Feierabend gehe.«

Marcel fragte sich zwar, warum er das nicht telefonisch machte, aber ihm war es recht. »Prima, Sie kommen genau richtig, wir haben jetzt ein Meeting.« Marcel führte ihn in das Besprechungszimmer, in dem sich die Kollegen schon versammelt hatten.

Es roch nach frischem Kaffee und irgendwer aß gerade Leberwurst, was Marcel fast würgen ließ.

Er klatschte in die Hände. »Kollegen, ich weiß, es ist spät, aber wir haben noch einiges zu besprechen. Fangen wir an. Ihr seid alle mit dem Fall vertraut?«

Kollektives Nicken.

»Gut. Ich habe gerade mit der Rechtsmedizinerin telefoniert. Das Opfer ist erwürgt worden, auch die Aussage der drei Zeugen, dass sie gegen die Wand geschlagen wurde, konnte Rosie Vahl bestätigen.«

Ein Kollege meldete sich. »Hat man an der Leiche Anzeichen eines Sexualdeliktes gefunden?«

»Das Opfer hat den Namen Yvonne Jahnke«, schimpfte Wolfgang Becker.

»Ein Sexualdelikt wurde ausgeschlossen«, antwortete Marcel. »Dem Täter geht es hier wahrscheinlich um etwas anderes. Wenn wir den Aussagen der drei Zeugen glauben dürfen, wurde sie zuvor mit einem Puzzleteil und einer Botschaft bedroht.« Marcel las die Worte vor, die ihm Samuel Meinicke gegeben hatte, und zeigte auf die vier riesigen Puzzleteile, die ihm die Männer mitgebracht hatten. »Offenbar spielt jemand ein Spiel mit den Opfern, das sich um diesen Jungen dreht. Ob es sich bei dem Kind um das Opfer eines echten Falls oder eine fiktive

Figur handelt, wissen wir noch nicht.« Marcel las seine Notizen von der Befragung. »Jemand hat den Zeugen wohl zwei Videos zukommen lassen, die konnten aber hier nicht mehr abgespielt werden. Ich habe sie gerade der Cybercrime-Abteilung gegeben. Eventuell können die Kollegen sie wiederherstellen.«

»Was war angeblich auf den Videos drauf?«, fragte eine Kollegin.

»Das Tötungsdelikt an Yvonne Jahnke und eine Art Interview eines Teenagers, der sich als Mörder bekannte, befragt durch einen Jungen, den man nicht sieht.«

»Gibt es denn schon eine Spur zu einem potenziellen Täter oder einer Täterin?«, fragte der Staatsanwalt.

»Rosie Vahl hat in Yvonne Jahnkes Hand ein graues, kurzes Haar entdeckt. Wenn wir Glück haben, führt es uns zum Mörder oder der Mörderin.«

»Farblich würde es zu unserem Tatverdächtigen passen«, sagte Konrad.

»Das könnte es.« Marcel zeigte am Board auf ein Foto. »Dringend tatverdächtig ist Viktor Neumann, zu dem wir gestern in der Früh gerufen wurden. Er ist Opfer eines Gewaltverbrechens und schwer verletzt. Als der Notarzt ihn untersuchte, fand er ein schwarzes Puzzleteil in seiner Hand, das der Mann nicht loslassen wollte. Es sieht so aus wie das, was wir bei dem Leichnam von Yvonne Jahnke gefunden haben. Außerdem bestand er darauf, dass seine Verletzungen nur von einem Sturz kamen. Er verschwand aus dem Krankenhaus und wurde heute Vormittag im Haus unseres Opfers angetroffen. Samuel Meinicke hat ihn eindeutig identifiziert und auch beschrieben, dass er Wunden hatte, die aussahen, als wäre er verprügelt worden.«

»Wo steckt dieser Kerl?«, fragte Staatsanwalt Krämer.

Am liebsten hätte Marcel geantwortet, dass sie ihn sicher schon hätten, wenn sie das wüssten. »Die Fahndung nach ihm läuft«, sagte er stattdessen. »Wir fahren später noch zu der Tochter, um mit ihr nach Orten zu suchen, an denen er sich eventuell aufhalten könnte. Außerdem haben wir naheliegende Krankenhäuser angewiesen, sich sofort zu melden, wenn ein schwer verletzter Mann kommt. Sie haben alle eine Beschreibung. Staatsanwalt Krämer, Sie können auch eine Öffentlichkeitsfahndung anordnen, dann dürfen wir den Krankenhäusern ein Bild des Verdächtigen schicken.«

»Geben Sie das Foto raus, ich kümmere mich, dass Sie die Anweisung gleich schriftlich haben. Finden Sie diesen Mann, das hat höchste Priorität. Haben wir von diesem Neumann schon DNA? Steht er im System?«

Marcel nickte. »Die Tochter hat uns seine Haarbürste gebracht, die habe ich ans LKA geschickt. Damit haben sie eine Vergleichsprobe zu dem Haar.« Er schaute zu Wolfgang Becker. »Habt ihr etwas im Haus von Yvonne Jahnke gefunden?«

»Das Geschenk mit dem besagten Puzzleteil. Es war das gleiche, das bei ihrer Leiche lag. Auch die Drohung haben wir bei unserer Suche entdeckt. Ansonsten habe ich noch keine Auskunft von den Kollegen, ob es dort Spuren von Viktor Neumann gibt.«

»Ich frage mich, was Viktor Neumann nach der Tötung in ihrem Haus zu suchen hatte«, sagte Marcel.

»Vielleicht hat er sich versteckt«, antwortete eine Kollegin. »Zu sich konnte er nicht. Eventuell wusste er, dass Yvonne Jahnke allein lebte, und hoffte, dass ihn dort niemand finden würde.«

»Das war dann nicht gut überlegt«, erwiderte Marcel. »Er hätte damit rechnen müssen, dass man dort nachschaut, wenn sie nicht mehr erreichbar ist.« Marcel schaute sich das Foto von Viktor Neumann an. »Wir suchen eine Verbindung zwischen Neumann und den vier Opfern, die die Puzzleteile erhalten haben. Der Täter oder die Täterin weiß offenbar, wo sie wohnen, kennt ihre Telefonnummern und E-Mail-Accounts.«

»Ich hätte eine weitere Frage«, meldete sich ein anderer Kollege. »Hat Neumann wirklich genug Kraft, um einen Menschen zu töten, wenn er so schwer verletzt ist?«

»Darüber haben wir auch nachgedacht«, sagte Konrad. »Aber derzeit führen die meisten Hinweise zu ihm.«

»Wir sollten Meinicke, Meier und Stricker nicht als Verdächtige ausschließen. Der Letzte, der sie gesehen hat, war ihr Freund und der sagte, dass sie sehr ängstlich gewirkt hat. Vielleicht hatte sie Angst vor dem Treffen mit diesen drei Männern.«

»Wir behalten das im Auge«, antwortete Marcel. »Konrad und ich fahren jetzt noch einmal zu der Tochter unseres Verdächtigen. Stefan, du suchst nach Verbindungen zwischen den vier Bedrohten und Viktor Neumann.« Marcel schaute noch einmal in die gesamte

Runde. »Ich habe noch eine Info für alle Kollegen, die Arne gut kennen. Er feiert nachher seinen Abschied. Wer also Tschüss sagen will, sollte sich dort blicken lassen. Wolfgang, du darfst dich nicht drücken. Klare Anweisung.«

Der verdrehte die Augen, lächelte aber schief.

16

Samuel erwachte mit einem dumpfen Pochen im Kopf, als würden kleine Hämmer unaufhörlich gegen seine Schläfen knallen. Er stöhnte und rieb sich die Stirn. Dann blinzelte er gegen das grelle Morgenlicht, das sich durch die halb geschlossenen Vorhänge drängte. Er lag in seinem Bett. Aber er konnte sich nicht erinnern, wie er dort hingekommen war. Er hatte noch im Gedächtnis, dass er erleichtert aufgeatmet hatte, als Richard endlich aufgetaucht war.

Sie hatten lange gesprochen und zusammen Wein getrunken.

»Anscheinend in hohen Mengen«, sagte er zu sich. Was nach ihrem Gespräch passiert war, wusste er nicht.

Wo war eigentlich Richard?

Samuel setzte sich auf.

Der Raum schwankte leicht.

Sein Kopf schmerzte so sehr, dass er einen Moment brauchte, um die Orientierung zu finden. »Richard? Was hast du mit mir angestellt?«, rief er zum Flur hinaus.

Er bekam keine Antwort, wahrscheinlich schlief sein Freund noch.

Samuel blickte sich um.

Seine Klamotten lagen neben dem Bett, daneben stand ein Eimer. Typisch Richard, der dachte an alles.

Samuel lachte. Für ein paar Stunden hatte er abgeschaltet und obwohl ihn an diesem Morgen ein fetter Kater quälte, fühlte er sich erholter.

Die Erinnerung an Yvonnes Tod bohrte sich jedoch schon Sekunden später in sein Bewusstsein zurück. Er tastete nach seinem Handy, das auf dem Nachttisch lag. Erleichtert atmete er auf, weil es derzeit keine Hiobsbotschaften dieses Typen gab. Mit einem Stöhnen stand er auf, schwankte leicht und stützte sich auf den Bettrand.

Der Raum drehte sich.

Samuel wartete, bis er sein Gleichgewicht halten konnte. Seine Blase drückte schmerzhaft, deshalb schleppte er sich ins Badezimmer. Von der Toilette starrte er direkt in den Spiegel. Seine Augenringe waren dunkel und zogen sich tief nach unten. Er sah aus, als wäre er die letzten Tage um Jahre gealtert. Seufzend zog er ab, wusch sich die Hände und lief ins Wohnzimmer, wo er Richard auf dem Sofa schlafend vermutete.

Beunruhigung kroch in ihm hoch, weil Richard nicht dort lag. Er schaute in der Küche und im Gästebad nach. Jeder Schritt durch die vertrauten Räume verstärkte das beklemmende Gefühl. Nirgends fand er Richard.

War der etwa noch gegangen? Er hatte doch versprochen zu bleiben.

Samuel brach der Schweiß aus, weil sich düstere Gedanken in seinen Kopf schlichen.

War dieses Monster etwa im Haus gewesen?

Samuel hatte so fest geschlafen, dass er es mit Sicherheit nicht gemerkt hätte. Hatte er seinen besten Freund in Gefahr gebracht, weil er ihn zu sich eingeladen hatte? Sein Herz raste. Er eilte ins Schlafzimmer, griff nach seinem Handy und rief Richard an.

Im Wohnzimmer läutete es.

Er rannte wieder zurück und lauschte, woher der Klingelton kam.

Das Geräusch verstummte.

Samuel wählte erneut, horchte und fand das Handy schließlich in der Sofaritze. Als er über die Couch strich, sah er zwei Tropfen Blut darauf. »Nein, nein, nein«, schrie er. Ihm wurde heiß. Nervös lief er im Zimmer auf und ab, wählte die Nummer von Patrick, der ebenfalls nicht abnahm. Dann rief er Jan an.

»Alles klar, Samu?« Jan hatte sich geschwächt angehört.

»Dieser Sadist war in meinem Haus. Ich vermisse meinen besten Freund. Er war die Nacht hier, jetzt ist er verschwunden. Auf dem Sofa klebt Blut und sein Handy liegt hier.«

»Was?« Jan atmete schwer. »Mein Gott, ruf sofort die Polizei an. Wir brauchen dringend Schutz.«

Samuel war vor lauter Aufregung gar nicht auf den Gedanken gekommen. »Ja, das mache ich.«

»Melde dich bitte, wenn es Neues gibt.«

Samuel legte auf und wollte gerade die 110 wählen, da wurde die Eingangstür aufgeschlossen. Er erstarrte, lauschte den dumpfen Schritten, die über den knarzenden Holzboden gingen und unaufhörlich näherkamen.

»Guten Morgen, Samu.« Richard blieb lächelnd in der Wohnzimmertür stehen.

»Richard!«, rief Samuel erleichtert aus. »Wo zum Teufel bist du gewesen? Ich habe mir schon die schlimmsten Sachen ausgemalt.«

Richard hob eine Tüte hoch. »Ich war nur kurz Brötchen holen. Du hast gestern ordentlich einen gezischt. Da ist ein ausgiebiges Frühstück genau das Richtige.«

»Weißt du, was ich für eine Panik hatte? Du hast dein Handy hier liegen lassen, ich habe versucht anzurufen. Und auf dem Sofa ist Blut. Hättest du mir nicht einen Zettel schreiben können?«

»Ich habe ehrlich gesagt nicht erwartet, dass du so schnell wach wirst. Erst wollte ich Bescheid geben, aber du warst nicht zu wecken. Der Schlaf hat dir gutgetan.« Er zeigte auf das Sofa. »Ich habe das Blut gar nicht bemerkt, sonst hätte ich versucht es wegzumachen. Tut mir leid. Manchmal bekomme ich Nasenbluten.«

»Schon gut, ich war bloß erschrocken.«

»Das verstehe ich, aber es sind nur zwei kleine Miniflecken. Du darfst nicht gleich in Panik verfallen.« Er legte die Brötchentüte auf den Tisch. »Ich muss jetzt zur Arbeit. Wenn du solche Angst hast, solltest du zu deinen Eltern fahren. Ich komme später wieder her, einverstanden?«

»Das wäre super. Ich werde mich mit Jan und Patrick treffen, wir drei werden uns ab sofort nicht mehr trennen.

So wird es schwieriger für den Täter, uns einzeln zu erwischen, dann können wir uns vielleicht wehren.«

»Klingt nach einem vernünftigen Plan. Willst du sie alle auch nachts hier haben?«

»Ja, warum nicht? Das Haus ist groß genug. Mit dir sind wir dann zu viert. Was will der Typ gegen uns als Gruppe schon ausrichten?« Samuel zwinkerte. Seine Idee beruhigte seine Furcht aber nicht wirklich.

»Das ist kein schlechter Gedanke. Zu viert könnten wir ihn sicher eher überwältigen als jemand allein.«

»Dieses Mal bin ich auch schlauer. Wenn er uns noch einmal einen Stick schickt, werde ich das Video mit dem Handy filmen, um endlich einen Beweis für die Kripo zu haben.«

»Das ist eine gute Idee. Dann müssen sie euch schützen.« Richard schüttelte den Kopf. »Ich verstehe echt nicht, warum das nach dem Tod dieser Frau nicht längst geschehen ist.«

»Tja, so lauten die Vorschriften, aber jetzt haben wir einen Plan, um uns selbst zu schützen. Danke, dass du hiergeblieben bist. Wenn das vorbei ist, werde ich dich auf einen Kurztrip einladen.«

»Ach was, wozu gibt es denn Freunde? Ich bin sicher, du würdest das Gleiche für mich tun.« Richard schaute auf seine Armbanduhr. »Ich muss los, mein Chef ist schon angefressen, weil ich die letzten Tage früher gegangen bin oder zu spät kam.« Richard nahm sich ein Butterhörnchen aus der Brötchentüte und verabschiedete sich.

Samuel schrieb Jan und Patrick eine Nachricht, dass alles in Ordnung war und sie sich um 9 Uhr im Café

Bemme treffen würden, um weiter zu besprechen, was des Rätsels Lösung sein könnte.

Wenn die Polizei schon nichts tat, um sie zu schützen, sollten sie die Wahrheit über den Jungen auf dem Puzzle und Niklas erraten, denn das wollte die Person.

Samuels Kopf meldete sich allmählich wieder mit einem Brummen. Während das Adrenalin in seinen Körper geschossen war, weil er geglaubt hatte, dass Richard etwas zugestoßen war, hatte er keinen Schmerz wahrgenommen. Damit der sich nicht noch verstärkte, schluckte er eine Aspirin, aß ein Croissant mit Kirschgelee und stellte sich unter die kalte Dusche, um seine Lebensgeister zu wecken.

Kurz darauf machte er sich auf den Weg nach Koblenz zum Café.

Als er es betrat, saß Jan bereits an einem Tisch und trank einen Kaffee. Samuel lief zu ihm.

Jan sprang auf, ein schwerer Seufzer entrang sich seiner Brust und seine Schultern entspannten sich. »Da bist du ja.«

Samuel schaute auf die Uhr. Es war erst zehn vor neun, aber er konnte diese Ungeduld nachvollziehen. Ihm ging es nicht viel anders.

Jan setzte sich wieder.

Samuel nahm ihm gegenüber Platz. »Du siehst müde aus.«

»Ich kriege kein Auge mehr zu, jedes Geräusch schreckt mich hoch. Es ist kaum noch auszuhalten. Ich bin ein Nervenwrack.«

»Warst du etwa allein in der Nacht?« Samuel sah Jan erschrocken an.

»Nein, bei meinen Eltern. Ich habe ihnen von den Drohungen erzählt. Nur den Mord an Yvonne habe ich weggelassen, sonst würden sie durchdrehen.«

»So habe ich mich auch entschieden. Mein Vater ist in Sorge um mich, es geht ihm gar nicht gut. Wenn ich dann noch von Yvonnes Tod angefangen hätte, wäre er durchgedreht.«

Die Bedienung kam an den Tisch. »Was darf ich Ihnen bringen?«

»Einen Kamillentee bitte«, antwortete Samuel. Sein empfindlicher Magen war nicht in der Lage, mehr zu verdauen, er kämpfte schon mit dem Croissant.

»Hast du noch eine neue Erkenntnis gefunden, was der Sadist von uns wissen will?«, fragte Jan.

»Nein, ich habe keine Ahnung. Mein Freund vermutet auch, dass diese Illustration für eine echte Person steht und die Videos eine wahre Geschichte erzählen.« Samuel holte das Puzzleteil heraus, das er bekommen hatte. »Ich habe mir noch einmal Gedanken wegen der Zeit gemacht und gegoogelt. Diese Karomuster bei Pullovern und die breiten weiten Hosen waren in den Siebzigern modern. Patrick hat gesagt, dass die Videos von diesem Niklas bestimmt fünfzig Jahre alt sind. Das wäre auch in diesem Zeitraum gewesen. Das könnte bedeuten, dass das Verbrechen etwa fünfzig Jahre her ist.«

»Aber wie sollen wir denn herausfinden, was damals passiert ist? Die Interviews sind dafür nicht eindeutig genug. Hast du eine gute Theorie?«

»Vielleicht ist Tim entkommen, Niklas ist ihm gefolgt und dann ist ein Unglück passiert, bei dem der kleine Junge ums Leben gekommen ist. Niklas sieht ja nicht so aus, als hätte er ihn absichtlich grausam getötet. Immerhin konnte er nicht mehr schlafen und essen, weil ihm die Schuld zu sehr zugesetzt hat.«

»Das ist eine Möglichkeit, doch es könnte auch sein, dass die anderen Jugendlichen ihm gefolgt sind und Tim getötet haben«, erwiderte Jan.

»Klar, aber warum sagt Niklas dann die ganze Zeit, dass er ein Mörder ist?«

»Wir müssten wissen, was bei Tims Flucht aus der Hütte geschehen ist, um der Wahrheit näher zu kommen.«

Samuel nickte. »Wahrscheinlich erfahren wir das in einem neuen Video. Besser wäre, wir würden schneller die Wahrheit erkennen, die er von uns hören will, ehe noch jemand von uns stirbt.«

Einen Augenblick lang schwiegen sie.

»Wieso bekommen ausgerechnet wir diese ganzen Drohungen? Wir haben damals noch nicht einmal gelebt. Warum geht er denn nicht damit zur Polizei, wenn er unbedingt will, dass das Verbrechen gelöst wird?«

»Keine Ahnung. Vielleicht war der Gedanke, dass Niklas selbst der Täter ist, doch nicht so verkehrt. Möglicherweise hat er jahrelang mit dieser Schuld gelebt und ist dadurch richtig doll krank geworden, weshalb er seinem Leid nun ein Ende setzen will.«

»Merkwürdige Art und Weise. Er soll sich einfach stellen.«

»Vielleicht ist Patrick noch etwas eingefallen, was uns weiterhelfen kann. Wo bleibt er eigentlich?« Samuel schaute auf die Uhr.

Es war 9:15 Uhr.

Sein Magen krampfte. »Ich befürchte, dass Patrick nicht mehr kommt.«

»Er war nicht so dumm und ist allein irgendwo hingegangen. Bestimmt verspätet er sich nur.«

»Ich habe heute Morgen schon versucht, ihn anzurufen, und auf meine Nachricht für das Treffen hier hat er auch nicht reagiert. Er würde nicht zu spät kommen nach dem, was wir gestern erlebt haben. Yvonne verschwand nach dem ersten Video. Patrick hat schon vermutet, dass er als Nächstes dran ist. Ganz bestimmt hat der Sadist ihn.«

Jan hatte Tränen in den Augen. »Ich will nicht glauben, dass er auch getötet wurde. Was sollen wir tun?«

»Wir können nur zur Polizei fahren und ihn vermisst melden.«

Die Tür zum Café ging auf und eine Dame trat ein, die sich hastig im Raum umschaute. Sie lief zu dem Inhaber des Ladens und redete wild gestikulierend.

»Ist hier ein Samuel Meinicke?«, rief der Besitzer.

In Samuel zog sich alles zusammen. Er schaute Jan an.

Der starrte irritiert zurück. »Wer ist die Frau?«

»Ich kenne sie nicht. Soll ich mich bemerkbar machen?«

Jan zuckte mit den Schultern.

»Samuel Meinicke?«, rief sie. »Ich muss Sie bitte dringend sprechen. Sie haben meinen Sohn herbestellt.«

Jan riss die Augen auf. »Ist das Patricks Mutter?«

Samuel erhob sich und lief mit Bauchschmerzen nach vorn zur Kasse. »Ich bin Samuel.«

Die Frau war von Angst gezeichnet. »Bitte entschuldigen Sie, dass ich Sie hier so frech überfalle. Ich mache mir große Sorgen um Patrick. Sie kennen ihn?«

»Ja, kommen Sie mit zum Tisch.« Er zeigte auf seinen Leidensgenossen. »Das ist Jan Meier, wir warten auf Patrick.« Samuel bestellte der Frau ein Wasser und setzte sich mit ihr.

»Patrick ist heute Nacht nicht heimgekommen. Bei sich zu Hause ist er auch nicht. Sein Handy lag bei mir, deshalb habe ich die Nachricht gesehen, in der Sie ihn herbestellt haben. Ich hatte gehofft, dass ich ihn hier antreffe oder Sie mir weiterhelfen können.«

Jan senkte sofort den Blick.

Samuel schluckte die aufsteigende Übelkeit hinunter. »Wir kennen uns erst seit drei Tagen, weil … weil wir ein kleines Problem haben.«

»Was für eins?«

Samuel schluckte. Er wollte nicht derjenige sein, der Patricks Mutter Angst einjagt.

»Bitte reden Sie mit mir. Patrick ist gestern bei mir aufgetaucht und hat mich gefragt, ob er eine Weile bei mir wohnen darf. Er wollte nicht gern allein sein. So kenne ich ihn gar nicht. Am frühen Abend hatte er sich zum Trinken mit einem Freund verabredet, weil er richtig wütend war. Er kam danach nicht wieder.«

»Warum war er sauer?«, fragte Jan zögerlich.

»Weil ihm gekündigt wurde. Irgendwer hat sich wohl einen fiesen Scherz erlaubt und bei seiner Arbeitsstätte behauptet, er wäre schuld am Tod eines kleinen Jungen. Das ist überhaupt nicht wahr.«

Samuel lief es eiskalt den Rücken hinunter, er wusste genau, von wem diese Nachricht gekommen war.

Jan wurde kreidebleich.

»Haben Sie es schon bei seinem Freund probiert?«, hakte Samuel nach, obwohl er ahnte, dass Patrick nicht dort war.

»Ja, ich habe über sein Handy Manfred angerufen. Der hat gesagt, dass Patrick nicht aufgetaucht ist. Er hatte ein paarmal versucht, ihn zu erreichen. Die verpassten Anrufe werden auf dem Handy angezeigt, aber ich habe das gestern Abend nicht gehört, sondern erst heute Morgen gesehen.«

Samuel schaute Jan verzweifelt an. Er war sich noch immer unsicher, was er der Mutter sagen sollte.

Jan nickte kaum merklich.

Für Samuel das Go, der Mutter zumindest ein paar Details zu erzählen. Er berichtete ihr, was in den letzten Tagen vorgefallen war, verheimlichte aber auch ihr Yvonnes Tod.

Sollte Patrick tot sein, war es die Aufgabe der Kripo, es der Mutter zu sagen.

Bisher konnte Samuel sowieso nur mutmaßen.

»Es ist besser, wenn Sie zur Polizei gehen und Ihren Sohn vermisst melden. Am besten fragen Sie nach Kommissar Schweißer oder Malter, die haben gestern mit uns gesprochen.«

Die Mutter hielt sich kreidebleich an dem runden Bistrotisch fest. Sie starrte auf das Puzzleteil, das Samuel ihr gezeigt hatte. »Um Gottes willen, was ist mit meinem Sohn passiert?«, flüsterte sie.

Samuel konnte der Frau kaum in die Augen schauen.

Plötzlich erhob sie sich, drehte sich um und verließ das Café, ohne noch ein Wort zu sagen.

Samuels Handy piepte und eine Millisekunde danach auch Jans.

Samuel öffnete eine Nachricht, die von einer ihm unbekannten Nummer kam.

Es erschien ein Video.

Niklas saß, wie auch bei den Filmen zuvor, vor einer Holzwand auf einem Stuhl.

»Geht es dir schon ein wenig besser?«, fragte der Junge hinter der Kamera. »Wenn ja, könnten wir weiterreden.«

»Ich werde mein ganzes Leben nicht mehr aufhören zu weinen. Er war doch noch so klein.«

»Du hast gerade erzählt, dass Tim aus der Hütte geflüchtet ist. Hast du gesehen, was danach passiert ist?«

Niklas schluckte. »Die vier sind hinter ihm hergerannt und ich bin ihnen gefolgt. Tim ist über die Wiese in den Wald gehastet, über Äste und Baumstämme gesprungen. Er hatte sogar einen kleinen Vorsprung.«

»Tim war wie ein Wiesel. In der Schule hat er beim Wettrennen immer gewonnen«, sagte der Junge hinter der Kamera.

»Ich habe so sehr gehofft, dass er es schafft. Doch dann ist er über einen umgestürzten Baum gesprungen und mit dem Fuß an der großen ausgerissenen Wurzel hängen geblieben.«

»Ist er hingefallen?«, fragte der Kamerajunge und man hörte seinen schweren Atem.

»Ja.« Niklas schluchzte. »Und dann ist alles schiefgegangen.« Er kippte nach vorn, fiel zu Boden und schrie.

Das Video endete.

Kurz darauf kam erneut eine Aufnahme von dem kleinen Grab mit dem Steinkreuz und dem Kinderspielzeug. Dieses Mal wurde die Kamera auf das Kreuz gehalten. Darauf stand: *Tim, 27.05.1966 – 13.08.1972.*

Wieder ertönte ewig lang der markerschütternde Schrei, ehe das Video endete.

Samuel versuchte Luft zu holen, doch das Atmen fiel ihm schwer. Wie in Trance regelte er die Lautstärke seines Handys wieder nach oben, die er gerade reduziert hatte, damit die anderen Gäste nicht auf diesen schrecklichen Schrei aufmerksam wurden.

Die Grausamkeit der Geschichte um den kleinen Tim war kaum zu ertragen.

»Das bestätigt unsere Vermutung, wie lang diese Ereignisse zurückliegen«, sagte Samuel.

Jan starrte sein Handy an. Sein Gesicht schimmerte gräulich. »Das war das Stück der Geschichte, das mein

Puzzleteil zeigt«, krächzte er. »Ich bin der Nächste, den er sich holt.«

»Wir werden uns nicht mehr trennen und uns mit niemandem treffen, bis das vorbei ist. Und wir gehen jetzt sofort zur Polizei, die müssen endlich was tun.« Samuel zitterte, er fragte sich, wie der Typ es geschafft hatte, Patrick zu entführen.

War ihm der kurze Weg zu seinem Freund zum Verhängnis geworden? Wurden sie auf Schritt und Tritt beobachtet?

Samuel war geschockt, weil sie dieses Mal die Videos auf das Handy bekommen hatten und somit sein Plan, es abzufilmen, zunichtegemacht worden war. Damit hatte er nicht gerechnet.

Wieder hatten sie keinen Beweis, wenn auch die Nachricht mit dem Video automatisch gelöscht werden würde.

»Glaubst du, es kommt noch ein Video von Patrick?«, fragte Jan und unterbrach damit diese Grübelei.

»Ich weiß es nicht«, stammelte Samuel. »Vielleicht gibt es noch keinen Film von ihm, weil er lebt.«

»Wir waren gestern der Lösung des Rätsels schon nah, es könnte doch sein, dass Patrick die Fragen richtig beantwortet.«

»Ich denke, dass wir noch eine böse Überraschung bekommen, was Patrick angeht. Lass uns schnell zur Polizei fahren. Und wenn ich mich in diesem Präsidium festbinden muss, ich gehe da nicht mehr raus.«

Plötzlich setzte sich ein Mann zu ihnen an den Tisch.

Entsetzt schaute Samuel auf.

Die Haare des Typen waren lang und blond. Sie hingen strähnig und fettig nach unten, sodass sie sein halbes Gesicht verdeckten. Trotzdem waren die dunkeln Augenringe und geröteten Lider gut zu erkennen. Er öffnete seine Jacke ein Stück und ließ Samuel auf das blicken, was er darunter in der Hand hielt.

Eine Waffe zielte genau auf ihn.

Samuel fiel vor Schreck die Tasse klirrend zu Boden.

Der Mann zog seine Jacke zu. »Ich rate euch, niemanden auf uns aufmerksam zu machen. Sonst schieße ich wild im Café herum.«

Samuels Blick fiel auf die kleinen Kinder, die fröhlich jauchzend um einen Tisch sprangen.

Ihre Eltern betrachteten sie lächelnd und richteten die Handykamera auf sie.

»Schon okay, ganz ruhig«, sagte Samuel und hob die Hände.

Der Mann sah ihm tief in die Augen. Sein Blick wirkte müde und auch ein wenig vorsichtig, jedoch nicht angsteinflößend.

Die Bedienung kam mit einem Handfeger auf den Tisch zu.

Samuel erhob sich. »Bitte verzeihen Sie meine Tollpatschigkeit, ich mache das sofort weg.«

Die Frau schaute ihn etwas muffig an. »Kann ja mal passieren.« Sie reichte ihm den Handfeger.

Samuel atmete erleichtert auf, weil sie es nicht selbst auffegen wollte. Er kehrte die Scherben zusammen und versteckte eine größere im Pulloverärmel. Dann setzte er sich wieder an den Tisch.

»Was wollen Sie von uns?«, fragte Jan mit zittriger Stimme.

Samuel beobachtete den Mann genau, irgendwie kam er ihm bekannt vor. Er war zwar generell vergesslich, aber Gesichter konnte er sich gut einprägen. Nur die passenden Namen dazu nicht. Oder er erinnerte sich meist nicht daran, woher er die Personen kannte. »Lassen Sie uns bitte in Ruhe. Wir haben mit dem, was Tim passiert ist, nichts zu tun. Woher sollen wir denn die Wahrheit kennen?«

»Ich möchte nur, dass Jan mich begleitet.« Auf Samuels Frage ging er gar nicht ein.

»Nein!«, sagte Jan etwas zu laut. »Sie sind ein Monster.«

Gäste des Cafés drehten sich zu ihnen um.

»Das würde ich an Ihrer Stelle nicht noch einmal tun. Sie begleiten mich, sonst schieße ich diesem kleinen Mädchen dort in den Kopf.« Er zeigte auf die Kinder, die mittlerweile etwas aßen, und auf einen Kinderwagen, in dem ein Baby schlief. »Diese süßen Dinger werden wegen euch ihr Leben verlieren.«

»Ganz sicher lass ich mich nicht von Ihnen töten.« Jan schaute Samuel kopfschüttelnd an. »Ich werde diesem Typen auf keinen Fall gehorchen. Du hast doch gesehen, was er mit Yvonne gemacht hat.«

»Ich weiß, aber wir können nicht zulassen, dass er Kinder erschießt.« Samuel sah den Mann an. »Ich werde Jan begleiten. Wir bleiben zusammen.«

Der Typ erhob sich. »Wir gehen jetzt sofort oder alle sind tot«, befahl er Jan. Sein Blick schweifte hektisch umher und er trommelte mit den Fingern unruhig gegen seinen Oberschenkel.

»Okay, wir begleiten Sie.« Samuel stand ebenfalls auf. »Komm schon, Jan.«

»Du machst einen Fehler. Wie sollen wir dem entwischen?« In seine Augen traten Tränen. »Das hier ist der Weg in meinen Tod. Ich habe zwei kleine Kinder.«

Samuel lief ein eisiger Schauer über den Rücken. Er selbst hatte niemanden, der zu Hause auf ihn wartete.

Seine Eltern würden bei seinem Tod traurig sein, aber sie hatten noch einander.

Die Kleinen von Jan würden hingegen mit einem schweren Verlust aufwachsen.

Samuel musste etwas einfallen, damit Jan am Leben bleiben würde. »Seine Kinder brauchen ihren Vater. Ich komme allein mit, lassen Sie ihn gehen. Ich denke, ich kann das Rätsel lösen.«

Wieder starrten Samuel zwei Augen an, die alles andere als böse waren.

Deshalb hoffte er, dass er den Mann auf emotionaler Ebene treffen konnte und dieser Mitleid bekam, um Jan gehen zu lassen.

»Das ist ausgeschlossen, ich brauche Jan«, antwortete der Typ schließlich und machte Samuels Hoffnung zunichte. Seine Stimme hatte gezittert. »Begleiten Sie mich, es geht um Patrick«, sagte er zu Jan. »Ich weiß, wo er ist.« Plötzlich entspannte sich die Haltung des

Mannes, sein Blick wurde weicher. »Entweder kommt Jan allein mit oder Sie beide folgen mir. Entscheiden Sie sich.«

»Schon gut«, sagte Jan. »Lass uns gehen, Samuel. Wir machen das gemeinsam und helfen Patrick.«

Samuel war skeptisch, ob Patrick überhaupt noch am Leben war.

Aber etwas anderes als auf den Mann zu hören, blieb ihnen erst einmal nicht übrig.

Also legte Samuel einen Zwanzigeuroschein auf den Tisch und lief vor.

Jan und der Mann folgten ihm.

»Einen wunderschönen Tag noch«, wünschte ihnen der Cafébesitzer und lächelte freundlich.

Samuel hätte beinahe losgelacht, weil der Moment für die Aussage nicht unpassender hätte sein können.

»Ihr steigt jetzt ganz unauffällig in den blauen Transporter.« Der Mann blickte zu dem Wagen, der neben dem Café stand.

»Dir ist klar, dass wir tot sind, wenn wir gehorchen«, flüsterte Jan.

»Was ist die Alternative? Sollen wir die ganzen Cafébesucher mit in den Tod reißen? Unschuldige kleine Kinder?«

»Verdammt, wir haben doch auch niemandem etwas getan.«

Samuel verstand Jan. Er selbst wollte genauso wenig sterben, aber er konnte auch nicht zulassen, dass unschuldige Menschen ums Leben kamen. Und er musste wissen, was mit Patrick passiert war. »Der Typ hat offensichtlich selbst Angst. Wir können ihn bestimmt überreden, uns nichts zu tun«, flüsterte er. »Jetzt steigen wir erst einmal in das Auto, damit wir die Familien hier schützen und erfahren, was mit Patrick ist.«

Jan schluckte und nickte.

»Ich zähle jetzt bis drei. Seid ihr dann nicht im Auto, schieße ich euch in den Kopf und ihr habt nicht eine einzige Chance mehr, dieses Spiel zu gewinnen.« Die Stimme des Typen hatte wieder drohender geklungen. »Wenn ihr Patrick retten wollt, solltet ihr gehorchen.«

Auch wenn Samuel noch immer misstrauisch bezüglich Patrick war, keimte Hoffnung auf, dass sie doch noch eine Chance hatten.

Sie stiegen in den Transporter.

»Gebt mir eure Handys!«, sagte der Mann, woraufhin sie ihm ihre Smartphones reichten.

Der Typ warf diese auf den Boden und trat mehrfach mit voller Wucht drauf. Er schmiss die Tür von außen zu, kurz darauf fuhren sie.

Jan zitterte am ganzen Leib. »Es war ein Fehler mitzufahren. Wir werden hier nie mehr lebend herauskommen. Nun können sie uns nicht mal mehr orten, falls wir irgendwann vermisst werden.«

»Richard wird spätestens heute Abend alarmiert sein, wenn ich nicht zu Hause und nicht erreichbar bin. Er weiß, dass ich mich mit dir und Patrick treffen wollte.«

»Glaubst du ernsthaft, dass wir dann noch leben? Und selbst wenn, wo sollen sie uns suchen?«

»Er hätte uns doch sonst direkt vor dem Café erschossen. Es ist egal, was wir tun, wir sind seine Gefangenen, schon seit Tagen. Wir müssen uns was einfallen lassen, um ihn zu überwältigen. Immerhin sind wir zu zweit, er allein.« Samuel sah sich in dem Ladebereich des Transporters um, der restlos leer war. Er konnte nichts nutzen, um den Mann anzugreifen. Dann fiel ihm die Scherbe wieder ein und er holte sie heraus. »Die habe ich mitgehen lassen.«

»Was soll dir das Ding bringen? Er hat eine Waffe.«

Samuel wusste, dass ihm die Scherbe gegen eine Pistole nichts nutzen würde, aber trotzdem gab sie ihm ein kleines Gefühl von mehr Sicherheit.

17

Marcel kaute auf seinem Kugelschreiber herum, während er Stefans Notizen durcharbeitete. »Es gibt wirklich absolut keine Verbindung zwischen Viktor Neumann und Yvonne Jahnke. Seine Tochter kennt sie auch nicht, wir haben sie gestern gefragt. Ich glaube, der Mann hat viele Geheimnisse.«

Stefan nickte. »Ich bin Schulen, Vereine und so weiter durchgegangen. Sie waren beide mal im Turnverein Niederberg, aber zu unterschiedlichen Zeiten. Neumann ist halt dreißig Jahre älter als sie.«

»Die drei Zeugen Meinicke, Stricker und Meier haben auch keine Verbindung zu ihm?«

»Ich habe nichts gefunden«, antwortete Stefan.

»Okay, vielen Dank, dass du die halbe Nacht durchgeackert hast.« Marcel schaute auf die Uhr. »Es ist schon nach zehn. Mareike ist ja wieder da. Geh nach Hause zu deinen Kindern. Du hast den restlichen Tag frei.«

»Vielen Dank.« Stefan erhob sich träge aus dem Stuhl. »Ich brauche nur ein paar Stunden Schlaf, dann bin ich wieder fit.« Er verließ das Büro.

Marcel streckte sich. Seine Knochen waren steif, weil er die Nacht auf dem kleinen Sofa im Aufenthaltsraum verbracht hatte. Die Abschiedsfeier war lange gegangen, für die paar Stunden bis Dienstbeginn hatte er nicht extra heimfahren wollen. Ein wenig bereute er es, weil sein Rücken schmerzte.

Konrad betrat das Büro und grinste. »Du bewegst dich wie ein Opa.«

»Und du benimmst dich wie einer. Du bist schließlich verschwunden, ehe die Feier erst richtig losgegangen ist.«

»Ich bin eben ein pflichtbewusster Vater und Ehemann, der lieber in seinem weichen Bett neben seiner Traumfrau schläft als auf einem abgewetzten Sofa, auf dem schon jeder gelegen hat.«

Marcel hielt sich die Hand auf die Brust. »Autsch, der hat gesessen.« Er grinste und öffnete das Fenster, um etwas Luft ins Büro zu lassen. Die Kälte des Morgens schlug ihm ins Gesicht und weckte seine Lebensgeister. »Ich habe kaum geschlafen, weil mich die Frage umhertrieb, warum Herr Neumann im Haus von Yvonne Jahnke war.«

»Es gab keine Einbruchsspuren, das heißt, es wurde ihm geöffnet oder er hatte einen Schlüssel. Sie müssen sich irgendwie kennen«, mutmaßte Konrad.

»Yvonne Jahnke selbst kann ihm nicht aufgemacht haben. Ihr Freund Falk Vorrink hat ja bestätigt, dass sie mit ihm gefrühstückt hat, und kurz danach war sie laut Rosie bereits tot. Ihre Mutter sagte aus, dass sie unseren Verdächtigen nicht kennt, also kann auch sie ihm nicht geöffnet haben. Jemand anderes gibt es nicht in diesem

Haus. Neumann müsste schon kurz nach dem Frühstück bei ihr aufgetaucht sein, sollte Yvonne Jahnke ihn wirklich kennen und hereingelassen haben.«

Konrad nickte. »In ihrem Haus gab es keine Spuren, dass sie dort getötet wurde. Wäre Neumann bei ihr aufgekreuzt, hätte er sie also irgendwo hingebracht, sie getötet, am Fundort abgelegt und wäre dann in ihr Haus zurückgekehrt. Nur warum?«

»Wir drehen uns im Kreis.«

Das Telefon klingelte.

Marcel nahm ab. »Kommissar Schweißer?«

»Kaufmann, LKA Mainz. Ich wollte euch einen Treffer melden.«

»Wow, das ging schnell.«

»Ja, Frau Vahl sagte, dass es dringend ist. Deshalb habe ich etwas Gas gegeben.«

Marcel liebte die neue Rechtsmedizinerin.

»Es gibt eine Übereinstimmung. Die DNA des grauen Haars, das uns Frau Vahl zukommen lassen hat, stimmt mit der der Vergleichsproben überein, die Sie uns unter dem Namen Viktor Neumann geschickt haben. Auch die Proben, die Sie uns aus dem Haus von Frau Yvonne Jahnke gebracht haben, sind ein Match zu Viktor Neumann.«

»Sieh mal einer an. Vielen Dank. Das hilft uns sehr«, sagte Marcel.

»Gern geschehen. Ich schicke Ihnen die Ergebnisse schriftlich zu. Auf Wiederhören.« Der LKA-Beamte legte auf.

Marcel gab die Information an Konrad weiter. »Wir fahren jetzt noch einmal zu Sabine Neumann, wir erhöhen den Druck. Irgendeinen Ort muss es geben, der ihm wichtig ist und wo er sich versteckt.«

Konrad nickte und nahm seine Jacke. »Dann los.«

Sabine Neumann öffnete die Tür mit einem hoffnungsvollen Blick, der sofort in einen resignierten umschwenkte. Ihr Gesicht zeigte Spuren von Schlaflosigkeit und Sorge. »Ich hatte gehofft, dass mein Vater wiederkommt«, sagte sie. »Brauchen Sie noch etwas?«

»Guten Morgen. Es tut mir leid, wir haben ihn immer noch nicht gefunden. Doch es haben sich neue Hinweise ergeben, die wir dringend mit Ihnen besprechen müssen«, sagte Konrad.

»Kommen Sie rein.« Sabine Neumann führte sie ins Wohnzimmer. »Setzen Sie sich. Hat Ihnen die DNA etwas genützt?«

Marcel nahm Platz. »In der Tat, ja. Wir verstehen, dass dies eine schwierige Zeit für Sie ist. Die Ermittlungen ergeben durch eine DNA-Analyse nun eindeutige Hinweise, die Ihren Vater als Tatverdächtigen eines Tötungsdeliktes darstellen. Wir müssen ihn dringend finden, dafür brauchen wir Ihre Hilfe.«

»Bitte was? Mein Vater ist doch kein Mörder. Wie kommen Sie auf diesen Unsinn?«

»Seine DNA wurde bei einer Leiche gefunden, außerdem hielt er sich kurz nach dem Tod des Opfers in dessen

Haus auf. Die Beweise reichen aus, um ihn als dringend tatverdächtig zu behandeln.«

Die Frau wippte mit den Beinen. »Das ist bestimmt ein riesengroßes Missverständnis. Sie haben doch gesehen, dass er selbst ein Opfer war. Er wurde zusammengeschlagen, vielleicht sollte er auch getötet werden.«

»Im Moment macht er sich noch verdächtiger, indem er untergetaucht ist. Wir wollen das alles gern aufklären, aber wir müssen ihn erst finden. Nur er allein kann uns die Wahrheit sagen. «

Die Tochter sah Marcel an. In ihren Augen blitzten Tränen auf.

Konrad reichte ihr ein Taschentuch.

»Es tut mir leid, ich kann das nicht glauben«, flüsterte sie. »Ich bin total verzweifelt. Er war sein ganzes Leben immer nur allein und traurig, niemand außer seinem Bruder und mir hat ihn gemocht. Er hatte doch gar keinen Kontakt zu anderen Menschen. Warum sollte er jemanden töten?«

»Es kann gut sein, dass er Ihnen etwas verheimlicht hat«, erwiderte Marcel ruhig. »Denken Sie bitte noch einmal nach. Gibt es irgendeinen Ort, an dem sich Ihr Vater zurückgezogen hat, wenn er allein sein wollte?«

Sabine Neumann kaute auf ihrer Unterlippe. »Er war ja immer allein in seinem Haus, er brauchte gar keinen anderen Ort. Ich habe wirklich keine Idee, wo er sein könnte.« Dann sah sie zu der Anbauwand.

Marcel folgte ihrem Blick.

Dort stand ein Schwarz-Weiß-Foto, auf dem eine Gruppe Jugendlicher zu sehen war. Der Kleidung nach zu urteilen, stammte es definitiv nicht aus den letzten Jahr-zehnten. Die Teenager standen vor einer alten Holzhütte. Das Foto war aber so geknickt, dass man die Gesichter kaum erkennen konnte.

»Wer ist das auf der Aufnahme?«, fragte Marcel.

»Ich kenne die nicht außer meinen Vater, er ist der in der Mitte.« Sie sah das Bild sehnsüchtig an. »Mein Vater hatte das Foto vor zwanzig Jahren weggeschmissen, nach-dem ich es bei ihm gefunden hatte. Ich habe es aus dem Müll geholt und hier aufgestellt, weil es das einzige Bild ist, auf dem er glücklich wirkt. Er mag das nicht, aber das ist meine Wohnung. Wie gern hätte ich ihn auch so erlebt. Ich habe ihn niemals lachen gesehen. Er war immer nur traurig und trostlos.«

»Und er hat mit den Personen nichts mehr zu tun?«, hakte Konrad nach.

»Wie gesagt, ich habe nie jemanden bei ihm gesehen. Er hat auch nie über die Leute gesprochen.«

»Was ist das für eine Hütte?«, fragte Marcel. »Könnte er sich dort verstecken?«

»Ich weiß es nicht, ich kenne die nicht.«

»Dürfen wir es mitnehmen?«

Die Tochter schaute Marcel mit geweiteten Augen an. »Aber es ist …«

»Sie bekommen es ganz bestimmt wieder. Wir wollen nur herausfinden, wo die Hütte ist. Vielleicht versteckt er sich dort. Bedenken Sie bitte, dass Ihr Vater schwer verletzt ist, er braucht dringend medizinische Hilfe.«

»In Ordnung, nehmen Sie es mit.«

»Danke.« Konrad steckte das Foto ein und sie verabschiedeten sich.

Marcel hatte sich gerade ans Steuer gesetzt, da klingelte sein Handy.

Es war Mareike.

»Was gibt es?«, fragte Marcel, nachdem er abgenommen hatte.

»Eine Leiche. Sie liegt in dem kleinen Wäldchen hinter der Kompostieranlage in Koblenz-Niederberg. Es wurde wieder so ein komisches Puzzleteil gefunden.«

Marcel schloss die Augen, das war gar nicht gut. »Wissen wir schon, um wen es sich handelt?«

»Nicht eindeutig, aber wir haben eine Vermisstenmeldung für einen Patrick Stricker, sein Aussehen passt zu dem Toten. Seine Mutter sagt aus, dass er seit gestern Nacht nicht nach Hause gekommen ist.«

»Das ist einer der drei Zeugen, die Yvonne Jahnke gesucht haben«, entfuhr es Marcel. Seine Eingeweide zogen sich zusammen.

»Habt ihr Zeit hinzufahren? Wolfgang Becker und sein Team sind unterwegs.«

»Ja, wir sind bei Sabine Neumann fertig und eh gerade in Niederberg.« Marcel schmiss den Motor an. »Ich schicke dir ein abfotografiertes Bild. Wir brauchen dringend den Ort dieser Hütte. Kannst du den bitte ausfindig machen?«

»Alles klar, ich kümmere mich darum.« Mareike legte auf.

Marcel fuhr los und erzählte Konrad die Einzelheiten des Telefonats mit Mareike. »Ich glaube, dieser Fall wird uns noch einige Nerven kosten.« Er kaute nervös auf einem Kaugummi. Ihn plagten Gewissensbisse.

Hätten sie die Sorge der drei Zeugen eindringlicher dem Staatsanwalt überbringen müssen, um Polizeischutz für sie zu bekommen?

»Also wenn das wirklich dieser Patrick Stricker ist, ist er einen Kopf größer als Neumann und schwerer«, sagte Konrad. »Er ist dem älteren Herrn auch muskulös überlegen. Zudem ist Neumann verletzt, und unter dem Umstand, dass er seit zwei Tagen keine medizinische Betreuung mehr hatte, dürfte er ziemlich geschwächt sein. Wie soll der es schaffen, jemanden zu töten?«

»Das kommt auf die Tötungsart an. Wenn Stricker erschossen wurde, war es nicht schwer. Wurde er wie das erste Opfer erwürgt, geh ich mit deinem Einwand mit.« Marcel lenkte den Wagen an dem Fundort von Yvonne Jahnke vorbei und fuhr den Feldweg geradeaus weiter. Nach circa 200 Metern kam er an der Tatort-Absperrung an. Er stellte das Auto am Feldrand ab, stieg aus und ging zu der Kollegin der Schutzpolizei. »Kollegin Schneller, Sie sehen ja heute Morgen richtig fit aus.« Er zwinkerte.

Sie lächelte gekünstelt.

Der vorherige Abend war bei ihr ausgeartet, sie hatte bei Arnes Abschiedsparty einen Streit mit ihrem Kollegen gehabt. Die beiden waren ziemlich betrunken gewesen und hatten die ganze Feier unterhalten, weil sie sich wie Kindergartenkinder verhalten hatten.

Sie hob das Absperrband hoch und starrte Marcel grimmig an.

»Vielen Dank«, sagte er amüsiert und stolzierte darunter durch.

Konrad folgte ihm. »Habe ich was verpasst?«

»Jede Menge, Opa. Das kommt davon, wenn man früh ins Bett will.«

Wolfgang trat aus dem weißen Zelt, das die Spurensicherung aufgebaut hatte.

Marcel und Konrad zogen sich die Schutzoveralls an und gingen auf ihn zu.

»Morgen, Wolfgang«, begrüßte Marcel ihn.

Der drehte sich um und seufzte. »Der hätte ein wenig ruhiger anfangen können, ich hatte nicht viel Schlaf.«

Marcel grinste. »Den hatte nur Konrad. Aber wir sind ja blutjunge Männer, die das verkraften.« Er zeigte auf das Zelt. »Schieß los. Was hast du?«

»Männliche Leiche, circa dreißig bis vierzig Jahre alt, meiner Meinung nach erwürgt. Das wird dann wohl die Rechtsmedizin bestätigen. Kommt Rosie wieder?«

Erneut musste Marcel innerlich lachen. »Da hat es dem Wolfgang aber jemand angetan.«

Wolfgangs Wangen erröteten. »Quatsch, sie ist nur eine angenehme Zeitgenossin.«

»Ich weiß es nicht«, antwortete Marcel auf die Frage. »Lass uns reingehen.«

Wolfgang lief mit einem leicht enttäuschten Gesichtsausdruck vor.

Als Marcel das Zelt betrat, sah er auf Anhieb, dass es sich bei dem Opfer um Patrick Stricker handelte.

Der Mann lag auf dem verschneiten Boden. Er hatte noch die dunkle Jeanshose und den legeren Pullover vom Vortag an.

Neben ihm befand sich ein ähnliches Puzzlestück wie bei dem ersten Opfer. Es war ein Junge drauf zu sehen, der panisch an einer Tür zu ziehen schien, so als wollte er aus der Hütte flüchten.

»Das Opfer liegt meiner Meinung nach schon einige Zeit hier. Der Mann war ziemlich zugeschneit, wir mussten ihn erst freiräumen. Die Leichenstarre ist vollständig ausgeprägt.«

»Wer hat ihn gefunden?«, hakte Konrad nach. »Hier gehen doch bei dem Wetter keine Leute spazieren, oder?«

»Gassirunde. Der Hund war von dem Schneeberg nicht wegzubekommen, da wurde der Besitzer neugierig«, antwortete Wolfgang.

»Wir haben ihn bereits befragt«, sagte die Kollegin von der Schutzpolizei. »Er hat nichts Auffälliges gesehen.«

»Hätte mich auch gewundert«, erwiderte Konrad. »Wenn Patrick Stricker schon zugeschneit war, lag er schon länger und da war die Person, die das getan hat, über alle Berge.«

Marcel seufzte. »Wir müssen unbedingt die Verbindung zwischen diesen Opfern und Viktor Neumann finden. Entweder ist Neumann selbst der Täter, worin ich mir noch nicht sicher bin, oder er ist zumindest der Schlüssel zu den Opfern.«

»Warum glaubst du, dass dieser Neumann nicht der Täter sein könnte?«, fragte Wolfgang.

»Weil er schwer verletzt ist. Bei Yvonne Jahnke hätte ich es noch irgendwie hingenommen. Aber einen starken jungen Mann zu erwürgen, wenn man selbst in so einem schwachen Zustand ist, kommt mir unrealistisch vor. Wenn du mit der Rechtsmedizin sprichst, sag ihnen bitte, dass sie nach Abwehrspuren suchen sollen.«

»Das erledige ich sehr gern«, ertönte Rosies freundliche Stimme hinter Marcel.

Er drehte sich um. »Perfekt. Ich rufe, du bist da. So funktioniert eine gute Zusammenarbeit.«

Rosie lachte. »Ich sollte meine Vorgesetzten fragen, ob sie mir in Koblenz ein Büro einrichten.« Sie schaute auf die Leiche. »Es wird schwer, da noch was zu finden, der Schnee hat bestimmt vieles verwischt. Ich gebe mein Bestes und melde mich.«

»Danke, das wissen wir zu schätzen. Über Weiteres informiert dich Wolfgang. Wir müssen mit der Mutter des Opfers sprechen.«

Sie zog eine betroffene Miene. »Bin ich froh, dass ich nur mit den Toten arbeite. Das liegt mir besser.« Sie ging zu Wolfgang. »Klär mich auf.«

Marcel und Konrad zogen sich die Schutzoveralls aus, dann liefen sie zum Wagen.

Auf dem Weg dorthin klingelte Marcels Handy. Er schaute drauf. »Das ist die Cybercrime-Abteilung. Bitte lass die was haben.« Er nahm ab. »Marcel hier.«

»Hey, sorry für die Störung, ich weiß, ihr seid bei einem Leichenfundort, aber Mareike sagte, dass du das bestimmt wissen willst. Ich konnte die zwei Filme wiederherstellen. Die Zeugen hatten völlig recht mit ihrer Aussage, in einem ist der Mord an Yvonne Jahnke zu sehen.«

»Alles klar, wir sind auf den Weg zum Präsidium. Danke.« Marcel fuhr mit einem Funken Hoffnung los, dass diese Videos sie auf eine neue Spur führen würden.

18

12. Januar 2022

Es holperte, wodurch Samuel und Jan durch den Laderaum flogen. Sie fuhren schon ewig durch die Gegend, es fühlte sich wie eine halbe Weltreise an.

Jan sah auf seine Armbanduhr. »Wir sind seit anderthalb Stunden unterwegs. Bringt er uns außer Landes, oder was?«

Samuel holte tief Luft. »Ich weiß es nicht. Er hat mit jemandem telefoniert, das bedeutet, wir haben es womöglich nicht nur mit einem Monster zu tun.«

»Ja, und dieser jemand scheint ziemlich sauer zu sein, unser Fahrer kam ja kaum zu Wort.«

Es war offenbar ein Streit gewesen. Der Mann, der sie aus dem Café geholt hatte, hatte sich mehrmals entschuldigt, gesagt, dass es nicht anders gegangen wäre, und gefragt, was er tun solle.

Samuels Sorge wuchs ins Unermessliche.

Niemand würde sie in einer anderen Stadt vermuten und deshalb auch nur in Koblenz nach ihnen suchen.

Der Wagen hielt.

Die Tür wurde geöffnet und der Mann richtete die Waffe auf sie. »Steigt aus!«

Samuel ging als Erster und fand sich mitten in einem Wald wieder.

Vor ihm stand eine Hütte, die fast auseinanderfiel. Das Holz war morsch und mit Moos bewachsen.

»Wo sind wir hier?«, fragte er, obwohl ihm klar war, dass er keine Antwort darauf bekommen würde.

»Lauft zur Hütte.«

Sie gehorchten.

Die Tür quietschte beim Öffnen. Ein kräftiger Ruck und sie würde ganz abfallen.

Das brachte Samuel zu der Erkenntnis, dass der Typ sie definitiv nicht dort einsperren konnte. Entweder er würde sie wieder gehen lassen oder sie unterschrieben gerade ihr Todesurteil.

Samuel und Jan liefen hinein, dicht gefolgt von dem Mann, der hastig die Tür wieder schloss. Es wirkte lächerlich, weil diese so schief in den Angeln hing, dass die Kälte trotzdem hineinzog.

Die Holzhütte war innen genauso verfallen wie von außen. Der morsche Boden knarzte unter ihren Schritten. Ein muffiger Geruch von Moder und feuchtem Holz hing in der Luft, der Samuel starke Kopfschmerzen bereitete. An der Wand unter einem Fenster stand neben einem abgenutzten Schrank ein heruntergekommenes Bett mit zerfetzter Bettwäsche und schmutzigen Laken.

Nur der Fernseher, der mitten im Raum auf einem

rollbaren Tisch stand, war neu. Vor ihm befanden sich zwei wackelige Stühle.

Samuel schaute auf die Wand dahinter, die ihm bekannt vorkam.

Es gab in den Holzpaneelen einen großen runden Fleck, der wie eine Art Spirale aussah.

Samuel riss die Augen auf, als ihn die Erkenntnis traf. »Das hier ist der Ort, wo die Interviews mit Niklas stattgefunden haben, richtig?«

»Setzt euch!«, befahl der Typ und deutete auf die Stühle. Er öffnete die Jacke und wischte sich den Schweiß von der Stirn. Obwohl draußen und auch in der Hütte Minusgrade herrschten, schwitzte er stark.

»Ich sehe Ihnen an, dass Sie das alles hier nicht wollen«, sagte Samuel ruhig. »In Ihren Augen steht die pure Angst. Ist es wegen demjenigen, mit dem Sie vorhin am Telefon gestritten haben? Zwingt er Sie, uns festzuhalten?«

Keine Reaktion.

»Lassen Sie uns gehen und bringen Sie sich in Sicherheit, wenn es so ist.«

Der Blick des Mannes wanderte in eine Ecke, wo sechs große Propangasflaschen standen.

Samuel hielt sich die Hand vor den Mund. »Sind die aufgedreht? Wollen Sie uns in die Luft jagen?«

»Setzt euch hin, eure Zeit wird immer knapper.« Der Mann schaltete den Bildschirm ein, dann steckte er einen Stick hinein.

Samuel war sofort klar, was sie sich nun anschauen mussten.

Es dauerte nicht lange, da erschien ein Video von Patrick.

Dieser hockte in einem dunklen Raum.

Es war kaum zu erkennen, um was für einen es sich handelte. Seine Umgebung wirkte wie ein altes Fabrikgelände oder so etwas Ähnliches. Die Wände waren rostig-braun.

Patrick zitterte und hielt seine Beine mit den Armen umschlungen. Er trug einen Helm, an dem eine Kamera angebracht war, er selbst wurde ebenfalls von einer eingefangen.

»Patrick, Patrick, Patrick, in was für eine Situation bist du da nur hineingeraten?«, sagte die verzerrte Stimme. »Ich würde ja so unglaublich gern bei dir sein, aber dort ist es echt ungemütlich.«

»Was willst du von mir?«, schrie Patrick und schlug mit den Handinnenflächen gegen die Wände.

»Des Rätsels Lösung. Und ein wenig Spaß. Ich habe euch versprochen, dass eure Angst mein Antrieb sein wird. Heute entfessle ich das nächste Kapitel eures Albtraums.«

»Ich weiß nichts über diesen Jungen. Du hast den Falschen.«

»Sei dir gewiss, dass du genau der bist, den ich hier haben will. Schalte die Kamera an deinem Helm an.«

Patrick gehorchte. Sein Atem ging schwer.

Die Perspektive schwenkte um und zeigte einen unheimlichen, düsteren Gang, der nur wenig durch die Helmkamera beleuchtet wurde.

»Schau an die Wand«, befahl die bedrohliche Stimme.

Patrick drehte den Kopf.

Vor ihm hing eine Stoppuhr.

»Gleich bekommst du das Go und dann schaltest du die Uhr an. Wenn du es schaffst, innerhalb von zwei Minuten die richtige Tür zu finden und mir die korrekte Lösung zu nennen, bist du frei. Weigerst du dich, sorge ich dafür, dass du in wenigen Sekunden tot bist. Also nutze deine Chance. Ich möchte von dir wissen, warum ich euch all die Hinweise schicke. Welche Wahrheit steckt dahinter? Schaffst du es nicht, in zwei Minuten bei mir zu sein und mir meine Fragen zu beantworten, stirbst du. Die Wahrheit rettet dich.«

»Du bist mit Abstand der letzte Abschaum auf diesem Planeten«, brüllte Patrick in die Finsternis.

»Auf die Plätze, fertig, los«, sagte die verzerrte Stimme ruhig.

Patrick schaltete die Uhr an und rannte in den Gang hinein. Das Bild wackelte mächtig, es sah aus, als wäre er ausgerutscht, weil der Boden feucht zu sein schien. Er brüllte auf. »Du bist ein Monster«, schrie er wütend. Vorsichtig ging er weiter.

Durch das Licht der Kamera hob sich der Weg etwas von der dunklen Umgebung ab.

Patricks Atem wurde schwerer, er seufzte und stöhnte.

Samuel hielt die Anspannung kaum aus und faltete die Hände vor seinem Gesicht. »Komm schon, beeil dich. Du musst schneller sein.«

»Er hat keine Chance. Das ist doch so eingefädelt, dass er niemals in zwei Minuten da rauskommt«, sagte Jan. »Der Boden ist nass und durch die Minustemperaturen bestimmt glatt. Er kann nicht schneller laufen.«

»Was bedeutete das Puzzle, das ich euch geschickt habe?«, fragte die verzerrte Stimme in dem Video.

»Darauf ist ein Junge, der in einer Hütte festgehalten wird und Angst hat. Wahrscheinlich fleht er um sein Leben.«

Ein unsäglich lauter Schrei dröhnte durch die Gänge.

Patrick presste sich die Hände auf die Ohren.

Es war ein Laut voller Panik, Flehen und Schmerz.

»Das reicht mir nicht«, sagte die Stimme. »Warum fleht er um sein Leben?«

Patrick taumelte weiter und tastete die Wände ab. »Wahrscheinlich, weil ihn jemand umbringen will, du Monster«, antwortete er schnippisch. Er bog an einer Kreuzung zweier Gänge nach rechts ab.

»Wer?«, bohrte die Stimme weiter.

»Dieser Junge im Video, Niklas, hat es getan. Er hat es gestanden.« Patrick kam am Ende des Ganges an. Seine Hände erschienen, die über eine schwere Metalltür glitten, bis sie den Türgriff erreichten. Er drückte die Klinke nach unten. »Nein!«, schrie er verzweifelt. »Du scheiß Arschloch.«

»Das war die falsche Tür«, höhnte die Stimme.

Patrick wirbelte herum und rannte zurück.

»Das schafft er nicht«, flüsterte Jan und hielt sich die Augen zu.

»Deine Zeit läuft ab.«

Von Patrick kamen schwere Atemgeräusche, er war außer Puste. Er eilte den Gang zurück, bis er wieder an der Abzweigung ankam, und lief von dort nach rechts.

»Deine Antwort war nicht richtig«, sagte die Stimme. »Du hast die Wahrheit noch nicht aufgedeckt.«

»Woher soll ich die denn kennen? Ich habe mit der Scheiße nichts zu tun.« Patrick kam an eine weitere Tür.

Samuel presste die Hände betend vor seine Brust und schloss die Augen, weil er die Anspannung kaum ertragen konnte.

Ein Aufschrei ertönte in dem Video.

Schnell riss Samuel die Augen wieder auf.

Die Kamera, die Patrick am Kopf trug, zeigte nach oben. Offenbar lag er am Boden.

Stille.

Der Bildschirm wurde schwarz.

»Da waren es nur noch zwei. Wer stirbt als Nächstes?«, ertönte die Stimme.

Samuel sprang auf. »Sie Arschloch. Er hatte gar keine Chance, da rauszukommen«, plärrte er den Mann an. Erst einen Moment später sah er, dass dieser Tränen in den Augen hatte.

»Ihr solltet die Wahrheit schnell herausfinden, ansonsten ereilt euch das gleiche Schicksal«, sagte er.

»Wir haben doch keine Ahnung und können uns durch diese Interviews nur etwas zusammenreimen.«

Der Mann sah Samuel intensiv an.

In diesem Moment drangen die Bilder des Interviews in sein Bewusstsein – Niklas, mit seinen schuldbewussten, ängstlichen Augen.

Es waren genau die, die ihn gerade musterten.

»Sie sind Niklas.«

Jans Mund stand offen. »Sie haben den Jungen auf den Puzzleteilen getötet. Ist es das, was Sie uns sagen wollen? Warum tun Sie uns das an?«

Niklas schaltete hastig den Fernseher aus und zog das Stromkabel. »Was ich getan habe, ist nicht die ganze Wahrheit. Der Albtraum wird für euch noch nicht enden«, erwiderte er, lief zu den Gasflaschen und drehte eine davon auf. »Ihr solltet nicht beide hier sein. Er ist richtig sauer deswegen.«

Samuel beobachtete genau, was der Mann tat, wollte ihn in ein Gespräch verwickeln, weil er befürchtete, dass er vorhatte, sie alle in die Luft zu jagen. »Reden Sie von demjenigen, der Sie vorhin angerufen hat?«

Niklas nickte. »Jan sollte eigentlich über die Wiese gejagt werden. So wie auf seinem Puzzleteil. Doch ihr wolltet euch nicht trennen und jetzt ist er böse, dass sein Plan nicht aufgeht. Ich will das alles nicht, er zwingt mich, weil ich Schuld an Tims Tod habe.«

»Wer ist er?«, fragte Samuel, sein ganzer Körper kribbelte.

»Tims Bruder. Er will sich rächen. Ich weiß nicht, was er als Nächstes vorhat, aber ich möchte daran nicht mehr beteiligt sein.« Niklas zitterte und Tränen schossen unaufhaltsam aus seinen Augen. »Verschwindet jetzt. Nehmt euch in Acht, er könnte irgendwo in der Nähe lauern.«

Samuel rannte zum Fenster und sah hinaus. »Wohin sollen wir gehen? Wo sind wir hier? Wie können wir ohne Auto zurück nach Koblenz kommen?«

»Wir sind in Niederberg. Ich bin nur ewig umhergefahren, weil ich nicht wusste, was ich machen sollte. Ich wollte euch wenigstens zeigen, was mit Patrick passiert ist.«

»Bitte gehen Sie mit uns zur Polizei, ehe wir zwei auch noch sterben«, flehte Samuel.

»Nein, ich werde jetzt genau das tun, was ich verdiene. Ihr solltet abhauen, in wenigen Sekunden fliegt hier alles in die Luft«, sagte er, dann holte er ein Feuerzeug aus der Schublade.

Samuel kannte sich mit Propangas aus. »Ihnen wird nichts passieren, sie müssten mehr Flaschen über einen längeren Zeitraum aufgedreht haben, damit es explodiert.«

»Die anderen Flaschen sind schon geöffnet. Ich rate euch, jetzt zu gehen.« Niklas hielt das Feuerzeug hoch.

Samuel war wie erstarrt, seine Beine weigerten sich, zu gehorchen.

Jan stieß ihn kräftig an. »Lauf endlich. Oder willst du gleich in die Luft fliegen?«

»Aber was ist mit ihm?«, stammelte Samuel, während er sich zur Tür bewegte. Er warf dabei immer wieder einen Blick auf Niklas.

Dieser schaute ihnen hinterher. Seine Mimik wirkte fast entspannt.

»Machen Sie das nicht!«, schrie Samuel im Laufen.

Doch Niklas stand einfach nur da.

Samuel stolperte auf dem rutschigen Waldboden, rannte aber sofort weiter.

Ein ohrenbetäubender Knall zerriss die Waldesstille. Der Boden bebte.

Die Druckwelle schleuderte Jan und Samuel zu Boden.

Der heiße Wind peitschte über seinen Körper, die Luft flirrte vor Hitze.

Die gewaltige Explosion hatte das Haus auseinandergerissen. Holztrümmer wirbelten wie gefährliche Geschosse durch die Luft. Eine Stichflamme schoss in den Himmel.

Samuel legte sich auf den Bauch, schützte seinen Kopf mit den Armen und presste das Gesicht auf den Waldboden. Eine unerträgliche Stille folgte, nur ein Fiepen kreischte in seinen Ohren. Er war nicht in der Lage, irgendetwas zu tun, schloss die Augen und wollte einen Moment lang Frieden empfinden.

»Samuel, bist du in Ordnung?« Jan rüttelte an seinem Körper. »Steh auf, komm schon. Wir müssen Hilfe holen.« Er drehte ihn auf den Rücken.

Samuel richtete sich auf. Er schaute Jan an, der an der Stirn blutete und von Ruß bedeckt war.

»Geht es dir gut?«

Jans Worte mischten sich mit dem Klingeln in Samuels Ohren, das ihm tierische Kopfschmerzen bereitete. Er nickte. Dann sah er zu dem Haus, von dem nur noch Überreste übrig waren.

Der Boden war mit Trümmern übersät. Eine große weiße Rauchwolke stieg empor.

Jan zog an ihm. »Steh auf, wir müssen Hilfe holen.«

Samuel spürte sich kaum, es fühlte sich an, als wäre er aus seinem Körper getreten. Er konnte sich nicht bewegen und starrte fassungslos auf den Haufen Schutt, unter dem irgendwo der Körper des Mannes lag. Dem Jungen aus dem Interview.

Niklas' letzten Blick würde Samuel nie wieder vergessen. Er hatte den Schmerz herausgeschrien, den Niklas wahrscheinlich seit fünfzig Jahren in sich getragen hatte.

»Nicht Niklas hat Yvonne und Patrick getötet«, flüsterte er zu sich selbst.

19

Nachdem die Videos abgespielt waren, starrte Marcel auf den schwarzen Monitor und versuchte zu begreifen, was er gerade gesehen hatte.

»Das ist harter Tobak«, sagte Konrad. »Kein Wunder, dass die drei Zeugen solch eine Angst hatten.«

Marcel erhob sich und lief zum Fenster. Wenn er auf der Straße die Autos beobachtete, konnte er immer klarer denken. »Die vier Opfer Jahnke, Meinicke, Stricker und Meier wurden ausgewählt, um ein Verbrechen aufzuklären, das vor sehr langer Zeit passiert ist. Wenn ich es richtig verstehe, wurde ein Junge namens Tim getötet.« Er zeigte auf den Bildschirm. »Dieser Niklas behauptet, er wäre schuld an seinem Tod.«

»Sollen diese Illustrationen von dem Jungen auf den Puzzleteilen diesen Tim darstellen? Warum wurden ausgerechnet diese vier mit dieser Geschichte bedroht? Die sind alle lange keine Fünfzig und haben da noch gar nicht gelebt. Bei den zwei Leichen stand eine Entschuldigung auf dem Puzzlestück. Könnte diese Botschaft von diesem

Niklas kommen? Er gesteht in den Interviews den Mord an diesem Tim. Vielleicht ein Unfall?«

»Das könnte passen, aber das erklärt nicht, warum er dann diese vier Personen getötet hat oder noch töten möchte. Irgendeinen Grund muss es dafür geben. Diese Opfer haben eine Gemeinsamkeit. Irgendwie hängt diese mit einem Verbrechen zusammen, das nie aufgeklärt wurde. Laut Samuel Meinicke vor fünfzig Jahren. Viktor Neumann war damals vierzehn. Der Junge auf dem Video wird auch in etwa diesem Alter gewesen sein. Vielleicht ist der auf dem alten Foto. Eventuell hat Neumanns damalige Clique etwas mit diesem Verbrechen zu tun. Setzen wir uns mit dem Cold-Case-Team in Verbindung.« Marcel schüttelte den Kopf. »Meine Güte, Teenager, die Lösegeld fordern. Dass das nicht aufgefallen ist. Die hatten mehr Glück als Verstand. Wir müssen schleunigst herausfinden, was genau vor fünfzig Jahren passiert ist, warum unsere vier Opfer heute damit bedroht werden und wer dieser Niklas ist.«

Ein schrilles Geräusch unterbrach die Unterhaltung.

»Himmel, stell einen anderen Klingelton ein, das ist ja Körperverletzung«, schimpfte Marcel und legte sich eine Hand auf die Brust.

Konrad verdrehte die Augen und nahm ab. »Kommissar Malter.« Er schaute zu Marcel, zeigte auf ihn und dann auf sein Handy.

Marcel kapierte nicht, was er ihm damit sagen wollte.

Konrad legte auf. »Das war Rosie, sie hat versucht, dich zu erreichen, aber du bist nicht rangegangen.«

Marcel tastete seine Hosentasche ab. »Mist, mein Handy liegt im Büro. Was sagt sie denn?«

»Patrick Stricker ist ebenfalls erwürgt worden, das ist die Todesursache. Er hat aber wohl auch eine für Stromschläge typische Verletzung.«

»So wurde er womöglich schachmatt gesetzt, damit der Täter ihn erwürgen konnte. Das könnte der schwer verletzte Neumann geschafft haben.«

Konrad hielt sein Handy hoch. »Sie hat wieder eine DNA sichergestellt und ans LKA geschickt.«

»Wir müssen schleunigst herausbekommen, um was für eine Wahrheit es sich handelt und wo diese Hütte von dem Foto ist. Ich wette, dort versteckt sich Neumann.«

Mareike kam ins Büro gestürzt. »Es gab eine Explosion in Koblenz-Niederberg.«

»Können sich nicht andere darum kümmern?«, fragte Marcel. »Wir stecken bis zum Hals in dem Puzzlefall. Den müssen wir dringend klären, denn ich befürchte, dass Samuel Meinicke und Jan Meier in Gefahr sind, wenn es nicht schon zu spät ist.«

»Um genau diese beiden geht es«, erwiderte Mareike. »Sie wurden in dem Wald aufgegriffen, weil sie bei der Explosion dort waren.«

Marcel versuchte die Information zu verarbeiten.

Eine Hütte in Niederberg. Vielleicht war es genau die Hütte, die sie suchten.

Er schnappte sich seine Jacke. »Wir fahren hin.«

Fünfzehn Minuten später kamen sie in dem Wäldchen hinter dem Sportpark in Koblenz-Niederberg an.

Riesige dunkle Rauchwolken stiegen empor.

»Gütiger, das muss heftig gewesen sein«, sagte Marcel.

»Das ist der Wald, der hinter der Kompostieranlage liegt, wo Patrick Stricker und Yvonne Jahnke gefunden wurden«, sagte Konrad. »Dieser Ort scheint wichtig für den Täter zu sein.«

Sie stiegen aus und eilten auf die Absperrung zu, die von einem Feuerwehrmann bewacht wurde.

Marcel zeigte seinen Dienstausweis. »Kripo Koblenz. Was ist passiert?«

»Es gab eine Explosion in einer alten Holzhütte. Zwei Zeugen sagten, es hätte sich jemand in die Luft gejagt.« Der Feuerwehrmann hob die Absperrung. »Ihr könnt durch, das Feuer ist gelöscht.«

»Danke«, sagte Marcel und rannte den Waldweg entlang.

Konrad folgte ihm.

Je tiefer sie in den Wald kamen, desto rußiger wurde die Luft.

Jede Menge Feuerwehrleute eilten umher, mehrere Krankenwagen standen auf den Feldwegen.

Marcel ging zu einem Feuerwehrmann, der durch die Trümmer der alten Hütte lief. Auch ihm zeigte er seinen Dienstausweis und stellte sich vor. »Könnten Sie mich kurz aufklären?«

»Klaro.« Er schaute auf den Schutt. »Wir hatten einen Notruf von besorgten Bürgern aus Niederberg, die einen lauten Knall gehört und dicke Rauchschwaden gesehen haben.«

»Ihr Kollege sagte, dass zwei Zeugen ausgesagt haben, es habe sich um eine beabsichtigt herbeigeführte Explosion gehandelt.«

»Richtig. Die beiden sitzen im Krankenwagen und werden versorgt. Sie sind uns entgegengekommen, als wir in den Wald gefahren sind. Hat sich nach einer schlechten Geschichte angehört, aber sie hatten recht. Wir haben eine Leiche gefunden. Die ist dort drüben bei einem Ihrer Kollegen. Laut der Zeugen war er männlich und hatte wohl mehrere Propangasflaschen aufgedreht, weil er sich mit der Hütte in die Luft sprengen wollte. Dann hat er die beiden rausgeschickt. Er hatte ein Feuerzeug in der Hand, vermutlich hat er dieses genutzt, sobald die Herrschaften draußen waren.«

»Okay, vielen Dank. Ich befrage die Zeugen.« Marcel gab Konrad, der mit dem Einsatzleiter der Feuerwehr sprach, die Informationen weiter. Als er an den Trümmerteilen vorbeilief, blitzte etwas Metallisches auf. Er trat näher heran.

Es war ein Teil eines Blechschildes.

Ihm wurde heiß. Schnell holte er sein Handy heraus, öffnete das Foto der Clique und vergrößerte es. »Konrad, schau dir das an.«

Dieser kam zu ihm und betrachtete das Bild auf dem Handy.

»Das ist die Hütte gewesen.« Marcel zeigte auf den Rest des Schildes in den Trümmern. »Es sind genau die römischen Zahlen wie auf dem Foto.«

»Du hast recht«, sagte Konrad. »Hat sich Neumann hier in die Luft gejagt?«

»Möglich. Offenbar wollte der Mann Meinicke und Meier mit in den Tod reißen, sie konnten aber entkommen. Befragen wir sie.« Marcel ging auf die Krankenwagen zu.

Samuel Meinicke saß kreidebleich auf der Liege und starrte den Boden an.

Jan Meier hockte vor ihm und schüttelte den Kopf.

Marcel stellte sich dem Notarzt vor. »Sind die Zeugen in der Lage, ein paar Fragen zu beantworten?«

Der Arzt nickte. »Sie stehen unter Schock, aber sind ansprechbar. Ich nehme sie mit in die Klinik, weil sie eine Weile austretendem Propangas ausgesetzt waren, das muss genauer untersucht werden. Sie zeigen zwar keine Anzeichen eines Sauerstoffmangels, äußern jedoch, Schwindel und Übelkeit zu haben.«

Marcel bedankte sich und ging zu den beiden. »Herr Meinicke, Herr Meier, dürfen wir Sie kurz sprechen?«

Jan Meier sprang sofort auf. »Patrick ist tot, das ist Ihre Schuld. Sie hätten uns ernst nehmen sollen. Heute wären wir auch beinahe draufgegangen.«

»Bitte beruhigen Sie sich«, sagte Konrad. »Wir wollen Sie beschützen, aber wir müssen uns an die Vorschriften halten.«

Samuel blickte auf. »Schon gut, Jan. Lassen wir die Beamten ihre Arbeit tun.« Er sah elendig aus, kraftlos und in sich zusammengefallen.

»Können Sie uns bitte erzählen, was hier vorgefallen ist?«, hakte Marcel nach.

Samuel räusperte sich. Dann berichtete er von einem Besuch im Café, während dem sie ein neues Video auf ihre Handys bekommen hatten, und dass der Mann mit einer Waffe hereingekommen war. Dieser hatte sie in diese Hütte verschleppt. »Er hat uns hier einen Film von dem Mord an Patrick gezeigt. Der war in einer Art Industriegebäude. Er hatte zwei Minuten, um da rauszukommen, aber er hat es nicht geschafft. An einer Tür ist er plötzlich zusammengebrochen.«

Marcel übermannte ein mulmiges Gefühl, er dachte an Rosies Aussage, dass Patrick Stricker offenbar einen Stromschlag abbekommen hatte. »Wir haben seine Leiche heute Morgen gefunden. Es tut uns sehr leid für den Verlust.«

Samuel Meinicke nickte und wischte sich Tränen aus den Augen. »Es war schlimm mit anzusehen. Leider haben wir wieder keine Beweisvideos für Sie. Das mit Patrick liegt dort zerschellt in den Trümmern. Das andere mit dem Interview war auf unseren Handys, die hat der Mann zerstört und weggeworfen.«

»Wir haben die ersten Videos gesehen. Die Cybercrime-Abteilung konnte die auf den Sticks wiederherstellen. Haben Sie irgendeine Ahnung, warum ausgerechnet Sie vier ausgewählt wurden und worum genau es in der Geschichte mit diesem Tim geht?«

»Nein, nach diesem Tag erst recht nicht mehr. Der Mann dort in der Hütte hat gesagt, dass derjenige, der uns töten will, der Bruder von Tim ist. Der will Rache üben.« Samuel Meinicke massierte sich die Schläfen und zog eine schmerzerfüllte Grimasse. »Nur weiß ich nicht, warum ausgerechnet an uns.«

Marcel fielen sofort die Worte von Viktor Neumanns Tochter ein.

Sie hatte erzählt, dass einer seiner Brüder als Kleinkind durch eine Tragödie ums Leben gekommen war.

»War der Mann, der sich in die Luft gejagt hat, der, den Sie bei Yvonne Jahnke im Haus gesehen haben?«, fuhr Marcel fort, weil er dringend Antworten brauchte.

»Nein«, antwortete Samuel Meinicke. »Das in der Hütte war Niklas. Der Junge aus dem Video, der dieses Interview gab.«

Marcel ließ sich die Worte durch den Kopf gehen.

Dann könnte vielleicht das Kind hinter der Kamera Viktor Neumann gewesen sein.

Das Aufstöhnen von Samuel Meinicke riss ihn aus seinen Spekulationen.

Dieser beugte sich mit einem Mal nach vorn und hielt sich mit schmerzverzerrtem Gesicht den Bauch.

»Wir lassen Sie erst einmal in die Klinik bringen und fahren mit der Befragung später fort. Ich bitte Sie, für eine schriftliche Aussage aufs Präsidium zu kommen, sobald Sie sich dazu in der Lage fühlen«, sagte Marcel und verabschiedete sich. Sein Handy klingelte. Er nahm ab.

»Darf ich kurz stören?«, fragte Mareike.

»Natürlich, wir sind hier so weit fertig. Hast du was?«

»Nein. Ich weiß, dass du gern was anderes hören möchtest, aber ich habe wirklich alles durchgesucht. Es gibt echt rein gar nichts, was die vier Opfer miteinander verbindet. Keine Vereine, keine Schulen, keine gemeinsamen Freunde.«

»Schon okay, danke«, sagte Marcel. Er erzählte ihr die Kurzfassung der Zeugenaussagen. »Wir brauchen schleunigst Neumann, ich vermute, dass er der Täter ist. Er ist wahrscheinlich der Bruder dieses kleinen Tims. Das Puzzleteil, das er in seinem Haus in der Hand hatte, sollte vielleicht noch jemand anderes bekommen.«

»Ja, dass wir den Typ finden, wünscht sich auch Staatsanwalt Krämer, er war vorhin da.«

»Er kann ja suchen helfen«, sagte Marcel schnippisch. Er mochte es nicht, wenn er unter Druck gesetzt wurde. »Wir kommen jetzt zurück.« Marcel legte auf, verabschiedete sich von den Kollegen und der Feuerwehrbesatzung. »Wir müssen dringend die Staatsanwaltschaft benachrichtigen, Meinicke und Meier brauchen Personenschutz.«

20

Samuel saß in der Eingangshalle in der Klinik und wartete auf Jan, der noch eine Untersuchung durchlief.

Die Krankenschwester hatte seinen Vater angerufen, damit er sie vom Stadtklinikum abholte. Er hätte es lieber gehabt, dass das Richard tun würde, doch der war mit seinen beiden Töchtern im Kino. Zwar hätte er alles stehen und liegen gelassen, aber das wollte Samuel nicht. Seine Kinder waren froh, wenn sie etwas Zeit mit ihrem Vater hatten.

Richard hatte die Zwillinge erst spät bekommen, da war er schon weit über vierzig gewesen. Sie waren ein Produkt aus einer Affäre, doch er liebte die beiden abgöttisch. Die Mutter der Kinder rückte die Mädchen nicht oft raus, da sie es nicht verkraften konnte, dass Richard keine ernste Beziehung wollte. Also war jeder Moment mit den beiden für ihn kostbar.

»Hey.«

Samuel zuckte zusammen. Er hatte Jan gar nicht kommen sehen.

»Geht es dir gut?«, fragte dieser.

»Ja, ich kann nur nicht aufhören, an Niklas zu denken. Er wirkte nicht wie ein schlechter Mensch. Ich glaube, er hat die Wahrheit gesagt, dass er gezwungen wurde, uns zu entführen und zur Hütte zu bringen. Ich frage mich, warum uns Niklas am Leben gelassen hat. Dieser Bruder, von dem er gesprochen hat, wird uns weiterjagen.«

»Ich nehme ihm die Geschichte mit diesem Bruder nicht ab. Niklas' Plan für die Entführung sah erst anders aus, wir haben nicht mitgespielt und er hat bemerkt, dass er uns nicht kleinkriegt. Vielleicht ist er in der Hütte zur Vernunft gekommen, hat sich entschieden, mit dem Albtraum aufzuhören und sich umzubringen.«

Samuel war nicht davon überzeugt, so sehr er sich auch wünschte, dass der Albtraum nun vorbei wäre. »Ich denke, dann hätte er uns mit in die Luft gejagt, die Chance hatte er gehabt. Hast du die Tränen in den Augen gesehen, nachdem das Video über Patrick zu Ende war? Es wirkte, als hätte er es auch zum ersten Mal gesehen. Er ist nicht der Mörder von Yvonne und Patrick. Auch das Telefonat im Auto spricht dafür, dass noch jemand beteiligt ist. Bestimmt hat er mit Tims Bruder gesprochen und der hat das alles eingefädelt.«

»Niklas hat in den Interviews immer gesagt, dass er Tim umgebracht hat. Warum sollte er nicht auch Patrick und Yvonne getötet haben?«

Samuel zuckte die Schultern. »Was hätte er denn für ein Motiv, uns zu töten? Tims Bruder will sich rächen, das ist sein Motiv, wenn ich auch nicht verstehe, warum er das an uns tun will.«

»Hast du mal überlegt, ob es diesen Tim vielleicht gar nicht gibt? Du hast diesen Niklas in den Videos gesehen. Er war total krank, unsicher, nervös, einfach ein Wrack. Möglicherweise hat der Schizophrenie und bildet sich alles ein. Oder er ist ein Psychopath und hat sich ein beschissenes Spiel ausgedacht, damit er wahllos irgendwelche Menschen quälen und töten kann.« Jan winkte ab. »Es ist mir auch egal. Er ist tot und ich bin deshalb nicht traurig.«

»Welche Rolle spielt der Mann, der bei Yvonne im Haus war? Die Polizei hat nach ihm gefragt, bestimmt ist der auch ein Verdächtiger. Wir sollten uns nicht mehr trennen und weiter wachsam sein.«

»Sam?«, brüllte sein Vater plötzlich über den Flur und eilte auf ihn zu. Er nahm ihn in die Arme. »Gott, deine Mutter ist krank vor Sorge. Geht es dir gut?«

»Ich habe nur ein leichtes Knalltrauma.« Samuel zeigte auf Jan. »Das ist Jan Meier, er war auch dort. Er ist einer der anderen drei, die diese komischen Drohungen bekommen haben.«

Sein Vater starrte Jan für einen Augenblick an.

»Alles gut, Papa?«

»Ähm, ja. Entschuldigung. Meinicke mein Name.« Er reichte Jan die Hand. »Ich war nur in Gedanken, weil ich echt sauer bin.«

»Auf mich?«, fragte Jan.

»Nein, nein, auf Sam.« Er schaute Samuel mit einer Sorgenfalte auf der Stirn an. »Du hast uns verheimlicht, dass eine Frau getötet wurde, die du kennst.«

Samuel riss die Augen auf. »Woher weißt du davon?«

»Es kam in den Nachrichten«, antwortete sein Vater.

»Dort haben sie ja aber nicht berichtet, um wen es sich handelt und warum sie getötet wurde. Ganz sicher auch nicht, dass ich sie kenne«, sagte Samuel streng.

Sein Vater seufzte und ließ die Schultern nach unten fallen. »Ich habe doch gemerkt, dass etwas mit dir nicht stimmt. Du hattest richtig Angst, warst hektisch und unkonzentriert. Hast immer wieder panisch bei uns angerufen. Von dir haben wir ja nichts erfahren, also habe ich Richard solange damit genervt, bis er es mir verraten hat.«

»Diese Petze«, erwiderte Samuel, meinte es aber nicht böse. Er konnte Richard sogar verstehen.

»Nun sei nicht so. Ich hätte es auch lieber von dir gehört.«

»Ich wollte euch nicht unnötig aufregen. Leider gibt es jetzt schon ein zweites Opfer.«

Samuels Vater schüttelte den Kopf. »Es hätte dich auch erwischen können«, sagte er besorgt.

Vielleicht bin ich der Nächste. Er verkniff es sich jedoch, das laut zu sagen. »Könntest du uns bitte zum Café *Bemme* fahren? Da steht mein Auto. Auf dem Weg dorthin erzähle ich dir jede Einzelheit, okay?«

»Natürlich. Wie wäre es, wenn ihr beide heute Nacht zu uns kommt? Mama würde bestimmt etwas Leckeres kochen.«

»Nein, Papa. Ihr sollt nicht mit hineingezogen werden. Aber Jan und ich bleiben zusammen. Keiner geht mehr allein irgendwohin. Wir müssen auch noch aufs Präsidium, um eine Aussage zu machen. Möglicherweise bekommen wir jetzt Personenschutz.«

»Okay, wie du meinst. Doch ich werde dich ständig anrufen.«

Samuel lächelte. »Vielleicht lässt du uns ein wenig schlafen.«

Sein Vater schmunzelte ebenso. »Ich überlege mir das.«

Sie verließen das Krankenhaus und stiegen zu Samuels Vater in den Wagen, den er verbotenerweise an der Liegen-auffahrt der Krankenwagen abgestellt hatte.

Samuel warf ihm einen strengen Blick zu.

»Was denn? Ich wusste nicht, ob du im Rollstuhl sitzt.« Er startete den Motor und fuhr los. »Was wollte dieser Mann von euch?«

»Uns Angst einjagen«, erwiderte Samuel. »Er hat uns eine Videoaufnahme von Patricks Ermordung gezeigt. Dafür hat er uns in eine Hütte geschleppt. Ich glaube, dass dort früher einmal etwas sehr Schreckliches passiert ist. In der wurde auch Niklas interviewt.«

»Wer ist denn Niklas?«, fragte sein Vater.

»Wir haben mehrere Videos bekommen, in denen ein Junge befragt wurde und behauptete, er sei der Mörder von einem Tim. Er hat uns heute in diese Hütte in Koblenz-Niederberg gebracht und gesagt, dass sich der Bruder dieses Tims rächen will. Wir verstehen nur nicht, warum an uns.«

»Weil wir nicht einmal wissen, ob die Geschichte zu hundert Prozent wahr ist«, mischte sich Jan vom Hinter-sitz ein.

Sein Vater blickte schweigend auf die verschneite Straße.

Die Scheibenwischer schwangen auf und ab, kämpften gegen den Schnee.

Samuel folgte ihnen mit dem Blick, was fast meditativ auf ihn wirkte. Er war so müde, dass es schmerzte.

»Das ist wirklich eine üble Geschichte«, sagte sein Vater nach einer Weile. »Man muss euch doch Schutz gewähren.«

»Wir reden nachher noch einmal mit der Polizei«, erwiderte Samuel und schloss für einen Moment die Augen. Er brauchte für ein paar Minuten einfach nur Stille.

Kurz darauf fuhr sein Vater auf den Parkplatz vor dem Café.

Der Himmel verdunkelte sich allmählich, der Asphalt war weiß vom Schnee und glitzerte im schwachen Licht der Straßenlampen. Das Areal war wie leergefegt, es wirkte einfach friedvoll.

Samuel sehnte sich nach Frieden. »Danke, Papa. Ich rufe dich nachher an.«

»Ihr zwei könnt morgen zum Frühstück kommen. Deine Mutter wäre sicher froh, wenn sie sich selbst überzeugen kann, dass es dir gut geht.«

Samuel schaute Jan an.

Dieser lächelte und nickte.

»Okay, wir werden mit euch frühstücken.« Samuel stieg aus. Es missfiel ihm, dass sich sein Vater solche Sorgen machte. Er sah, seitdem Samuel in Gefahr war, richtig eingefallen aus. »Papa, ich werde nicht sterben. Ich passe auf.«

Sein Vater presste die Lippen zusammen und nickte. Dann fuhr er los.

Samuel schaute zu Jan. »Brechen wir direkt zur Polizei auf? Dein Auto können wir morgen hier holen.«

Jan nickte und stieg in Samuels Wagen.

Die Straßen waren still und leer. Die Dunkelheit des Abends näherte sich allmählich. Eine ungewisse Anspannung lag in der Luft, aber auch ein Hauch von Entschlossenheit.

Samuel hatte sich entschieden, Antworten zu finden, egal, wie satt er dieses Spiel hatte. Er wollte die Wahrheit wissen. Für Jan und sich, aber auch für Tim. Und vielleicht auch ein wenig für Niklas.

21

»Musst du schon los?«, flüsterte Kim hinter Marcel, als er sich gerade einen Kaffee einschenkte.

Er wirbelte rum. »Sorry, ich wollte dich nicht wecken.« Er küsste sie auf die Stirn, auf der noch die Abdrücke ihres Kissens zu sehen waren. »Leg dich wieder hin.«

»Ich kann auch mit dir zusammen frühstücken und mit Marlene später zusammen Mittagsschlaf machen.«

Nichts klang besser als diese Vorstellung, doch er musste los. »Ich bin fertig, ich habe schnell ein paar Haferflocken mit Apfel gegessen.«

»Schade. Ich habe dich schon gestern Abend nicht gesehen.« Kim schmiegte sich an ihn. »Habt ihr den Täter bald?«

»Das hoffe ich. Sobald der Fall abgeschlossen ist, fahren wir ein Wochenende nach Hamburg, geben Marlene bei meinen Eltern ab und besuchen ein Spa. Versprochen.«

»Okay, diese Entschädigung dafür, dass ich dich vermissen werde, lasse ich gelten.« Sie küsste ihn. »Ich wünsche dir einen schönen Tag.«

»Den wünsche ich euch auch.« Marcel strich ihr über den Rücken, wollte sie nicht loslassen, doch sie hatten so viel zu tun, dass ihm nichts anderes übrigblieb. Erneut küsste er sie und verabschiedete sich.

Auf dem Weg ins Präsidium schlürfte er den heißen Kaffee und versuchte, seine müden Glieder zu reanimieren.

Er war spät nach Hause gekommen. Konrad und er hatten die Zeugen Meinicke und Meier befragt, den Papierkram erledigt, waren noch mal alle Details durchgegangen. Sie hatten neue Hinweise, doch die Geschichte um diesen Tim und die Rache an den vier Opfern war noch immer verwirrend. Da mussten sie dringend Licht ins Dunkle bringen.

Er fuhr an Karl Hohlbeins Haus vorbei.

Obwohl es so früh war, brannte bereits Licht bei dem ehemaligen Fallanalytiker.

Es konnte nicht schaden, wenn Marcel auf dem Weg zur Arbeit mit ihm über den Fall sprach. Der pensionierte Fallanalytiker hatte noch immer großen Spaß dabei, ihn bei Fällen zu beraten. Da er der Beste auf seinem Gebiet war, legte Marcel großen Wert auf seine Meinung. Also rief er ihn an.

»Hast du mal auf die Uhr geschaut?«, fragte Karl.

»Guten Morgen, du alter Griesgram. Ich sehe, dass du wach bist.«

»Stalkst du schon wieder mein Haus?« Er lachte. »Was kann ich für dich tun? Du rufst ja nicht umsonst halb sieben bei mir an.«

»Das ist richtig. Ich bin schon auf dem Weg zur Arbeit. Wir haben viel zu tun, sonst hätte ich geklingelt und einen Kaffee gefordert. Ich bräuchte eine Einschätzung.«

»Ich habe heute Morgen ein Date mit meinem Hausarzt. Der will Blut von mir. Doch dir mit meinem fachkundigen Rat zu helfen, steht an erster Stelle. Schieß los.«

Marcel grinste.

Er erzählte Karl von den Tötungsdelikten, den Puzzleteilen, den Videobotschaften und den Ergebnissen, die die Kripo bisher hatte. »Unser Hauptverdächtiger ist derzeit der verschwundene Viktor Neumann. Aber mein Bauchgefühl sagt mir, dass noch viel mehr Leute involviert sind. Die ganze Geschichte ist dermaßen verzwickt.«

»Du weißt, ich müsste erst ein paar Informationen über den Täter sammeln, um eine fundierte Aussage zu machen. Gerade kann ich nur spekulieren. Es scheint, dass dem Täter das Erwürgen wichtig ist. Ihr solltet nach alten Fällen mit dieser Todesursache schauen. Diese Entschuldigung auf den Puzzlestücken bedeutet wahrscheinlich nicht, dass es dem Täter leidtut, die Opfer getötet zu haben. Auch das hat etwas mit der Vergangenheit zu tun, vermutlich mit diesem Tim. Du sagtest, dass die Frau und der Mann zwar erwürgt wurden, aber vorher eingesperrt waren und gefoltert wurden.«

»Ja, die Frau wurde in einem Raum festgehalten und ihr wurde ordentlich Angst eingejagt. Jemand hat sie mit dem Kopf gegen die Wand geschlagen. Der Mann war laut den Zeugen auf einer Art Fabrikgelände und musste in zwei Minuten den Ausgang finden. Er hat einen Stromschlag bekommen, bevor er erwürgt wurde.«

»Die Szenarien, die die beiden durchleben mussten, sind auf den Puzzleteilen dargestellt, die sie bekommen haben«, sagte Karl.

»Wie bitte?«

»Du hast erzählt, dass die Frau eins mit dem Jungen in einer Art Hütte hatte, auf dem er panisch schaut. Der Täter hat ihr Angst gemacht. Der Mann hatte eine Abbildung von dem Jungen, wie er versucht zu fliehen. Auch euer Opfer musste versuchen, aus einem Gebäude herauszukommen. Euer Täter spielt die Geschichte nach. Ich vermute, dass sein Motiv Rache ist. Dann könnte der Hinweis stimmen, dass es der Bruder dieses Tims ist. Er hätte den stärksten Grund dafür.«

Marcel ließ sich die Worte durch den Kopf gehen. »Du hast recht. Wir müssen unbedingt den alten Fall finden, in dem ein kleiner Junge namens Tim entführt wurde. Danke, Karl, die Unterhaltung hat mir gutgetan.«

»Melde dich jederzeit, wenn du noch eine weitere Meinung zu dem Ganzen brauchst.«

»Das mache ich. Vergiss unser Abendessen übermorgen nicht.« Marcel legte auf und lenkte den Wagen vorsichtig von der B9 herunter. Die Straßen waren nicht geräumt, deshalb war er froh, dass noch nicht viele Leute durch die Stadt fuhren, obwohl es mitten in der Woche war. Ohne Zwischenfälle erreichte er das Präsidium. Er trank seinen letzten Schluck Kaffee, stieg aus und eilte zum Gebäude. Gerade als er den Eingangsbereich betreten wollte, funkelte ihn die Reinigungskraft böse an.

Sie warf einen scharfen Blick auf seine Schuhe.

Marcel machte einen Schritt zurück, stampfte den Schnee ab und trocknete sie auf dem Abtreter bestmöglich.

Die Reinigungskraft lächelte. »Guten Morgen, der Herr.«

Lachend eilte Marcel an ihr vorbei. »Den wünsche ich Ihnen auch.« Als er schon fast an der Treppe war, drehte er noch einmal um und ging zu der Dame. Er holte die Gummibärentüte heraus, die er Marlene zu Hause gemopst hatte, und reichte sie ihr. »Für Sie, weil Sie wirklich wertvolle Arbeit leisten.«

Die Frau starrte ihn irritiert an, doch sie hatte das schönste Lächeln aufgesetzt, das Marcel an diesem Tag sehen würde, da war er sich sicher. »Das ist sehr nett. Vielen Dank.«

»Sehr gern. Und nun verschwinde ich, ehe ich Ihnen noch mehr Dreck mache.« Marcel lief ins Büro.

Konrad saß bereits an seinem Schreibtisch.

Marcel wunderte sich. »Guten Morgen. Was machst du denn schon hier?«

»Schön, auch dich zu sehen, werter Kollege«, erwiderte Konrad. »Ich habe vorhin mit Dirk gesprochen und ihm noch einmal etwas Druck gemacht. Er hat versprochen, alte Akten herauszusuchen, die eine Kindesentführung, möglicherweise ein Tötungsdelikt vor etwa fünfzig Jahren enthalten. Er bringt sie später höchstpersönlich.«

»Sehr gut. Ich habe mit Karl telefoniert, der die Geschichte auf dem Puzzle als echtes Verbrechen und als

Cold Case einordnet. Wahrscheinlich spielt der Täter das Verbrechen um diesen kleinen Jungen nach.«

»Das ist wirklich beängstigend.«

Das Telefon klingelte.

Marcel nahm ab. »Kommissar Schweißer. Kripo Koblenz.«

»Guten Morgen. LKA Mainz, wir haben gestern Abend noch eine DNA-Probe bekommen. Ich dachte, ich teile Ihnen schnell das Ergebnis mit, ehe ich Feierabend mache.«

Marcel runzelte die Stirn. »Gestern Abend? Von wem?«

»Eine Ihrer Kolleginnen hat es selbst vorbeigebracht. Moment, ich suche den Namen.« Es raschelte. »Mareike Bell. Stimmt etwas nicht?«

Marcels Augen weiteten sich überrascht. »Mareike gehört zu meinem Team, sie hatte mir nur nicht gesagt, dass sie extra nach Mainz fährt. Deshalb war ich gerade irritiert.«

»Sie scheinen bemerkenswerte Kollegen zu haben«, erwiderte der LKA-Beamte. »Frau Bell hat uns Blutabstriche von einem Opfer gebracht. Wir haben schnell einen Treffer gehabt, der Mann war bereits aktenkundig. Niklas Dors. Ich habe euch die Ergebnisse gefaxt.«

Wunderbar, dachte Marcel und hoffte, dass der Name ihnen etwas bringen würde. »Perfekt, vielen Dank, dass Sie so schnell reagiert haben.«

»Ja, Ihre Kollegin meinte, es gebe zwei Zeugen, die in großer Gefahr sein könnten. Besser, Sie lösen diesen Fall zeitnah, da wollte ich gern helfen. Auf Wiederhören.«

Marcel legte auf. »Niklas Dors ist der Mann, der sich gestern in der Hütte in die Luft gejagt hat«, sagte er in Konrads Richtung und lief zum Faxgerät. Er nahm die Berichte des LKA Mainz und sah sie durch. »Öffne mal bitte seine Akte.«

Konrad tippte etwas in den Computer. »Hier haben wir ihn. 64 Jahre alt, aktenkundig wegen diverser Diebstahlsdelikte. Mord und Totschlag stehen allerdings nicht dabei, nicht einmal Körperverletzung.«

Marcel stellte sich neben Konrad, schaute sich das letzte Foto des Mannes an und verglich es mit dem Bild in seinen Gedanken, das er von den Interviews auf den Sticks hatte. »Steht was aus seiner Kindheit dabei? Laut seinen Aussagen in den Videos hat er jemanden getötet, das muss doch notiert sein.«

»Er saß als Jugendlicher anderthalb Jahre in einer geschlossenen Psychiatrie, weil er nach einem traumatischen Ereignis nicht mehr gegessen und getrunken hat. Auch kaum geschlafen. Er hat immer wieder behauptet, dass er ein Mörder ist. Die Tat konnte ihm anhand einiger Gutachten aber nicht nachgewiesen werden. Seine Aussagen könnten auch rein durch Beobachtungen entstanden sein, die diesen psychischen Ausnahmezustand erklären würden. Er hat sich wohl nie davon erholt. Die Diebstähle resultierten daraus, dass er nicht in der Lage war, arbeiten zu gehen. Er hat geklaut, um zu überleben.«

»Das klingt, als wäre er ein Wrack gewesen. Aber warum ließ er sich auf so ein Verbrechen ein?«

»Vielleicht wurde er dazu wirklich gezwungen, so wie der Zeuge Meinicke es gestern ausgesagt hat. Zum Beispiel von dem Jungen, der hinter der Kamera stand. Den brauchen wir, wobei ich fast sicher bin, dass es sich um Viktor Neumann handelt«, sagte Konrad. »Er kann uns mehr dazu sagen. Vor allem zu dieser damaligen Clique, das waren mit Sicherheit die Teenager auf dem Foto. Leider kann man so gut wie keine Gesichter erkennen.«

Marcel nickte. »Wenn wir alles kombinieren, könnte vor fünfzig Jahren ein Tötungsdelikt stattgefunden haben. Opfer war Tim, der kleine Junge auf den Illustrationen. Täter eine ganze Gruppe Jugendlicher. Zwei von denen könnten Viktor Neumann und Niklas Dors gewesen sein. Wir müssen nur noch herausfinden, wer diese anderen Teenager waren, was genau sie getan haben und warum die vier Zeugen bedroht, gar getötet werden.« Marcel nahm das Telefon. »Ich rufe beim Einwohnermeldeamt an, um Niklas Dors' Adresse herauszubekommen. Vielleicht ist schon jemand erreichbar. Er ist unser erster Anhaltspunkt, denn er hat die zwei Opfer entführt. Telefonier du mit Staatsanwalt Krämer, damit wir für die Wohnung von Dors einen Durchsuchungsbeschluss bekommen.«

Konrad nickte und griff nach dem Hörer. »Der wird sich freuen, um sieben Uhr in der Früh von uns zu hören.«

Marcel hatte tatsächlich Glück, dass bereits jemand im Amt ans Telefon ging. Schon einige Augenblicke später hatte er Niklas Dors' Adresse. »Solange wir noch auf den

Beschluss warten, besuchen wir seine Mutter, sie wohnt in Koblenz-Niederberg.«

Zwanzig Minuten später befanden sich Marcel und Konrad bei Frau Dors im Wohnzimmer.

»Setzen Sie sich«, sagte die Tochter. »Meine Mutter sitzt dort drüben.«

Die alte Dame wippte in einem Schaukelstuhl, der Richtung Fenster gedreht war, und starrte hinaus. Ihr Körper war so dürr, dass man sie kaum sah. Nur das Schunkeln und Quietschen des Stuhls verriet, dass jemand dort drin saß.

»Vielen Dank, dass Sie uns so früh am Morgen bereits behilflich sind, es ist wirklich wichtig«, sagte Marcel an die Tochter gerichtet, die sich neben ihre Mutter gestellt hatte und den Stuhl umdrehte.

»Das Frühe stört uns gar nicht, wir sind meist schon um fünf Uhr wach. Doch es tut mir sehr leid, meine Mutter kann Ihnen nichts sagen. Sie spricht seit ein paar Jahren nicht mehr, sie ist eben auch schon neunzig.«

Marcel stöhnte innerlich.

Endlich hatten sie einen Anhaltspunkt, eine Angehörige, die früher sicherlich wichtige Informationen erfahren hatte, konnte aber nicht aussagen.

»Ist in Ordnung. Wir hätten sehr gern mit ihr über Niklas geredet, vielleicht können Sie uns ja auch weiterhelfen.«

Von der alten Dame kam ein tiefer Seufzer.

Ihre Tochter streichelte ihr die Hand. »Schon gut, Mama. Bleib ganz ruhig. Ich zeige den Herren kurz die Toilette. Bin sofort wieder da«, sagte sie laut und zeigte nach draußen.

Marcel und Konrad folgten ihr.

»Sie regt sich furchtbar auf, wenn es um Niklas geht. Mit ihm hatte sie viele Probleme, doch es war immer ihr kleiner Junge. Wir haben meinen Bruder schon lange nicht mehr gesehen. Was ist denn mit ihm?«

Marcel holte tief Luft. »Es tut mir sehr leid, Ihnen mitteilen zu müssen, dass er tot ist.«

Die Frau riss die Augen auf und schlug sich die Hand vor den Mund. »Um Gottes willen. Was ist denn passiert?«

Marcel fiel es schwer, die richtigen Worte zu finden.

Wie sollte man einer Angehörigen erzählen, dass sich ihr Bruder in die Luft gejagt hatte, ohne dabei unsensibel zu sein?

»Er ist in einer Hütte durch eine Explosion ums Leben gekommen. Leider ist seine Leiche stark verbrannt, wir haben ihn durch seine DNA und Zeugenaussagen identifiziert.«

Die Schwester riss die Augen auf. »Er wurde in die Luft gejagt?«

»Nein, er ist selbst dafür verantwortlich und Verdächtiger eines Verbrechens. Die zwei Zeugen, von denen ich gerade sprach, wurden von ihm verschleppt und bedroht. Er ließ sie jedoch, kurz bevor er die Hütte mit Gas füllte und ein Feuerzeug zündete, frei.«

Die Frau starrte Marcel mit offenem Mund an. »Geht es denen gut?«

»Ja, sie sind nur leicht verletzt.«

Die Tochter schüttelte den Kopf, sie hatte Tränen in den Augen.

Marcel konnte sich ausmalen, dass das Gehörte für sie unbegreiflich war. Doch sie brauchten dringend Hinweise. Deshalb konnte er gerade wenig Rücksicht nehmen. »Kennen Sie die Geschichte von damals, wegen der Ihr Bruder in die Psychiatrie kam?«

»Meine Mutter hat mir davon erzählt, ja. Niklas hatte als Jugendlicher starke psychische Probleme. Es gab vor vielen Jahren mal einen Mord an einem kleinen Jungen hier in Niederberg. Man hat den Täter nie gefunden. Niklas hat immer behauptet, er wäre es gewesen. Die Gutachten in der Psychiatrie haben aber ergeben, dass er dazu wahrscheinlich nicht in der Lage war. Deshalb wurde er auch nie dafür belangt. Er hat sich wohl hineingesteigert, dass er die Schuld an diesem Tod trug. Mama wusste nicht weiter, da brachte sie ihn in die Klinik. Von dieser Tragödie hat er sich nicht mehr erholt.«

»Wissen Sie den Namen des Jungen, der getötet wurde?«

»Nein, tut mir leid. Ich habe nie erzählt bekommen, wer der Junge war und was genau passiert ist, weil sie mich schützen wollte. Meine Mutter war mit den Nerven am Ende, weil wir immer das Gesprächsthema Nummer eins im Ort waren. Dadurch, dass sich Niklas die Schuld gegeben hat, wurden wir gemieden. Die Leute haben ihm geglaubt.«

»Wissen Sie, ob Niklas damals Freunde hatte oder in einer Clique war?«

»An eine Clique kann ich mich bei Niklas nicht erinnern, aber wir Kinder waren in Niederberg immer alle befreundet. Am liebsten gingen wir zusammen ins Kino. Das Popcorn war unser Highlight.«

»Und Sie kennen keine Namen mehr? Oder Jugendliche, mit denen Ihr Bruder besonders oft zusammen war?«, fuhr Marcel fort.

»Nein, tut mir leid.«

Marcel hatte gehofft, etwas über die Clique herauszubekommen.

Es war zum Verzweifeln, dass sie nicht mehr mit seiner Mutter reden konnten.

Er wollte es aber noch weiter bei seiner Schwester versuchen. »Es existieren Filme, auf denen Niklas circa vierzehn bis sechzehn Jahre sein müsste. Darauf wird er von einem Jungen über diesen vermeintlichen Mord interviewt. Den Jungen hört man nur. Wissen Sie von diesen Videos? Hat Niklas davon erzählt?«

»Tut mir leid, ich habe die Geschichte mit dem Kind nur viel später von Mama erzählt bekommen. Mit Niklas hatte ich nie ein sonderlich gutes Verhältnis, seit er aus der Psychiatrie entlassen wurde. Wir beide haben nie darüber geredet.«

»Okay, das waren alle Fragen. Wir haben einen Durchsuchungsbeschluss für die Wohnung von Herrn Dors beantragt und bitten Sie, derzeit nicht dorthin zu gehen, da sie Gegenstand einer Ermittlung ist.«

»In Ordnung.«

»Vielen Dank für Ihre Zeit«, sagte Marcel.

Sie verabschiedeten sich und fuhren zurück zum Präsidium.

Leider ohne jegliche neuen Erkenntnisse.

22

13. Januar 2022

Samuel saß an seinem Küchentisch und trank einen Kaffee. Er hatte etwas besser geschlafen als die Nächte zuvor, weil Jan auf der Couch übernachtet hatte, doch trotzdem nicht ausreichend.

»Könnten wir vielleicht kurz bei meinen Eltern vorbeifahren, ehe wir zum Frühstücken zu deinen gehen?«, fragte Jan, der plötzlich in der Tür stand. »Ich will nur nachschauen, ob alles okay ist.«

»Natürlich. Ich ziehe mich schnell an, dann können wir los.«

Es klingelte.

Samuel zuckte zusammen, beruhigte sich jedoch damit, dass es wahrscheinlich die Polizei war.

Zwar bekamen sie keinen Personenschutz rund um die Uhr, aber wenigstens hatte der Staatsanwalt Schutzmaßnahmen erlaubt, sodass regelmäßig jemand vorbeischaute.

Samuel ging zur Tür und schaute aus dem Seitenfenster. Dann öffnete er.

»Guten Morgen, Herr Meinicke.« Die Polizistin zeigte ihren Ausweis. »Ich wollte nach Ihnen sehen.«

»Es ist alles in Ordnung.«

»Ist Ihr Freund auch da?«

Jan kam ebenfalls zur Tür. »Ja, ich bin wie geplant über Nacht geblieben.«

»In den nächsten vier Stunden braucht hier keiner vorbeischauen. Wir fahren gleich zu meinen Eltern zum Frühstück«, teilte Samuel der Polizistin mit.

»Danke, dann wissen wir Bescheid. Einen schönen Tag.« Sie drehte sich um und setzte sich zu ihrem Kollegen ins Auto.

Samuel zog sich schnell um.

Er räumte seine Tasse in die Spülmaschine, während Jan im Bad war. Dann schrieb er Richard mit dem Handy, das ihm sein Vater gebracht hatte, damit er erreichbar war, eine Nachricht.

Guten Morgen, Jan und ich fahren jetzt zu meinen Eltern. Vielleicht magst du heute Abend mit uns ein Bierchen trinken.

Samuel hatte seinem Freund am Abend geschrieben, dass er nicht kommen müsse, weil Jan da war.

Richard hatte das liebend gern angenommen, weil er dadurch mehr Zeit mit seinen Töchtern verbringen konnte.

Ein paar Sekunden später schrieb Richard, dass er gegen sechs vorbeikommen würde.

Samuel freute sich darüber. Je mehr Menschen er um sich hatte, desto wohler fühlte er sich. Er sah auf die Uhr.

Wenn sie pünktlich bei seinen Eltern sein wollten, mussten sie los.

»Bist du so weit, Jan?«

»Komme.« Jan trat aus dem Badezimmer. Sein Gesicht schimmerte blass und seine Augen waren gerötet. Er hatte wahrscheinlich auch kaum geschlafen.

»Hoffentlich ist der Albtraum bald vorbei«, sagte Samuel, dem Jan leidtat.

»Ich möchte einfach nur meine Frau und meine Kinder wieder in die Arme schließen. Die Kleinen vermissen mich, sie können nicht verstehen, warum sie nicht mit mir zusammen zu Hause sein dürfen.«

Samuel nickte. »Hoffen wir, dass die Polizei den Dreckskerl bald findet.«

Sie fuhren nach Koblenz-Arenberg zum Haus von Jans Eltern. Schweigen füllte das Innere des Autos. Wenig überraschend, sicherlich war nicht nur Samuel zu erschöpft für eine lockere Unterhaltung.

Als sie ankamen, waren die Rollläden noch unten, was Samuel sofort nervös machte. Es erinnerte ihn sehr an die Situation mit Yvonne. Hoffentlich würde der Täter nicht auf ihre Eltern losgehen, jetzt, da Jan und er schwerer zu erwischen waren.

»Soll ich mitkommen?«, fragte Samuel.

»Nicht nötig. Ich schau nur kurz nach ihnen.« Jan stieg aus und stampfte durch den Schnee. Dabei schaute er ständig nach links, rechts und hinter sich. Offenbar machte er sich wegen der geschlossenen Rollläden keine Gedanken.

Vielleicht war es auch normal und seine Eltern schliefen länger.

Samuel schloss für einen Moment die Augen, doch öffnete sie sofort wieder, weil die panischen Gesichter von Yvonne und Patrick in seinen Gedanken auftauchten. Die ganze Nacht war das so gegangen. Er konnte nicht begreifen, dass sie tot waren. Um sich abzulenken, stieg er aus dem Auto und sah zu Jan.

Dieser stand vor verschlossener Tür. Er kramte den Schlüssel aus der Hosentasche und schloss auf.

Sofort überfiel Samuel Panik bei der Vorstellung, dass doch etwas nicht stimmte. Er lief zu Jan. »Geh nicht allein rein. Mir ist nicht wohl dabei.«

»Danke, dass du mich begleitest«, sagte Jan und trat hinein. »Mama, Papa? Seid ihr da?«, rief er in den dunklen Flur.

Es kam keine Antwort.

Vorsichtig liefen sie Raum für Raum durch.

Seine Eltern waren nicht da.

»Ruf sie an, dann bist du dir sicher, dass es ihnen gut geht.« Samuel reichte ihm das geborgte Handy.

Jan wählte die Nummer und pustete einen Augenblick später Luft heraus, als wohl jemand abnahm. »Hallo Papa, ich bin es. Ich stehe in eurem Haus. Wo seid ihr denn?«

Einen Moment lang redete der Vater.

»Nein, schon in Ordnung. Ich wollte nur nach euch schauen. Dann komme ich später noch mal vorbei.« Jan legte auf. »Sie sind bei Freunden.«

»Puh, Gott sei Dank. Gehen wir erst einmal frühstücken. Dann können wir bei der Kripo vorbeischauen, vielleicht sind die ja schon etwas weiter.«

Sie fuhren nach Koblenz-Niederberg zu Samuels Eltern.

Die Straßen waren von einer dicken Schneedecke überzogen und am Himmel hingen an diesem frühen Morgen sehr graue Wolken. Diese bedrückende Atmosphäre entsprach Samuels Verfassung.

Die Fahrt verlief wieder in einem beklemmenden Schweigen, nur der Motor brummte monoton vor sich hin.

Samuel lenkte seine Gedanken auf die Ereignisse der letzten Stunden. Er würde es wahrscheinlich nie schaffen, die zu verarbeiten, selbst wenn der Albtraum eines Tages vorbei sein würde. Auch Niklas' traurigen, schuldvollen Blick, gepaart mit dieser gruseligen Entspannung, als er mit dem Feuerzeug in der Hütte gestanden hatte, würde er nie mehr vergessen.

Als sie an seinem Elternhaus ankamen, war Jan eingenickt.

Erst überlegte Samuel, ihn eine Weile schlafen zu lassen, aber es war viel zu kalt im Auto. Außerdem sollten sie auf keinen Fall ein Risiko eingehen. Noch immer wussten sie nicht, wer sie wann und wo beobachtete. Doch Samuel war sich sicher, dass dieses Monster sofort zuschlagen würde, wenn sich ihm eine Chance bot. Das klappte am besten, wenn einer von ihnen allein war.

»Wir sind da.« Er rüttelte Jan sanft.

Der schreckte hoch. »Entschuldige, ich muss eingeschlafen sein.«

»Das spricht für meine Fahrkünste«, entgegnete Samuel lächelnd.

»Lass uns was essen, ich habe echt Hunger.« Jan stieg aus.

Samuel folgte ihm. Er klingelte bei seinen Eltern, doch auch die machten nicht auf. Er holte schnell den Schlüssel aus dem Auto und schloss auf. »Mama, wir sind da.«

Stille.

Unruhe breitete sich in Samuel aus. »Wie haben sich deine Eltern vorhin am Telefon angehört? Hast du irgendein komisches Gefühl gehabt, weil sie sich anders als sonst verhalten haben?«

Jan zog die Mundwinkel nach unten. »Keine Ahnung, ehrlich gesagt habe ich ständig das Gefühl, dass was merkwürdig ist.«

»Meine scheinen auch nicht da zu sein. Das ist untypisch. Sie haben uns eingeladen, das würde meine Mutter nicht vergessen. Hat sich dein Vater verängstigt angehört?«

»Eher hatte ich das Gefühl, er will das Telefonat schnell beenden.«

»Hier stimmt etwas nicht.« Wieder schlängelte sich Panik durch Samuels ganzen Körper. Ihm wurde heiß.

Plötzlich drang der Schrei einer Frau aus dem Untergeschoss zu ihnen. Eine Sekunde lang sahen sie sich an, dann eilten sie die Treppe in den Keller hinunter.

Samuel drosselte die Geschwindigkeit, als er sah, dass die Tür zu dem Hobbyraum offen stand.

Es brannte Licht und mehrere Leute sprachen durcheinander.

Samuel legte den Zeigefinger auf die Lippen, damit sie sich nicht verrieten. Er wollte unbedingt wissen, was die Personen zu bereden hatten, um zu entscheiden, ob jemand in Gefahr war.

»Verdammt, es ist nicht dein Sohn, der tot ist«, schimpfte eine Frauenstimme. »Wie du gehandelt hast, war unverantwortlich. Wir müssen das bei der Polizei melden.«

»Nein, wir bewahren jetzt Ruhe, Claudia. Ihr könnt nicht einfach hier auftauchen. Mein Sohn und Jan kommen gleich zum Frühstück.«

»Meine Tochter ist tot. Wie soll ich da Ruhe bewahren?«, rief eine andere Frau.

»Es ist wirklich tragisch, was mit Yvonne und Patrick passiert ist. Aber mein Jan und euer Samuel leben noch. Wir müssen etwas unternehmen, damit die beiden nicht auch sterben.«

Jan riss die Augen auf und zeigte auf die Tür. »Das ist mein Vater«, flüsterte er. Er bekam den Mund gar nicht mehr zu.

Durch Samuel schoss eine heiße Welle.

Was hatten dieses ungewöhnliche Treffen und das Gespräch zu bedeuten?

»Sag endlich, was hier los ist, Oliver. Woher kennst du die Menschen?« Samuels Mutter hatte wütend geklungen.

Samuel dachte an die Interviews von Niklas. *Er hat von einem Oliver gesprochen.* Die Erkenntnis schoss wie ein brennender Pfeil durch seine Gedanken. Er hatte

Mühe, sich auf den Beinen zu halten. Warum hatte er das nicht sofort begriffen?

Die Namen der Jugendlichen hatte ihnen der Mann als Hinweis gegeben, doch sie hatten es nicht verstanden.

»Gib mir sofort eine Antwort«, forderte seine Mutter lautstark, sodass Samuel erschrak.

»Schatz, gleich kommen die Jungs, die dürfen uns nicht zusammen sehen. Geh bitte nach oben«, sagte sein Vater.

»Erst will ich eine Erklärung haben.«

Samuel hatte seine Mutter noch nie so streng reden gehört.

»Oliver kann Ihnen das später erklären, es gibt gerade Wichtigeres«, sagte eine der Frauen schluchzend. »Klar, eure Söhne leben noch. Aber Petra und ich können nicht tolerieren, dass unsere Kinder bestraft wurden. Nicht wir haben Tim getötet.«

Samuels Herz setzte aus. Ihm wurde speiübel. Fand dieses Gespräch gerade wirklich statt oder halluzinierte er nur? Sie hatten die Täter die ganze Zeit vor Augen gehabt, er hatte den Namen seines Vaters gehört. Nun verstand er, warum ausgerechnet Jan, Yvonne, Patrick und er dieses Spiel spielen mussten: Ihre Eltern waren Teil dieser Clique gewesen.

Jan sah ebenfalls kreidebleich aus.

Plötzlich durchschnitt das Klingeln eines Handys die unerträgliche Stille.

Samuel brauchte einen Moment, bis er erkannte, dass es sein geborgtes war. Schnell holte er es aus der Tasche und drückte den Anruf weg.

»Samu!«, entfuhr es seinem Vater, der aus dem Raum getreten war. Er starrte ihn mit weit aufgerissenen Augen an.

Jans Vater sowie die Mütter von Yvonne, Patrick und Samuel gesellten sich dazu.

»Was habt ihr getan?«, krächzte Jan.

Wieder klingelte das Handy.

Wieder drückte Samuel es weg.

Doch der Anrufer blieb hartnäckig. Es konnte nur Richard sein, niemandem sonst hatte Samuel diese Nummer gegeben.

Samuel nahm ab. »Es ist gerade schlecht. Ich ruf dich zurück.«

»Samu, ich brauche deine Hilfe«, schrie Richard panisch in den Hörer. »Ich bin gefangen. Er hat meine Töchter. Du musst kommen.«

»Was?« Samuel riss die Augen auf. Er packte Jan und eilte die Stufen hoch.

»Sam!«, rief sein Vater hinterher. »Warte bitte.«

Doch er ignorierte ihn. »Wo bist du?«, fragte er seinen Freund.

»In dem alten Kino in Niederberg, das schon seit Jahren leer steht. Ich komme nicht mehr raus.«

»Halte durch, ich rufe die Polizei.« Samuel versuchte, so ruhig wie möglich zu bleiben.

»Nein, tu das nicht«, flehte Richard. »Hier stehen überall Kameras, er würde sehen, sobald die auftaucht. Er hat gesagt, dass er meine Kinder tötet, wenn die Polizei kommt. Bitte, Samu, sie sind alles, was ich habe. Du musst mich hier rausholen, damit ich sie suchen kann.«

»Ich bin unterwegs.« Samuel riss die Autotür auf und sprang auf den Fahrersitz.

Jan stieg gegenüber ein. »Was ist los?«

»Dieser Sadist hat Richard und seine Töchter entführt. Er kommt nicht an uns heran und vergreift sich jetzt an unseren Angehörigen. Ich muss meinem besten Freund helfen.«

Jan riss die Augen auf. »Wir können da nicht allein hin. Das ist eine Falle.«

»Ich lasse Richard nicht im Stich. Entweder steigst du aus und plagst dich mit dieser Sache herum«, er zeigte auf die Eingangstür, in der ihre Eltern standen, »oder du hilfst mir bei Richard. Entscheide dich schnell.«

Kurz schaute Jan zum Haus, dann auf die Straße. »Wir haben geschworen, zusammen zu bleiben. Um unsere Eltern kümmern wir uns später. Fahr.«

Samuel raste los. Er hatte Mühe, den Wagen auf der rutschigen Fahrbahn in der Spur zu halten.

»Wir sind auf dem Weg in unseren Tod.« Jan krallte sich am Angstgriff fest. »Er nutzt deinen Freund als Lockvogel, damit wir dort hinkommen. Wir rennen ihm genau in die Arme.«

»Was soll ich denn deiner Meinung nach tun? Richard und seine zwölfjährigen Mädchen opfern? Du hättest aussteigen können.«

Jan seufzte. »Wir wissen jetzt des Rätsels Lösung, vielleicht können wir ihn damit besänftigen. Er wollte die ganze Zeit von uns hören, dass unsere Eltern schuld am Tod dieses Jungen sind. Aber wir müssen uns einen Plan machen, damit er uns nicht auch ermordet. Wir sind drei Männer, wir sollten doch einen überwältigen können.«

Samuel konnte und wollte darauf nicht eingehen, zu tief saß der Schock.

Nun zählte nur Richard.

Er überfuhr eine rote Ampel. Ein Autofahrer hupte, den Samuel gekonnt links liegen ließ. Er steuerte auf den Parkplatz des Industriegebietes, wo seit Jahren ein leeres Kino stand. Dann machte er eine Vollbremsung, weil ein Schneeberg die Straße blockierte.

Das Auto schlitterte über den Parkplatz und blieb kurz vor dem Haufen stehen.

Samuel sprang heraus und rannte auf das alte, hohe Gebäude zu, das mit einem Stellzaun abgesperrt war. Er zog ihn zur Seite und eilte hindurch.

»Warte, lass uns zusammenbleiben, damit wir eine Chance haben, sollte uns jemand angreifen«, rief Jan hinter ihm.

»Dann beeile dich.« Samuel riss an der Tür des alten Kinos. Die schwere Tür knarrte bedrohlich, der muffige Geruch von Moder und Staub verfing sich in seine Nase. »Richard?«, schrie er verzweifelt. »Wo bist du?«

Er erhielt keine Antwort.

Mit Herzflattern hastete er auf den ersten Kinosaal zu.

Das Innere wirkte wie ein düsteres Labyrinth aus verstaubten Sesseln und dunklen Gängen.

Samuel musste an Patrick denken.

Hoffentlich wollte der Täter nicht dieses Spiel wiederholen.

Samuel schaltete die Taschenlampe des Handys an, um eine nahende Gefahr schneller sehen zu können.

Das schwache Licht tanzte über die vergilbten Filmplakate, die zerrupft an den Wänden hingen und mit etlichen Sprüchen bekritzelt waren.

Samuel erlitt beinahe einen Herzinfarkt, als die Schwenktür des Kinosaals hinter ihm zufiel und knarrte. Mit zitternden Händen ließ er das Licht der Taschenlampe über die Reihen schweifen.

Keine Spur von Richard.

»Richard!«, rief er. Seine Stimme hallte durch den verlassenen Kinosaal.

Keine Antwort.

Samuel hoffte, dass der Dreckskerl Richard nicht schon getötet hatte, nachdem dieser sie in das Kino gelockt hatte.

Der Raum wirkte wie ausgestorben, und doch spürte er, dass jemand da war.

»Dort ist eine Person«, flüsterte Jan und zeigte auf die Bühne.

Im Halbdunkel saß eine Gestalt auf einem Stuhl. Der Kopf hing nach unten.

In Samuel brach Panik aus.

»Oh nein, bitte nicht.«

Hatte der Kerl seinen Freund etwa wirklich umgebracht?

Schnell rannte er auf die Bühne. »Hab du die Tür im Auge, Jan.« Er rüttelte an Richard, der Gott sei Dank aufsah. »Ich bin da, alles ist gut.«

Richards Augen waren weit aufgerissen und nass.

Samuel spürte sein Herz in seinem Kopf hämmern. Er hatte so große Angst, dass gleich jemand in den Saal kommen und sie alle töten würde. »Wir müssen raus.«

»Es tut mir leid, er hat mich gezwungen, euch herzulocken. Wir können nicht gehen, ich muss euch ausliefern, um meine Kinder zurückzubekommen.«

Samuel nahm ihm das nicht übel. »Schon gut, Richard. Wir finden die zwei. Lass uns gehen.«

Mit einem Mal sprang hinter Samuel ein Gerät an, das er vorher gar nicht wahrgenommen hatte. Sein Atem ging schnell. Er drehte sich um und blickte auf einen kleinen Fernseher.

Jan kam zu ihm und starrte auf den Bildschirm.

Ein Rauschen, ein Grieseln, dann sah Samuel Niklas auf dem Stuhl sitzen.

»Du musst mir erzählen, was du beobachtet hast. Das bist du mir schuldig. Ich verrate es niemandem.« Der Junge hinter der Kamera hatte gesprochen.

»Du solltest das nicht hören.«

»Sag schon. Was haben sie mit ihm gemacht?«

»Ich kann es nicht erzählen.«

»Doch, du musst.« Der Junge hatte richtig zornig geklungen.

Niklas schluckte schwer. »Sie haben ihn eingeholt. Gerade als Tim aufstehen wollte, um weiterzulaufen, standen sie vor ihm. Er hat sie panisch angeschaut und laut nach Hilfe gerufen. Oliver hat ihn aufgefordert, ruhig zu sein, und sich auf Tim drauf gesetzt, weil er nicht gehorcht hat. Er hat ihm gesagt, dass er sich beruhigen soll, hat ihm eine Ohrfeige gegeben, aber Tim hat geschrien und geschrien. Dann hat …« Niklas beugte sich nach vorn, wippte seinen Oberkörper vor und zurück, schluchzte.

»Rede weiter!«

»Er hat seine Hände um Tims Hals gelegt und gesagt, dass er ihn tötet, wenn er nicht leise ist. Alle haben gerufen, er soll aufhören. Sie haben Tim angefleht, dass er sich beruhigt. Doch er hat weitergestrampelt. Es war so ein Durcheinander, bis es auf einmal ganz still war.«

Auch im Interview wurde es für einen Moment ganz still.

»Tim hat sich nicht mehr geregt«, sagte Niklas schluchzend.

»Weil er tot war«, sagte der Junge hinter der Kamera mit tränenerstickter Stimme.

»Ja. Claudia ist völlig ausgeflippt, sie hat geschrien und Oliver geschlagen. Dann haben alle vier geschworen, dass sie niemals irgendwem davon erzählen. Oliver hat etwas aus der Tasche gezogen, ein paar Worte draufgeschrieben und es auf Tims Körper gelegt.«

Der Junge hinter der Kamera schniefte. »Was war es?«, flüsterte er mit brüchiger Stimme.

»Ein kleines Puzzleteil. Oliver mochte Puzzle. Er hat auf die Rückseite des Stücks geschrieben, dass es ihm leidtue. Als die vier weg waren, bin ich zu Tim gerannt und habe es gesehen.«

Einen Augenblick blieb es gespenstisch still.

»Sie haben ihn einfach liegen lassen«, flüsterte schließlich der Junge hinter der Kamera.

»Ich bin schuld, ohne mich wäre das alles nicht passiert. Hätte ich nicht an dem Fenster gelauscht, wäre er am zweiten Tag freigekommen. Tim Reitz ist nur meinetwegen gestorben.«

Das Bild wechselte wieder zu dem Grab, an dem der Junge saß. Er ließ einen lauten Schmerzschrei hinaus und setzte einen Teddybären davor. An den band er einen roten Luftballon.

Dieses Mal war das ganze Grab zu sehen.

Dann endete der Film.

»Dein Vater hat ihn erwürgt. Wegen ihm sind wir in dieser Situation«, brüllte Jan wütend.

»Ich weiß, es tut mir so leid. Aber alle vier haben geschwiegen.« Samuel drehte sich um, weil er nach Richard sehen wollte.

Schließlich war auch er nur in diese schreckliche Sache reingezogen worden, weil Samuels Vater vor Jahren einen Jungen getötet hatte.

»Gehen wir deine Töchter suchen und rufen die Polizei«, sagte Samuel.

»Bernd?«, fragte Jan plötzlich. »Was machst du denn hier?«

»Bernd?«, fragte Samuel, weil er nicht begriff.

Jan zeigte auf Richard. »Das ist mein Kumpel, wir waren immer zusammen beim Sport.«

Samuel blickte in die kalten Augen seines besten Freundes, die er so noch nie gesehen hatte. »Was ist hier los, Richard?«

Das Grinsen in dessen Gesicht ließ Samuel das Blut in den Adern gefrieren.

23

»Du hast Yvonne und Patrick getötet? Dann bist du zum Trösten zu mir gekommen?«

»Und zu mir, nur als Bernd«, fügte Jan hinzu.

»Ich habe auch als Falk Yvonne und als Manfred Patrick geholfen. Es war ganz einfach, euch alle zu verarschen. Ich habe mich über Jahre in eure Leben geschlichen. Nur in den letzten Tagen musste ich aufpassen, dass ich euch nicht zusammen über den Weg laufe. Das war etwas anstrengend.«

»Wo sind deine Mädchen?« Samuel schaute sich um. »Du hast ihnen doch nichts angetan, oder?«

Ein wirklich abartiges Schmunzeln zog sich breit über Richards Gesicht. »Du bist so naiv. Ich habe gar keine Kinder. Was meinst du, warum ich dir nur von seltenen Unternehmungen mit ihnen erzählt habe? Ich musste umgehen, dass du die kennenlernen wolltest. Die hysterische Mutter, die mir meine Kinder vorenthält, war auch ausgedacht. Wenn ich angeblich bei meinen Töchtern oder auf Arbeit war, habe ich entweder einen von den anderen getröstet oder jemanden getötet.«

In Samuels Kopf wollten die Worte nicht so schnell einen Sinn ergeben. Ihm kamen viele Situationen in den Sinn, in denen Richard zur Gefahr hätte werden können. Er hatte ihn mit seinen Eltern allein gelassen, er war mit ihm über Nacht im Haus gewesen.

Nun erklärte sich, wer an die Schlüssel der Galerie und an sein Handy gekommen war, um die E-Mails zu schreiben. Auch warum der Täter über jeden Schritt, den er und die anderen gemacht hatten, Bescheid gewusst hatte. Samuel selbst hatte es ihm brühwarm erzählt.

»Das heißt, bevor wir uns vorgestern Nacht zusammen betrunken haben, hast du Patrick getötet? Bist du deshalb so spät gekommen? Oder hast du mir was ins Getränk gemischt, damit ich fest schlafe und du unbemerkt zu Patrick fahren kannst?«

Richard prustete los. »Dich brauchte ich nicht mehr abfüllen. Du hattest bei meiner Ankunft am Abend schon genug intus. Ich war kurz zuvor mit Patrick zum Trinken verabredet, hab ihn getötet, bin dann zu dir gefahren und hab den treuen Freund gespielt.«

»Wer bist du wirklich? Warum tust du das?«, fragte Samuel, der vor lauter Schock einen ganz trockenen Mund hatte.

»Ich bin Leonhard Reitz.«

»Der Bruder von Tim«, krächzte Samuel. »Du bist der Junge hinter der Kamera.« Nun wusste Samuel auch, warum ihm die Augen auf den Illustrationen so bekannt vorgekommen waren.

»Gut kombiniert, mein Freund. Es wundert mich, dass keiner von euch die Ähnlichkeit der Zeichnungen zu mir festgestellt hat. Nun werde ich auch euch töten. Damit alle Spaß daran haben, dürfen eure Eltern live zuschauen.«

»Bitte bestrafe uns nicht. Jan hat kleine Kinder daheim, die brauchen ihn. Was unsere Väter getan haben, ist furchtbar, aber wir können nichts dafür. Wir haben es doch auch gerade erst erfahren. Zeig unsere Eltern an, sie gehen dafür ins Gefängnis.«

»Das glaubst du doch selbst nicht. Es wird nie als Mord zählen, sie waren minderjährig und die Justiz wird es als Unfall abtun. Ich kann sie nur bestrafen, indem ich sie leiden lasse. So wie sie meinen Eltern Tim weggenommen haben, nehme ich ihnen ihre Kinder. Sie sollen den gleichen Schmerz erfahren wie meine Mutter und mein Vater«, fauchte Richard.

Samuel war verzweifelt, er wusste nicht, wie er ihn zur Vernunft bringen konnte. »Es tut mir schrecklich leid, ich verstehe, dass du sauer bist. Doch der richtige Weg ist, dass die vier zur Rechenschaft gezogen werden. Deine Eltern würden ganz sicher nicht wollen, dass du Menschen tötest, um Tim zu rächen.«

Richard schnaubte. »Ich will mich aber rächen. Meine Mutter hat sich von diesem schrecklichen Ereignis nie wieder erholt und ich habe mir geschworen, dass ich die Clique dafür büßen lasse. Oliver, Thomas, Claudia und Petra haben damals mit Tim gespielt und nun spiele ich mit ihnen. Claudia und Petra haben ihre Strafe schon erhalten. Eigentlich war vorgesehen, dass heute nur noch Oliver seine Abreibung bekommt, Jan sollte längst tot sein. Aber ihr beide und dieser verfluchte Niklas habt meinen Plan durchkreuzt. Ich war wütend. Hätte sich Niklas nicht selbst in die Luft gejagt, hätte ich ihn getötet. Doch nun haben sich neue Ideen entwickelt, als dich, Jan, über eine Wiese zu jagen und dich, Samuel, zu erwürgen. Eure Väter dürfen eine grausame Entscheidung treffen, damit sie sich so richtig quälen.«

Samuels Brust verengte sich und schmerzte heftig. Er fragte sich, ob das nur ein wirrer Traum war. In all den Jahren hatte er nicht ein einziges Mal gemerkt, dass Richard gar nicht Richard war.

Wie hatte der so viel Zuneigung, Liebe und Freundschaft nur vorspielen können?

Samuel wollte noch einmal versuchen, zu ihm durchzudringen. »Ich weiß, dass das mit Tim ein schlimmes Erlebnis war. Aber bitte komm zur Vernunft. Yvonne und Patrick hätten nicht deshalb sterben dürfen. Du bestrafst damit nicht nur unsere Eltern, sondern auch uns, die mit dem Verbrechen gar nichts zu tun haben.«

»Glaubst du, mein Bruder hatte das verdient? Er hat niemandem was getan. Euch ergeht es wie ihm, in meinem Spiel hatte keiner eine reelle Chance, lebend rauszukommen. Dafür habe ich gesorgt, denn Tim konnte das auch nicht schaffen.« Über Richards Gesicht legte sich ein leichter Schatten. Seine Augen zeigten tiefe Trauer. »Eure Eltern zu töten, wäre zu einfach. Sie sollen sich quälen, an dem Schmerz ersticken.«

Samuel schluckte. Er fühlte Richards Traurigkeit, doch die war keine Entschuldigung für so viel Leid.

»Einen kleinen Fehler räume ich ein«, fuhr Richard fort. »Ich war etwas zu wütend und habe meinen Plan nicht gut durchdacht, denn ich habe nur euch die Morde an Patrick und Yvonne gezeigt. Ihr habt eure Eltern zwar eingeweiht, aber die hätten die Videos auch sehen müssen. Ich wette, sie hätten sofort erraten, worum es geht, und so richtig schön gelitten.« Richard zog eine Waffe und zielte auf Jan und Samuel. »Dieses Mal mache ich es korrekt.« Er zeigte auf einen Tisch, an dem zwei Stühle standen. »Setzt euch, ich habe etwas Leckeres zu trinken. Eure Väter dürfen dabei zusehen, wie ihre Söhne verrecken.« Er holte sein Handy heraus, tippte mit süffisantem Grinsen darauf herum und hielt es sich ans Ohr. »Wie schön, deine Stimme zu hören, Oliver«, sagte er in das Telefon. »Ich habe deinen Sohn. Komm zum alten Kino in Niederberg, dann hat Samuel vielleicht eine Chance, es lebend herauszuschaffen. Keine Polizei.« Für einen Moment schwieg Richard, sein Lächeln wurde breiter. »Wie ich höre, ist Thomas bei dir. Das erspart mir einen weiteren Anruf. Sei so lieb und richte ihm aus, dass ich auch Jan in meiner Gewalt habe.« Ohne eine Antwort abzuwarten, tippte Richard auf das Display und steckte das Telefon wieder ein. »Nun warten wir, bis sie kommen, und dann spielen wir weiter.«

»Bitte, Richard …«

»Leonhard. Ich bin nicht Richard. Schon gar nicht so, wie du ihn kennst. Ich hasse dich und deinen Vater.«

»Warum hast du ausgerechnet mich gewählt? Warum nicht Ralf?«, fragte Samuel und schämte sich sofort dafür. Auch wenn er seinen Bruder derzeit nicht sonderlich mochte, hätte der es ebenfalls nicht verdient.

Richard lachte. »Deinen elendigen Bruder hättest du gern aus dem Weg geräumt, nicht wahr? Leider hast du das Pech, der Jüngere zu sein. Tim war das auch. Genauso wie Patrick und Jan, nur Yvonne war ein Einzelkind. Ich will endlich die letzten beiden Mörder bestrafen.« Er zog ein anderes Smartphone aus der Hosentasche und tippte etwas ein. »Ich habe vorhin gesehen, dass sie sich bei Oliver versammelt haben, diese heuchlerische Bande von Mördern. Sie haben wohl Panik bekommen, als sie von den Puzzleteilen erfahren haben. Deshalb musste ich schnell handeln, damit sie nicht auf die Idee kommen, sich bei der Polizei zu stellen. Zeit, ihnen noch mehr Angst einzujagen.« Richard hob das Handy vor sein Gesicht.

Es ertönte ein Freizeichen.

»Richard, gut, dass du anrufst«, sagte Samuels Vater.

Samuels Eingeweide zogen sich zusammen.

»Du klingst ja ganz aufgeregt, Oliver«, sagte Richard und grinste.

»Ich habe vorhin einen Anruf bekommen, die Stimme war verzerrt. Der Täter hält Sam und Jan gefangen. Thomas und ich sind auf dem Weg zum alten Kino in Niederberg. Könntest du zu meiner Frau fahren? Ich möchte nicht, dass sie allein ist?«

»Oh nein, das klingt ja schrecklich. Leider kann ich dir nicht helfen.« Richard drehte das Handy und zeigte

Oliver, dass er Jan und Samuel bei sich hatte. Er hielt die Waffe in die Kamera.

»Was soll das?«, schrie Samuels Vater.

»Bernd?«, rief Jans Vater erschrocken.

»Ich bin Leonhard. Zu dumm, dass ihr mich all die Jahre nicht erkannt habt. Dabei habe ich Tims Augen.«

Es folgte eine drückende Stille.

Samuel hielt sie nicht aus. »Ihr müsst euch stellen, Papa. Was ihr getan habt, ist entsetzlich.« Es war ein Versuch, Richard von seinem Vorhaben abzubringen.

»Nein! Ihr werdet schön am Telefon bleiben. Kommt nicht auf die Idee, die Polizei zu rufen. Thomas platziere das Handy so, dass ich euch beide sehe, und halte deine Hände hoch, damit sie im Bild sind. Ein Fehler und ich töte eure Söhne.« Richard stellte das Handy quer an den Rand des Tisches, sodass die drei zu erkennen waren.

Jans Vater hatte gehorcht, es waren nun die beiden im Auto zu sehen. Seine Hände hielt er ins Bild.

»Ihr solltet euch beeilen, es gibt hier leckeren Wein«, säuselte Richard.

»Ganz ruhig«, sagte Samuels Vater. »Wir sind unterwegs und haben keine Polizei eingeschaltet, das Leben unserer Kinder ist uns wichtig.«

Richard lachte laut auf. »Das aus deinem Munde, du Mörder.« Er hielt die Waffe an Jans Rücken.

»Bitte tu das nicht, Leonhard«, flehte Jans Vater. »Die Jungs können nichts für unseren Fehler.«

»Fessle Samuel auf den Stuhl«, befahl Richard.

Jan schluckte.

Samuel nickte ihm zu, eine Aufforderung das er tun sollte, was Richard verlangte.

Jan erhob sich, im Rücken die Pistole, und band Samuel am Stuhl fest.

Anschließend fesselte Richard Jan und legte seine Waffe auf den Tisch.

»Lass die beiden sofort gehen«, schrie Jans Vater. »Wir wissen, dass du dich an uns rächen willst, und wir werden zu dir kommen. Aber erst, wenn wir sicher sein können, dass du unseren Söhnen nichts antust.«

Samuel war froh über diese Entscheidung, denn Richard würde sie wahrscheinlich töten, sobald die Väter das Kino betraten.

Indem sie seinen Plan durcheinanderbrachten, hatten sie vielleicht eine bessere Chance, lebend herauszukommen.

»Eure Verzweiflung amüsiert mich. Welchen Preis seid ihr bereit, für die Freiheit eurer Söhne zu zahlen?« Richard grinste.

Samuels Vater blickte in die Kamera, ihm traten Tränen in die Augen. »Wir gestehen der Polizei, dass wir Tim, Patrick und Yvonne ermordet haben.«

Richard brach in schallendes Gelächter aus. »Das wäre zu einfach. Ich will euch leiden sehen.«

24

Staatsanwalt Krämer hatte etwas gebraucht, bis er den Durchsuchungsbefehl für Niklas Dors' Haus durchgewinkt hatte, was Marcel nervös gemacht hatte. Wenn die Zeugen recht hatten, waren sie in Gefahr, und er wollte nicht, dass es noch mehr Tote gab.

Marcel stand in der Wohnung im vierten Stock der Wohnanlage, in der Niklas Dors gemeldet war. Bei seiner Ankunft hatte er sich genau umgeschaut, um sich ein Bild von dem Mann zu machen. Etwas, das er durch Karl gelernt hatte.

Wenn man versucht Personen, die Verbrechen begehen, zu begreifen, findet man ihr Motiv besser.

Und Karl hatte damit nicht unrecht. Wenn Marcel probierte, sich in einen Täter oder eine Täterin hineinzuversetzen, verstand er manchmal ihre Logik und konnte so deren nächsten Schritt erahnen. Im Fall von Niklas Dors gab es zwar keinen mehr, doch Marcel hoffte dennoch, zu verstehen, um was es Niklas Dors ging. Warum er die zwei Männer entführt, sich aber allein in die Luft gesprengt hatte.

Noch einmal betrachtete Marcel das Chaos der Wohnung.

Vor dem Fenster hingen schmutzige Vorhänge, die dem Raum einen düsteren Schleier verliehen. Die Wände zeigten etliche Risse. Marcel stellte sich vor, dass sie als Sinnbild für Niklas' Seele standen. Die Möbel waren abgenutzt und schon jahrelang nicht mehr gepflegt worden. Holzspäne splitterten ab, Kratzer zogen sich über die Türen und undefinierbare Flüssigkeiten klebten darauf. Auf einem wackeligen Tisch stand ein alter Fernseher, dessen Bildschirm mit einer dicken Staubschicht bedeckt war. Überall lagen Zeitungen verstreut, die bis zu zwei Jahre zurückreichten.

Marcel lief zum Fenster, um das Zimmer aus einer anderen Perspektive zu betrachten.

Der Teppichboden klebte unter seinen Schritten. Auf dem zerfetzten Sofa lagen leere Flaschen und Zigarettenschachteln. Der Laptop, der zwischen all dem Müll stand, war offensichtlich das Neueste in der Wohnung.

»Meine Güte, wie konnte der Mann hier nur hausen?«, fragte er leise, erwartete aber keine Antwort.

»Wir haben diese Interviews gesehen, der Junge litt unter großen Schuldgefühlen. Der Zustand der Wohnung könnte die zermürbende Last widerspiegeln, die Niklas Dors in den letzten Jahren trug«, antwortete Konrad trotzdem.

»Sehe ich auch so.« Marcel fiel ein zerbrochener Bilderrahmen auf dem Boden hinter einer Anbauwand auf. Er zog den Schrank etwas vor.

Ein vergilbtes Foto lag in den Scherben, die sich auf dem Teppich verstreut hatten.

Marcel hob es hoch.

Es zeigte einen hübschen Jugendlichen mit vollen Wangen, der glücklich in die Kamera strahlte. Es war unverkennbar Niklas Dors, er sah genauso aus wie in den Videos, die die Zeugen geschickt bekommen hatten. Das Foto musste aufgenommen worden sein, kurz bevor die Geschichte mit dem getöteten Jungen ihn zerstört hatte.

»Ich habe mehrere USB-Sticks gefunden«, rief Wolfgang.

Marcel nahm sie ihm ab und schaltete den Laptop an, der auf dem Sofa stand. Er war erleichtert, dass er durch kein Passwort geschützt war.

Es leuchtete ein großes Foto auf dem Hintergrundbildschirm auf, das Niklas Dors' Mutter zeigte und offenbar erst vor Kurzem aufgenommen worden war.

Das Bild versetzte Marcel einen kleinen Stich, denn offensichtlich war ihm seine Familie nicht egal gewesen.

Er hatte sich wahrscheinlich nur in sich versteckt, weil er die Schuld nicht hatte ertragen können.

Marcel betrachtete die Sticks, die mit Nummern versehen waren. Er steckte den ersten ein und rief Konrad zu sich.

Darauf war das Interview, das die Cypercrime-Abteilung wiederhergestellt hatte. Deshalb sprang Marcel direkt zum dritten, bei dem Niklas erzählte, dass Tim durch den Wald gejagt worden war. Anschließend sah er sich den vierten Stick an.

In diesem Interview wurde der Tod des kleinen Jungen aufgeklärt.

»Ich bin schuld, ohne mich wäre das alles nicht passiert. Hätte ich nicht an dem Fenster gelauscht, wäre er am zweiten Tag freigekommen. Tim Reitz ist nur meinetwegen gestorben«, sagte Niklas Dors in dem Video. Dann endete es.

Marcel starrte auf den dunklen Bildschirm.

Konrad stand schweigend daneben.

Marcel schluckte einen dicken Kloß im Hals hinunter. »Niklas hat diesen Jungen nicht getötet, er hat sich all die Jahre umsonst gequält. Er hat sich nur die Schuld gegeben, weil er an diesem Fenster abgerutscht war, die Jugendlichen damit erschrocken hatte und somit deren Plan scheiterte.«

»Aber warum hat er Meinicke, Meier, Stricker und Jahnke mit diesen Videos bedroht?«, fragte Konrad.

»Herr Meinicke und Herr Meier sagten aus, dass Tims Bruder dieses Spielchen mit ihnen spielt. Wahrscheinlich der Junge hinter der Kamera. Vermutlich war Niklas nur sein Handlanger. Wir müssen dringend herausfinden, was das für ein Fall war, vielleicht können wir so den Bruder ausfindig machen.« Er rief Mareike an.

Sie nahm beim dritten Freizeichen ab. »Hallo Marcel, was gibt es?«

»Hast du in den Cold-Case-Akten etwas gefunden, das zu den Hinweisen passt? Wir haben jetzt den vollständigen Namen dieses Jungen, der vermeintlich getötet wurde. Er heißt Tim Reitz.«

»Das ist sehr hilfreich. Ich hatte zwei Tims, auf die das Verbrechen gepasst hätte. Augenblick«, sagte Mareike. »Jawohl, ich habe hier einen Tim Reitz. Soll ich dir die Infos zum Fall vorlesen?«

»Ja, bitte.«

Es klopfte noch ein Anrufer an.

»Moment, Mareike, ich habe jemanden in der Leitung und melde mich gleich zurück.« Marcel nahm den anderen Anruf entgegen. »Kommissar Schweißer.«

»Hier ist Rosie Vahl. Ich habe mit dem LKA gesprochen und gesagt, dass ich euch die Ergebnisse mitteile. Wir haben auch an der Leiche von Patrick Stricker DNA eures Verdächtigen Neumann gefunden. Das LKA faxt gleich alles zu euch. Von meiner Seite gibt es nichts weiter. Den vollständigen Bericht habe ich euch heute Morgen schon geschickt.«

»Alles klar, danke, Rosie.«

Bei dem Namen hatte Wolfgang kurz aufgeschaut, er lenkte seinen Blick aber schnell wieder auf seine Dokumentation.

Marcel legte auf und gab die Informationen der Rechtsmedizinerin an seine Kollegen weiter.

»Wenn der Bruder dieses Tims unser Täter ist, würde Neumann nicht passen«, sagte Konrad. »Der hat nie geheiratet und das ist auch sein Geburtsname.«

»Wir werden das noch prüfen, Tim hätte von einem anderen Vater sein und dessen Namen tragen können. Wir müssen Viktor Neumann finden, seine DNA ist bei beiden Opfern sichergestellt worden. Diese Jugendlichen auf den Fotos brauchen wir auch.« Marcel rief Mareike zurück. »Schieß los.«

»Okay, Tim Reitz wurde 1972 mit sechs Jahren entführt. Seine Eltern waren wohlhabende, bekannte Leute in Koblenz-Niederberg. Es kam eine Lösegeldforderung von 2000 D-Mark und eine Warnung, keine Polizei einzuschalten.«

»Wir wissen ja jetzt, dass es sich um Jugendliche gehandelt hat, deshalb wurde wahrscheinlich relativ wenig gefordert.«

»Die Eltern wollten einfach ihren Sohn wieder und haben die 2000 Mark am angegebenen Ort platziert«, fuhr Mareike fort. »Dann haben sie vergeblich auf Tim gewartet, der kurz darauf zu Hause auftauchen sollte.«

»Herrgott, warum haben sie denn keine Polizei gerufen?«, fragte Marcel.

»Sie haben es so begründet, dass sie wirklich Angst hatten, Tim nicht wiederzubekommen. Im Nachhinein haben sie selbst erkannt, dass das unüberlegt war.«

Marcel holte tief Luft. »Wie ging es weiter?«

»Ein Teenager hat einen Erwachsenen angesprochen, ihm anvertraut, dass Tim im Wald liegt und Hilfe braucht. So wurde die Leiche gefunden, daneben befand sich das Geld. Bis heute gibt es von den Tätern keine Spur. Die Polizei Koblenz hat vor circa zwanzig Jahren noch einmal DNA-Proben ausgewertet und an Tims Sachen welche sichergestellt. Doch der damalige Täter ist bis heute nie wieder in Erscheinung getreten.«

Marcel erzählte Mareike von den letzten beiden Videos, die sie in Dors' Wohnung gefunden hatten. »Wenn wir den

Interviews Glauben schenken dürfen, ist ein fahrlässiger Jugendstreich eskaliert und Tim dadurch zu Tode gekommen. Wir haben nur Vornamen dieser Jugendlichen, deshalb müssen wir Tims Bruder finden. Bisher hatten wir ja Neumann in Verdacht, die Nachnamen passen allerdings nicht. Hast du etwas über die Familie Reitz herausbekommen?«

»Neumann ist nicht der Bruder. Leonhard Reitz heißt er. Er war nur ein Jahr älter als Tim. Ich finde gleich heraus, wo er gemeldet ist.«

»Das wäre super. Er hat das stärkste Motiv für diese Taten. Rache am Mörder seines Bruders. Danke. Und Mareike, ich hatte heute sehr früh schon einen LKA-Kollegen am Telefon, der mir sagte, du hättest ihm gestern noch DNA-Proben vorbeigebracht. Das war lieb, vielen Dank, aber du hättest nicht extra die weite Strecke fahren müssen.«

»Keine Ursache. Ich war gestern Abend sowieso in Mainz. Es lag also auf dem Weg.«

»Ich bin froh, dass du in unserem Team bist. Die in Ludwigshafen haben einen Fehler gemacht, indem sie dich damals haben gehen lassen.«

Mareike lachte. »Ich melde mich, sobald ich was hab.«

Marcel legte auf und informierte Konrad über die Neuigkeiten.

»Fragt sich nur, warum Viktor Neumanns DNA an den Opfern zu finden war«, sagte Konrad.

»Womöglich gibt es mehrere Täter. Niklas Dors hat ja ebenfalls eine Rolle gespielt.«

Marcels Handy klingelte erneut.

Er nahm ab. »Kripo Koblenz, Kommissar Schweißer.«

»Guten Tag, hier spricht Schwester Elena von der Intensivstation im Stadtklinikum. Ich wurde angewiesen, Sie zu informieren, dass wir eben einen Herrn Viktor Neumann aufgenommen haben. Er ist in keinem guten Zustand und muss sofort operiert werden. Die Ärzte sagen, dass Sie ihn also nicht gleich befragen können.«

Marcels Herz schlug schneller. »Wie steht es um ihn?«

»Er hat schwere innere Blutungen, aber sterben wird er nicht.«

Erleichtert atmete Marcel aus. »Vielen Dank für den Anruf, wir schicken zwei Kollegen der Schutzpolizei, die Herrn Neumann bewachen werden. Sobald er vernehmungsfähig ist, müssen wir ihn sprechen.«

»In Ordnung, ich gebe das weiter. Auf Wiederhören.«

Marcel legte auf, informierte Konrad und wählte Mareikes Nummer.

Die nahm ab. »Hast du was vergessen?«

»Schick bitte einen Streifenwagen zum Stadtklinikum, sie haben Viktor Neumann.«

»Ich kümmere mich.«

»Danke.« Marcel rief bei Samuel Meinicke auf dem Festnetz an, weil er ihn fragen wollte, ob ihnen der Name Leonhard Reitz etwas sagte, doch es nahm niemand ab. Weil er nun wusste, dass Neumann wahrscheinlich nicht der alleinige Täter war, bereitete es ihm Sorge, den Zeugen nicht zu erreichen. Er wählte die Nummer der Leitstelle. »Schweißer hier. Kannst du mich bitte mit den

Kollegen verbinden, die Samuel Meinicke und Jan Meier überwachen?« Einen Moment später hatte er die Kollegin am Apparat, die mit ihrem Partner regelmäßig bei den Herren vorbeischaute. »Ich wollte mich nach den beiden Zeugen erkundigen. Es nimmt niemand ab. Warst du heute schon dort?«

»Ich war gleich früh am Morgen bei ihnen, so gegen halb neun, da hat mir Herr Meinicke gesagt, es sei alles okay. Sie wollten zum Frühstück zu seinen Eltern und meinten, die nächsten vier Stunden seien sie weg. Ich habe vor einer knappen Stunde geklingelt, da war noch niemand da.«

Marcels mulmiges Gefühl verstärkte sich. »Fahr jetzt noch einmal vorbei. Wir müssen die beiden dringend sprechen.« Er legte auf und schaute zu Wolfgang. »Braucht ihr uns hier?«

Dieser schüttelte den Kopf. »Ich denke, das, was wichtig war, haben wir bereits. Verschwindet.«

Marcel und Konrad eilten aus der Wohnung.

»Wir fahren trotzdem in die Klinik«, sagte Marcel. »Ich will Neumann sofort sprechen, sobald er ein Auge aufmacht. Und wenn Mareike die Meldedaten dieses Leonhard Reitz' hat, besuchen wir den.«

25

»Ich verliere meine Geduld. Schluss mit den Verhandlungen, ihr kommt sofort ins Kino oder ich erschieße die beiden auf der Stelle.« Richard griff nach der Waffe und richtete sie auf Jan.

Samuels Herzschlag beschleunigte sich. Er hatte die Hoffnung gehabt, dass ihre Väter einen Deal mit Richard aushandeln könnten, bei denen nicht noch jemand zu Schaden kommen würde.

Dieser Sadist hatte sich eine halbe Stunde lang offenbar köstlich amüsiert, während die Väter Vorschläge gemacht hatten. Doch diese Belustigung war nun wie weggepustet.

»Du hast gewonnen, wir kommen rein.« Samuels Vater ließ die Schultern hängen und öffnete die Tür des Autos, das schon seit einer Weile vor dem Kino parkte.

»Super, dann kann die Party losgehen. Alle Handys lasst ihr im Auto, ihr schaltet das hier nicht aus. Thomas, zeig mir, wie du dein Telefon ablegst. Kommt mit erhobenen Händen in Kinosaal 1, lauft nebeneinander zur Leinwand. Eine falsche Bewegung und ich strecke euch auf der Stelle mit einem Kopfschuss nieder. Dann habt ihr keine Chance mehr, eure Söhne zu retten.«

Samuel verkniff sich, laut loszuprusten. Inzwischen war ihm klar, dass ihre Väter niemals eine Chance gehabt hatten, sie zu retten.

Kurz darauf traten die beiden mit erhobenen Händen in den Kinosaal.

»Ich kann eure Angst bereits riechen«, sagte Richard und richtete seine Waffe auf sie. »Nur noch wenige Schritte, dann geht der Spaß endlich weiter.«

Die beiden kamen auf die Bühne.

Samuel spürte den Blick seines Vaters auf sich, doch er konnte ihn nach allem, was er erfahren hatte, nicht erwidern.

»Eigentlich sollte Jan schon längst tot sein. Ich wollte ihn über die Wiese jagen, so wie ihr es mit Tim gemacht habt, aber dieser Spielverderber Niklas und eure sturen Söhne haben den Plan versaut.«

»Niklas?«, fragte Samuels Vater irritiert.

Richard grinste. »Ja, genau der, der euch Mörder dabei beobachtet hat, was ihr Tim angetan habt. Er hatte solche Angst vor euch, dass er den Erwachsenen nie verraten hat, was passiert ist. Damit hat er sich mitschuldig gemacht. Es blieb ihm nichts anderes übrig, als mir zu helfen, doch er hat versagt.« Er zeigte durch den Saal. »Hier in dem Kino, in dem wir als Kinder schöne Stunden verbracht haben, bis ihr Arschlöcher dieses grausame Spiel mit Tim spielen wolltet, wird alles enden. Das große Finale. Eure Situation ist ausweglos. Jan und Samuel werden sterben, ihr dürft dabei zuschauen. Ihr könnt entscheiden, wer den qualvollen Erstickungstod so wie Tim stirbt und wer den schnellen Tod mit einem Gnadenschuss mitten in den Kopf bekommt.« Er ging an den Tisch und zeigte auf zwei gefüllte Weingläser. »In einem befindet sich Zyankali in rauen Mengen, in dem anderen ist nichts als vorzüglicher Wein.«

»Bitte, Richard, hör auf«, sagte Samuel mit bebender Stimme, weil er ahnte, was nun kommen würde.

»Nein, es gibt kein Zurück mehr.« Richard sah wieder zu den Vätern. »Ihr Super-Daddys dürft entscheiden, wer welches Glas austrinkt. Wer darf den qualvollen Tod sterben und wer den schnellen?«

Samuel sah im Augenwinkel, wie sein Vater heimlich auf seine Armbanduhr linste. Das hatte mit Sicherheit einen Grund.

»Du weißt, dass wir so eine Entscheidung nicht treffen können. Sie sind unsere Kinder, wir werden nicht bestimmen, wie sie sterben.« Die Stimme seines Vaters hatte gezittert.

»Du würdest sicher freiwillig das Gift trinken«, antwortete Richard. »Aber so funktioniert das Spiel nicht. Ihr sollt wählen. Meine Mutter traf damals eine verhängnisvolle Entscheidung. Sie zahlte das Lösegeld, anstatt die Polizei zu informieren. Dieser Fehler verfolgte sie ihr restliches Leben lang. Sie glaubte, dass sie euch gefunden und Tim gerettet hätten, wenn sie die Polizei gerufen hätte. Ich hingegen zweifle daran, dass Tim überhaupt eine Überlebenschance hatte. Deshalb gibt es auch für Jan und Samuel keine Hoffnung. Doch ich überlasse euch die Entscheidung, wer wie stirbt.«

»Es war nicht geplant, dass Tim ums Leben kommt«, wisperte Jans Vater. »Ich habe ihm doch gar nichts getan.«

Richard trat ganz nah an ihn heran. Seine Miene war eine wütende Fratze wie die eines Ungeheuers. »Richtig, du hast nichts getan, um meinen Bruder zu retten. Du hast ihn in der Hütte festgehalten, du hast nichts unternommen, als Oliver ihn mit bloßen Händen erwürgt hat und du hast entschieden, darüber zu schweigen.« Er ging noch ein Stück näher an ihn heran. »Glaubst du, Tim hatte es verdient, so qualvoll ermordet zu werden? Wegen einer Horde geldgeiler Jugendlicher? Wegen 2000 Mark? Er war erst sechs, ein kleiner Abenteurer, der das Leben genossen hat.« Richard hatte sich so in Rage geredet, dass Speichel aus seinem Mund spritzte. »Und dann lag das Geld auch noch neben seiner Leiche. Ihr habt es euch nicht mal eingesteckt.«

Jans Vater wich ein Stück zurück, erwiderte jedoch nichts.

Wieder nutzte Samuels Vater die Ablenkung, um auf die Uhr zu schauen. Irgendwas hatte er vor, vielleicht hatte er vorher doch einen Notruf abgesetzt.

Samuel musste Zeit schinden. »Tim hatte das auf keinen Fall verdient. Aber bitte töte uns nicht. Ich verspreche dir, ich sage alles der Polizei.« Samuel zeigte auf Jan. »Er auch.«

Dieser nickte hastig.

»Das ist vergebene Liebesmüh, keiner kommt hier lebend raus.« Richard hielt die Waffe an die Schläfe von Samuels Vater. »Wie soll dein Sohn sterben?«

»Ich habe noch eine Frage«, sagte Samuel in einem weiteren Versuch, Zeit zu schinden. »Was passiert, wenn ich das Gift trinke?«

»Du wirst zunächst von schlimmen Krämpfen geplagt werden, dir die Lunge aus dem Leib kotzen, dann werden Atemnot und Hyperventilation einsetzen, bis du schließlich erstickst - genauso wie es Tim ergangen ist.« Richard funkelte ihn zornig an. »Jetzt verschwende meine Zeit nicht weiter, sonst werde ich euch beiden einen Schlauch in den Rachen rammen und dieses Gift einflößen.« Er richtete die Waffe auf das Gesicht von Samuels Vater. »Entscheidet euch jetzt!«, brüllte er.

Jan, der die ganze Zeit nicht gesprochen hatte, zitterte. Sein Gesicht war so weiß, dass Samuel Sorge hatte, er würde gleich tot umfallen. Das wäre allerdings egal, weil sie sowieso alle sterben sollten.

»Du hast Tim die Kehle zugedrückt, Oli«, sagte Jans Vater, der weinte. »Es ist doch nur fair, wenn Samuel für deine Tat bezahlt. Ich werde nicht zulassen, dass mein Sohn dafür einen qualvollen Tod stirbt.«

»Sehr interessante Entwicklung«, erwiderte Richard lächelnd. »Was meinst du dazu, Oliver?«

»Ich weiß, dass ich einen großen Fehler gemacht habe, ich wollte Tim nicht töten. Dafür kann ich meinen Sohn nicht büßen lassen. Ich trinke das Zyankali und die anderen gehen.«

»Das ist keine Option.« Richard richtete wieder die Waffe auf Samuels Vater. »Entscheide dich jetzt!«, brüllte er. »Sonst erhalten sie beide das Gift.«

Samuel liefen Tränen aus den Augen. Zu wissen, dass er qualvoll sterben sollte, löste mit Abstand das schlimmste Gefühl aus, das er je verspürt hatte. Er schaute zu seinem Vater und nickte ihm kaum merklich zu. Es war nicht fair, dass er für dessen Taten büßen musste, aber er wollte auch nicht, dass Jan den grausamen Erstickungstod sterben würde.

Die letzten Tage hatten Samuel müde gemacht, er sehnte sich nach Frieden. Es war ihm egal, wie er starb, Hauptsache, es war zu Ende.

Es gab für niemanden einen Ausweg.

»Oliver, ich bitte dich. Du bist schuld an diesem ganzen Dilemma. Bitte triff wenigstens jetzt die richtige Entscheidung«, flehte Jans Vater.

»Sam«, flüsterte sein Vater und brach auch in Tränen aus.

»Wie bitte? Ich konnte dich nicht verstehen«, hakte Richard grinsend nach.

»Sam soll das Gift trinken«, wiederholte sein Vater, dessen Beine wackelten.

»Wunderbar. Das war doch gar nicht so schwer«, frotzelte Richard. »Ich habe damit gerechnet, dass eure Freundschaft hier nicht mehr zählt und Thomas alles auf dich abwälzt. Ziemlich langweilig, oder?« Sein eiskaltes Grinsen ließ Samuel einen Schauer den Rücken hinunterlaufen. »Deshalb bestimme jetzt, welches Glas er trinken muss, Oliver. In welchem ist wohl das Gift?«

»Was macht das für einen Sinn?«, fragte Samuel. »Er hat entschieden, nun gib mir das blöde Glas mit dem Zyankali.«

»Es tut mir sehr leid. Dein Papa muss raten, in welchem es ist. Wenn du ganz viel Glück hast, bekommst du den Gnadenschuss.«

»Du bist ein widerliches Arschloch«, schrie Jan. »Dafür wirst du in der Hölle schmoren.«

»Da habe ich aber Angst. Es ist mir egal, wo ich schmore, die Hauptsache ist, dass diese Mörder bestraft werden. Also, Oliver, welches Glas soll dein Sohn austrinken?«

Jans Vater starrte Samuels mit offenstehendem Mund an.

Würde nicht gleich eine Schar Polizisten in dieses alte Kino stürmen, wären sie alle vier bald tot.

»Sag schon. Setz dem Ganzen ein Ende, ihr habt keine Alternative«, forderte Richard Samuels Vater erneut auf.

Unter Tränen zeigte dieser auf eines der Gläser. Er schluchzte.

Die Hoffnung, dass sein Vater zuvor die Polizei verständigt hatte, war mittlerweile verschwunden, denn diese hätte längst eingegriffen.

»Prost, Samu. Lass es dir schmecken.« Richard lachte fröhlich, als säßen sie nett zusammen und hätten Spaß, so wie sie es schon unzählige Male getan hatten.

Mit zittrigen Händen nahm Samuel das Glas. Dann sah er seinem Vater tief in die Augen.

»Es tut mir leid, ich hätte dir gern erklärt, was passiert ist. Ich wollte Tim nicht töten.«

Samuel pfiff auf diese Entschuldigung, er wollte zu diesem Menschen nichts mehr sagen. Er schaute noch einmal zu Jan. »Es tut mir leid, dass ich uns nicht retten konnte. Danke, dass wir die ganze Zeit zusammengehalten haben.« Er setzte das Glas an die Lippen.

Jan sah ihn mit weitaufgerissenen Augen an. Wahrscheinlich empfand er eine Mischung aus Panik, dass er gleich sterben würde, und Hoffnung, dass nicht er das Gift bekam.

Die Stille, die über den alten Kinosaal hereinbrach, war trotzdem laut. Als würde der Schmerz aller Seelen schreien.

Die anderen starrten auf Samuel, keiner rührte sich.

Er krallte sich an der Tischkante fest, riss die Augen panisch auf und schnappte nach Luft. Dann krachte er auf den Boden.

Sein Vater schrie schmerzerfüllt.

26

Marcel jagte über den Parkplatz des alten Kinogebäudes, das aus den frühen Siebzigern stammte. Sein Herz raste. Er hoffte, dass sie nicht zu spät kamen.

Sie waren gerade aus der Tür der Wohnung getreten, als der Anruf von der Mutter des getöteten Patrick Stricker gekommen war. Sie hatte gesagt, dass die Väter von Samuel Meinicke und Jan Meier zum alten Kino gefahren waren, um ihre Jungs zu retten. Diese wurden dort festgehalten. Der Täter hatte den Vätern untersagt, die Polizei zu rufen. Frau Stricker und Frau Jahnke hatten dieser Forderung erst folgen wollen. Weil die Herren Meinicke und Meier sich weder meldeten noch zurückkamen, riefen die beiden Frauen doch die Polizei. Leider erst eine Dreiviertelstunde nachdem die beiden Männer aufgebrochen waren.

Hoffentlich ließ sich der Täter Zeit, um seine Rache auszukosten, dann schaffte das Einsatzteam es vielleicht, ihn zu überwältigen, bevor es weitere Leichen gab.

Der Motor des Dienstwagens heulte auf, als er mit quietschenden Reifen vor zwei parkenden Autos zum Stehen kam.

Konrad öffnete die Tür und sprang heraus.

Marcel folgte ihm.

Vorsichtig liefen sie an die Wagen heran und kontrollierten, ob jemand darin saß.

Die Autos waren leer.

Das SEK, das Marcel angefordert hatte, und mehrere Rettungswagen kamen hinzu.

Marcel gab kurz Anweisungen, dann rannte er vor in das brüchige Gebäude.

Leise eilten sie durch die Eingangshalle.

Mit Fingerzeichen teilte er die Kollegen ein, die drei Kinosäle zu stürmen.

Er, Konrad und zwei weitere Beamte nahmen den ersten Saal. Schon als sie an der Schwenktür ankamen, hörte er Stimmen. Vorsichtig lief er hinein.

Sofort knallte ein Schuss, der nachhallte, jedoch Gott sei Dank niemand getroffen hatte.

»Polizei«, schrie Marcel. »Nehmen Sie sofort die Waffe runter, Herr Reitz!«

Ein zweiter Schuss folgte, der nur knapp neben ihm in die Wand einschlug.

Schnell versteckten sich die Beamten hinter den heruntergekommenen Sitzen.

»Sie sind umzingelt«, rief Marcel. »In dem Kino wimmelt es vor Polizisten, also ergeben Sie sich.«

»Ganz sicher werde ich das nicht tun. Ich habe hier

einiges zu erledigen. Einer dieser Mörderabkömmlinge ist bereits mit Zyankali vergiftet. Ich vernichte noch den restlichen Abschaum, dann können wir reden.«

Der muffige Geruch aus den verstaubten Sitzpolstern kitzelte Marcel in der Nase. Er musste niesen. Die Dunkelheit in dem hinteren Bereich hatte ihm eben das Leben gerettet, er durfte seine Position nicht so leicht preisgeben. Er brauchte dringend ein wenig Orientierung. Durch die Schlitze zwischen den Sitzen konnte er einen Blick auf die Leinwand erhaschen und schemenhaft die Umrisse von Menschen erkennen.

Einer lag am Boden und wälzte sich. Wahrscheinlich das Opfer, das das Gift getrunken hatte.

Leonhard Reitz verharrte hinter einem Tisch und richtete seine Waffe in den Saal. Er hielt eine Geisel fest. Eine andere Person stand daneben und eine saß an dem Tisch.

In Marcels Adern pulsierte das Blut. »Sie wissen, dass wir nicht zusehen werden, wie Sie drei Personen vor unseren Augen töten. Es wird für Sie nicht gut ausgehen. Seien Sie vernünftig und ergeben Sie sich. Es gab schon genug Opfer.«

»Ich lasse mich nicht ins Gefängnis stecken«, schrie Reitz. »Niemand wird mich von hier wegbringen, ehe mein Plan zu Ende ist.«

Marcels Atem rauschte in seinen Ohren. »Es ist vorbei, Herr Reitz«, rief er mit fester Stimme. »Wenn Sie die Waffe noch ein einziges Mal nutzen, nur mit dem Finger zucken, werden wir Sie erschießen. Sie kommen hier nicht mehr als freier Mann raus. Das ganze Kino ist von Polizisten umzingelt. Lassen Sie sie fallen, dann klären wir das auf eine vernünftige Weise.«

Leonhard Reitz lachte höhnisch. »Es gibt nichts zu klären. Dieser Abschaum hat es nicht anders verdient. Jeder der Mörder verliert das jüngste Kind, so wie es meine Eltern erleiden mussten.«

»Wir wissen, was Ihnen und Ihrer Familie widerfahren ist. Das war wirklich schlimm. Wir werden uns darum kümmern, dass die vier ihre gerechte Strafe bekommen. Ihr Bruder und Ihre Mutter würden nicht wollen, dass es für Sie tödlich endet.« Marcel drehte sich um, weil er Konrad auf die andere Seite schicken wollte, der war aber nicht mehr bei ihm. Kurz verschaffte sich Marcel einen Überblick.

Neben ihm versteckten sich zwei Kollegen ebenfalls hinter einem Sitz. Hinter ihm hatten sich Kollegen des SEKs aufgestellt.

»Wurde aus Ihrer Familie jemand getötet? Wissen Sie, wie sehr es wehtut?«, fragte Leonhard Reitz.

Nein, aber ich weiß, wie es ist, eine Mörderin in der Familie zu haben. Marcel bemerkte, dass er die Sache mit einem Gespräch nicht lösen würde, Leonhard Reitz war nicht gewillt, so einfach aufzugeben. Er hoffte, dass all seine Kollegen bereit waren und den Täter sicher im Visier hatten. Vorsichtig trat er aus seiner Deckung hervor, um näher an den Täter zu gelangen.

Ein weiterer Schuss hallte durch den Raum.

Marcel spürte einen stechenden Schmerz in seinem Bein. Er taumelte, stützte sich auf einem Kinositz ab und zwang sich, die Zähne zusammenzubeißen. Wieder suchte er Deckung. »Verflucht.« Er hielt sich das Bein.

»Waffe runter«, brüllte Konrad.

Ein weiterer Schuss und ein lautes Poltern ertönten.

»Sicher«, schrie Konrad.

Mehrere Kollegen stürmten nach vorn.

Sterne tanzten vor Marcels Augen, er konnte nicht aufstehen. Er biss sich auf die Lippe, um sich von dem Schmerz an seinem Oberschenkel abzulenken. Es nützte nichts.

»Marcel?«, rief Konrad.

»Ich bin hier.« Mühsam versuchte er, sich an einem Sitz hochzuziehen. »Ich wurde getroffen.«

Konrad stürzte auf ihn zu. Er packte ihn, brachte ihn aus dem Kinosaal und legte ihn in den Eingangsbereich. Dort sah er sich die Wunde an. »Keine Gefahr mehr«, funkte er durch. »Ich brauche schnell einen Notarzt hier drin.«

»Habt ihr Reitz erschossen?«, fragte Marcel.

Konrad presste eine Hand auf die Wunde. »Nein, ich habe ihm einen ordentlichen Kinnhaken verpasst.«

Marcel schmunzelte.

Die Kollegen brachten Leonhard Reitz in Handschellen aus dem Kinosaal.

Dieser warf Marcel einen vernichtenden Blick zu.

Er hatte schon etliche solcher bekommen und jedes Mal wieder dachte er sich, dass er nur hoffen konnte, dass Täter ihre Rachefantasien, die sie in diesem Moment wahrscheinlich hegten, nie wahr machen würden.

»Es war wirklich vorschnell von dir, dass du dich aus der Deckung gewagt hast. Ich hatte schon einen Weg entdeckt, um mich ranzuschleichen«, schimpfte Konrad.

»Ich wollte näher zu ihm und hatte gehofft, dass er mich in der Dunkelheit nicht richtig sieht. Die ersten Male hat er auch ins Nichts getroffen.«

Ein Notarzt und Sanitäter eilten herbei. Sie knieten sich vor Marcel auf den Boden.

»Gehen Sie schnell in den Saal, dort liegt eine Person mit einer Vergiftung«, sagte Marcel. »Mein Bein ist nicht so schlimm. Es ist nur ein Streifschuss.«

In diesem Moment wurden vier Männer hinausgeführt. Keiner dieser sah aus, als hätte jemand eine Vergiftung.

»Aber …« Marcel sah alle verdutzt an. »Ich dachte, es wäre einer vergiftet worden.«

Samuel Meinicke nickte. »Ich habe geschauspielert und inständig gehofft, dass Sie bald kommen. Es gab zwei Optionen. Entweder ich hatte das Gift wirklich getrunken, dann wäre es halt so gewesen, oder ich hatte das Glas mit dem Wein erwischt. Ich hatte Glück. Um Jan zu schützen, habe ich entschieden, so zu tun, als ob das Zyankali in dem Glas war. Ich habe gebetet, dass ich so etwas Zeit gewinne und Sie rechtzeitig da sind, um uns zu retten. Danke, Kommissar.«

»Das war ein riskanter Plan. Woher wussten Sie, dass wir kommen?«, sagte Marcel.

»Ich wusste es nicht. Aber ich habe beobachtet, dass mein Vater ständig auf die Uhr gestarrt hat. Da habe ich gehofft, dass er es vorher irgendwie geschafft hatte, einen Notruf abzusetzen.«

Oliver Meinicke sah niedergeschlagen und kreidebleich aus. »Als der Anruf vom Täter kam, dass er unsere Söhne hat, haben Thomas und ich entschieden, zum Kino zu fahren.«

»Das war eine unverantwortliche Idee, sie hätten nicht allein herkommen dürfen«, schimpfte Konrad.

»Wir hatten gehofft, dass wir mit dem Täter reden können, damit er unsere Söhne in Ruhe lässt und lieber uns bestraft. Aber unsere Verhandlungen liefen ins Leere, deshalb haben wir uns ihm gestellt. Ich habe gebetet, dass irgendwer doch die Polizei gerufen hat. Meine Frau und die Mütter der anderen Opfer wussten, dass wir zum Kino unterwegs waren. Die haben sich bestimmt Sorgen gemacht, als wir nach so langer Zeit keine Entwarnung gegeben haben. Ich habe gehofft, dass sie daraufhin die Polizei verständigen würden, obwohl es uns der Entführer verboten hatte.«

Marcel verzog vor Schmerzen das Gesicht. »Sie gehen bitte mit meinen Kollegen«, sagte er. Dann ließ er sich vom Notarzt mitnehmen, der seine Verletzung verbunden hatte.

27

14. Januar 2022

Marcel humpelte über den Flur zu Befragungsraum 3 und setzte sich hinter die Scheibe.

»Was machst du hier?«, fragte Stefan. »Ich dachte, du bist krankgeschrieben.«

»Bin ich, deshalb befinde ich mich nicht dort drin.« Marcel zeigte in den Raum, in dem Leonhard Reitz mit seinem Anwalt gegenüber von Konrad und Mareike saß. »Ich habe mich von dem Kerl anschießen lassen, jetzt möchte ich wenigstens die Aufklärung nicht verpassen.«

Stefan schüttelte den Kopf. »Kein Wunder, dass die Ehen der meisten Kriminalbeamten nicht halten, wenn sie sogar im Krankenstand arbeiten.«

Marcel grinste. »Gut, dass meine Frau sehr tolerant ist. Und deine auch.«

Konrad startete mit der Vernehmung, belehrte den Beschuldigten und sagte ihm, dass das Gespräch aufgezeichnet wurde. »Herr Reitz, Sie haben bei Ihrer Festnahme bereits die Morde an Patrick Stricker und Yvonne Jahnke zugegeben, ebenso die Bedrohungen gegen sowie die Freiheitsberaubung von Samuel Meinicke und Jan Meier. Wir haben diesbezüglich noch einige Fragen. Als Beschuldigter haben Sie das Recht zu schweigen. Sind Sie bereit, eine Aussage zu tätigen?«

»Bin ich. Und ich bleibe dabei, dieser Abschaum hat es nicht anders verdient. Samuel und Jan müssen auch noch sterben.«

Reitz' Rechtsanwalt räusperte sich und warf seinem Mandaten einen scharfen Blick zu.

»Ach, sparen Sie sich Ihr Getue.« Leonhard Reitz lehnte sich im Stuhl zurück. »Fragen Sie«, sagte er an Konrad gewandt.

»Sie haben sich unter falschen Identitäten in die Leben der vier Opfer geschummelt. Bei Yvonne Jahnke agierten Sie als Falk Vorrink, bei Patrick Stricker als Manfred Wolf, bei Samuel Meinicke als Richard Pfahl und bei Jan Meier als Bernd Ketterer. Soweit korrekt?«

»Richtig. Verzeihen Sie mir deshalb, dass ich als Falk Vorrink noch nicht zur Aussage gekommen bin«, sagte Leonhard Reitz in einem arroganten Tonfall und grinste. »Ich musste sichergehen, dass alle sterben, ehe mein kleines Geheimnis aufgedeckt wird. Hach, die vier waren so naiv und haben mir jedes einzelne Wort abgenommen. Nicht mal, dass ich über zwanzig Jahre älter war als sie, hat sie gestört.«

»Wie viele Jahre haben Sie dieses Spielchen gespielt?«, fuhr Konrad fort.

»In etwa fünf. Ich habe dank Neumann und Dors nur ein Jahr zur Vorbereitung gebraucht, dann habe ich mich in die Familien geschlichen. Erst einmal musste ich viel Vertrauen aufbauen, habe alles über sie herausgefunden, denn sie sollten mich immer auf dem Laufenden halten. So konnte ich jeden ihrer nächsten Schritte wissen, wann sie zur Polizei gehen, ob sie sich treffen, über was sie sich unterhalten. Meine vier neuen Freunde sollten mich so sehr mögen, dass sie mich zu Geburtstagen und anderen Feiern einladen, damit auch ihre Eltern mich kennenlernen. Diesen näherzukommen, war übrigens der schwerste Teil, denn ich musste meine Wut im Zaum halten. Es hätte sein können, dass mich einer von ihnen erkennt. Je enger die Freundschaft auch mit den Eltern war, desto größer war die Chance, dass ich mich an ihrem Leid ergötzen konnte. Das lief wie geschmiert. Sie haben mich angerufen, mir vorgeheult, dass ihre Kinder nicht nach Hause gekommen sind, haben mir erzählt, wie viel Sorgen sie sich machen. Das Beste war, als Claudia und Petra mir unter Tränen mitgeteilt haben, dass Yvonne und Patrick tot sind. Ich habe den besorgten Freund gemimt. Es war so schön, diese Qualen zu sehen.« Leonhard lachte laut.

Marcel war fassungslos, wie lange dieser Mensch an einem Racheplan gearbeitet und mit welcher Präzision er ihn umgesetzt hatte.

»Sie sind mit ihren Eltern weggezogen, als sie fünfzehn waren. Von dort können Sie nicht mitbekommen haben, welche Wege die vier Jugendlichen von 1972 eingeschlagen haben. Wie haben Sie von den vier Kindern der Ihnen bekannten Personen erfahren?«

»Da ist mir Viktor Neumann zugutegekommen, dieser dreckige Verräter. Er war nach dem Mord an Tim ständig bei meinen Eltern, als wir noch in Koblenz gewohnt haben. Hat ihnen sein aufrichtiges Mitgefühl bekundet, gezeigt, dass er mit uns trauert. Ich habe die ganze Zeit geglaubt, dass er ein guter Junge war, der uns beiseitegestanden hat. Bis mir Niklas anderthalb Jahre nach Tims Tod erzählt hat, dass Neumann von dieser Entführung gewusst hat. Viktor hat zu der Gang um Oliver gehört, aber er wollte bei diesem grausamen Spiel nicht mitmachen. Er hat es gewusst und nicht verhindert.«

»Das Geheimnis haben Sie für sich ausgenutzt, um an die vier zu gelangen?«

»Richtig. Neumann hat immer noch in Niederberg gewohnt und über ihn konnte ich an Informationen zu der ehemaligen Clique kommen. Ob sie noch dort leben, wie viele Kinder sie haben und so weiter. Viktor hatte zwar nichts mehr mit ihnen zu tun, aber man hat sich gekannt. Oliver hat ihn sogar gelegentlich angerufen und gefragt, wie es ihm gehe.« Reitz holte tief Luft.

»Warum konnten Sie die Sache nicht einfach auf sich beruhen lassen?«, fragte Konrad.

»Ich habe ja versucht, mit allem abzuschließen. Das neue Leben mit meinen Eltern in Bochum war jedoch der reinste Albtraum. Mein Vater hat nur gesoffen, meine Mutter ist an ihrer Trauer um Tim erstickt. Ich war ein lästiges Anhängsel. Um die Familie zusammenzuhalten, habe ich versucht, etwas Vernünftiges aus mir zu machen. Ich habe mein Abitur geschafft, danach Germanistik studiert und irgendwie versucht, meine Eltern am Leben zu halten.« Leonhard Reitz riss die Augen auf. »Jeden Tag wurde ich an dieses Elend mit Tim erinnert. Jeden Tag hat meine Mutter geweint, sich Gerechtigkeit gewünscht. Jeden Tag habe ich die Kotze meines Vaters aufgewischt. Und dann sind sie innerhalb eines Jahres gestorben. Er an Leberzirrhose und sie hat sich aufgehängt. Es war die Schuld dieser vier Kindermörder.«

»Und nach dem Tod Ihrer Eltern haben Sie entschieden, sich zu rächen?«, hakte Konrad nach.

»Nicht ganz. Ich habe erst versucht, ein eigenes Leben zu führen, weil ich gedacht habe, ohne das Elend meiner Eltern würde es mir besser gehen. Während meiner Arbeit als Lektor in einem renommierten Verlag bin ich aber auf Viktor Neumann gestoßen. Er hat für den Verlag Kinderbuchillustrationen angefertigt.« Leonhard Reitz schüttelte den Kopf. »Ich konnte es nicht fassen, als ich seine Visage in dem Katalog der Mitarbeiter gesehen hab. Wieder wurde ich daran erinnert, wieso mein Leben so scheiße verlaufen ist. Da fasste ich diesen Plan.«

»Und Herr Neumann sollte ein Teil davon sein?«

»Korrekt, ich habe in seiner Vita gesehen, dass er noch in Koblenz-Niederberg lebt. Ich habe ihn angerufen.« Leonhard Reitz lachte. »Sie hätten diese Stille am Ende der Leitung hören müssen, sie war voller Schock. Erst habe ich ihn belanglos nach seinem Befinden gefragt und ob er was von den anderen weiß. Als ich die Informationen hatte, dass sie alle noch immer in Koblenz leben und Kinder haben, habe ich meine Zelte in Bochum abgebrochen. Geld hatte ich zuhauf, meine Eltern waren stinkreich und haben mir viel vererbt. Ich brauchte nicht arbeiten gehen, ich konnte mich ganz entspannt um meinen Plan kümmern.«

»Und Viktor Neumann war bereit, Ihnen dabei zu helfen?« Konrad saß seelenruhig vor dem Tatverdächtigen, während in Marcel Unruhe tobte.

Würde er die Befragung führen, würde er wahrscheinlich schon lauter werden.

»Nicht freiwillig«, antwortete Reitz. »Ich habe ihn mit seiner Schuld erpresst. Schließlich hätte er das Verbrechen verhindern können, wenn er damals meinen Eltern gesagt hätte, wer Tim entführt hat. Die Schuld hat ihn aufgefressen, er hatte keine Freunde, hat sich lieber weggeschlossen und seine Bildchen gemalt. Deshalb musste er nicht sterben, aber für mich arbeiten, ansonsten hätte ich seiner liebreizenden Tochter einen Besuch abgestattet.«

Konrad verschränkte die Arme. »Wie sah seine Aufgabe aus?«

»Ich habe ihn gezwungen, die Illustrationen von Tim auf den Puzzleteilen anzufertigen.«

»Warum haben Sie kein richtiges Foto von Ihrem Bruder genommen?«

»Was für eine unnütze Frage. Ich hatte keine Bilder von ihm, wie er in der Hütte gesessen hat, zu fliehen versucht hat, panisch über die Wiese gerannt ist und von diesen Arschlöchern gefasst wurde. Viktor hat Talent. Er hat meinen Bruder und das Verbrechen perfekt getroffen.«

»Und dieses fünfte Teil, das Neumann selbst hatte, kam von Ihnen?«

»Natürlich. Es sollte ihn daran erinnern, dass ich die Wahrheit kenne und dass auch er schuld an Tims Tod ist.«

»Haben Sie ihn so zugerichtet, weil er sich geweigert hat?«

»Es war ein bisschen anders. Die Illustrationen hat er gezeichnet, weil ich gedroht habe, seine Tochter zu besuchen. Eine Tracht Prügel hat er kassiert, weil er mir nicht bei anderen Dingen zur Hand gehen wollte. Es ist kaum möglich, so einen großen Plan allein auszuführen.«

»Wobei genau sollte er Ihnen helfen?«

»Beim Wegschaffen der Leichen zum Beispiel. Er sollte Kontakt zu den vieren aufnehmen, damit er sie überall hinlocken konnte, wo ich sie haben wollte. Meine vier Persönlichkeiten durften nicht auffliegen. Er wollte allerdings nicht die Mitschuld an einem Mord haben. Aber er hat es genauso verdient, für sein Schweigen von damals bestraft zu werden.«

Konrad schaute den Mann ruhig an. »Haben Sie dafür gesorgt, dass wir seine DNA bei den Leichen finden und dass er im Haus von Yvonne Jahnke war?«

»Genau. Die Idee ist mir spontan gekommen, weil er mir nicht helfen wollte. Da dachte ich mir, ich kann ihn ja verdächtig machen, und hab seine DNA platziert. Ich habe ihn aus dem Krankenhaus geholt, damit der neue Plan klappt. Er war derjenige, der Tim hätte retten können, also war es nur fair, dass ich ihn mit hineinziehe.«

»Was war Viktor Neumanns Aufgabe im Haus von Frau Jahnke?«, fuhr Konrad fort.

Leonhard Reitz zuckte die Schultern. »Es sollte die Ermittlungen auf die falsche Fährte führen. Ich wusste von Samuel, dass Patrick, Jan und er vergeblich auf Yvonne gewartet und deshalb geplant haben, bei ihr nachzuschauen. Schließlich hatte ich denen mit der falschen Kunstausstellung einen ordentlichen Schrecken eingejagt, es war also logisch, dass sie sich sofort Sorgen gemacht haben. Also habe ich Viktor zu dem Haus gefahren, ihm gesagt, dass er den dreien die Tür öffnen und danach verschwinden soll. Hat perfekt funktioniert.«

»Die Männer hätten auch gleich die Polizei rufen können, dann wäre dieser Plan nicht aufgegangen.«

»Klar, es war risikoreich. Doch Viktor hätte sich nie getraut, mich zu verraten, dafür habe ich im Vorfeld gesorgt. Er wollte nicht, dass seiner süßen Tochter etwas passiert, eher wäre er ins Gefängnis gegangen. Ich hatte nichts zu befürchten. Aber Samuel und die anderen beiden haben ja genau so agiert, wie ich es gehofft habe.«

Konrad blieb einen Moment still und schaute Leonhard Reitz nur an.

Marcel schüttelte den Kopf. »Dieser Mann hat über Jahre einen Racheplan geschmiedet, das ist kaum zu begreifen.«

Stefan blies Luft aus den Wangen. »Ich befürchte, dass man ihm Unzurechnungsfähigkeit durch psychische Erkrankungen von starker Ausprägung attestieren wird. Seine Vergangenheit hat einen Täter aus ihm gemacht.«

Marcel nickte schweigend.

»Fahren wir mit Niklas Dors fort«, sagte Konrad. »Auch ihn haben Sie in Ihren Plan einbezogen.«

Reitz nickte. »Natürlich, schließlich trägt er ebenso Schuld. Er hat damals alles beobachtet und Tim nicht geholfen. Es war sehr einfach, ihn zu zwingen. Er hatte Angst vor mir, denn ich habe ihn ja interviewt. Damit hatte ich Beweise gegen ihn. Er hat, ohne zu zögern, alles getan, was ich wollte, weil ich ihm damit gedroht habe, ihn der Polizei auszuliefern.«

»Welche Rolle hatte er bei Ihrem Rachefeldzug?«, fragte Konrad.

»Samuel wollte dafür sorgen, dass er und Jan sich nicht mehr trennen. Patrick war zu diesem Zeitpunkt bereits tot, das wussten die anderen beiden nur noch nicht. Ich war darüber informiert, in welchem Café sich die zwei treffen, und habe Niklas befohlen, dass er Jan zu der Hütte bringt. Mir war egal, wie, mein drittes Opfer sollte nur lebend und allein sein. Aber dieser Nichtsnutz hat das nicht hinbekommen, Samuel und Jan waren beide in diesem Transporter. Niklas hat mich angerufen und wollte Anweisungen, was er tun sollte. Ich habe ihn angeschrien, dass ich in dem Wald warte, um Jan zu töten, und dass er Samuel schnellstens loswerden soll. Zwei Stunden ist er durch die Gegend gegurkt und hat trotzdem beide mitgebracht. Er hat auch noch in meinen Plan eingegriffen, indem er ihnen das Video von Patricks Tod gezeigt hat. Das sollte nur Jan sehen. Dann hat er entschieden, sie gehen zu lassen. Er kann

von Glück sprechen, dass er sich in die Luft gejagt hat.«
Leonhard Reitz schlug auf den Tisch. »Aber immerhin
hatten Samuel und Jan so richtig die Hosen voll.«

»Nur dass diese Angst den falschen Menschen zukam,
die rein gar nichts mit dem Vorfall vor fünfzig Jahren
zu tun hatten.« Dieses Mal hatte Konrads Stimme einen
wütenden Unterton gehabt.

»Das sehe ich anders. Mir war doch klar, dass ...«

Der Rechtsanwalt räusperte sich erneut. »Sie sollten
jetzt still sein.«

»Nein, ich rede. Jeder kann wissen, warum ich das
getan habe.« Reitz grinste. »Ich gebe auch gern Interviews
an Zeitungen.«

»Warum haben Sie die Kinder der damaligen Clique
ausgewählt und nicht die vier selbst?«, fuhr Konrad
fort.

»Es war mein Ziel, dass Oliver, Thomas, Claudia und
Petra das gleiche schreckliche Gefühl wie meine Eltern
durchmachen. Mir war bewusst, dass die vier zu Mami
und Papi rennen werden, ich habe ja gedroht, diesen
etwas anzutun. Sie mussten sichergehen, dass ihren
Eltern nichts passiert. Ich wette, dass denen sofort klar
war, was dahintersteckt, als sie von dem Puzzleteil mit
einem blonden, kleinen Jungen drauf gehört haben.«

Marcel fragte sich noch immer, wie diese Eltern es so
weit kommen lassen konnten, dass ihre Kinder diesem
Verbrechen ausgesetzt waren. Sie hatten lieber an ihrem
Abkommen festgehalten, niemals über diese Sache zu
sprechen, als ihre eigenen Kinder zu retten.

Er erinnerte sich an die Befragung von Yvonne Jahnkes Mutter, in der er ihr ein Foto von Neumann und dem Puzzle gezeigt hatte. Sie hatte komisch reagiert. Nun begriff er auch, wieso. Sie kannte Neumann und wusste, um welchen Jungen es sich gehandelt hatte. Doch sie hatte beschlossen zu schweigen.

»Sie haben das Spielchen mit den Puzzleteilen also durchgezogen, um die damaligen Jugendlichen zu erschrecken?«, fragte Konrad.

»Richtig. Oliver hat früher gern gepuzzelt und hatte immer ein Teil als Glücksbringer einstecken. Nachdem er Tim mit bloßen Händen erwürgt hatte, hat er ein Puzzleteil auf ihn gelegt, darauf stand: *Es tut mir leid.* Er hat wirklich geglaubt, damit wäre alles wieder gut.« Der Beschuldigte hob die Hände. »Tja, das habe ich mir als Botschaft zu eigen gemacht und es durch das ganze Spiel gezogen. Ich wollte dafür sorgen, dass sie sofort ahnen, worum es geht, und sie verhöhnen, wenn sie das Puzzleteil sehen, das bei den Leichen ihres Kindes gefunden wurde.«

Das hat wunderbar geklappt, dachte Marcel.

Stefan sprach es laut aus.

»Sie haben Viktor Neumann ebenso mit einem bedroht, bei Niklas Dors haben wir keins gefunden. Hat er keins erhalten?«

»Die Videos von damals waren für Niklas Drohung genug.«

»Warum haben sie ihn früher interviewt?«

Der Beschuldigte lachte. »Glauben Sie nicht, ich hätte vor fünfzig Jahren schon Rache im Kopf gehabt. Als Kind war mein Wunsch, Journalist zu werden und Menschen zu interviewen. So wie es die Reporter mit meinen Eltern gemacht haben. Mein Vater schenkte mir eine Videokamera, ich war der Einzige in Niederberg, der so was besaß. Die waren sehr teuer. Ich bin oft mit der Kamera in den Wald gegangen und wollte schöne Aufnahmen machen. Eines Tages habe ich diese Hütte gefunden, in der Tim festgehalten wurde, nur habe ich das damals noch nicht gewusst. Ich war neugierig und bin rein. Dort hat Niklas gesessen. Er war vorher lange in der Psychiatrie gewesen. Nach seiner Entlassung ist er immer wieder an diesen Ort zurückgekehrt. Ich wollte wissen, warum er in der Psychiatrie war, solche Einrichtungen haben mich fasziniert und ich war neugierig. So sind ja Journalisten. In dem Gespräch, das sich daraus entwickelt hat, habe ich erfahren, wie Tim gestorben ist.«

»Warum haben Sie es niemandem gesagt oder die Videos gezeigt? Sie hätten damit zur Polizei gehen können. Mit acht Jahren wussten Sie schon, dass diese für Verbrechen zuständig ist.«

Für den Bruchteil einer Sekunde verwandelte sich Reitz' Mimik in einen Ausdruck der Traurigkeit, doch er fasste sich schnell wieder. »Ich habe meinem Vater von den Interviews und Tims Mördern erzählt. Wissen Sie, was er getan hat? Er hat mir eine gescheuert, mir die Kamera abgenommen und sie weggesperrt. Weil meine Mutter nach Tims Tod ewig in der Psychiatrie gewesen war, wollte er nicht zur Polizei. Sie hatte sich gerade erst wieder gefangen und hat einigermaßen funktioniert.

Mein Vater zwang mich, die Sache auf sich beruhen zu lassen, damit sie dieses grauenhafte Verbrechen nicht noch einmal durchmachen musste. Kaum zu glauben, oder? Aber ich denke, seine Gehirnzellen waren durch den ganzen Alkohol bis aufs Minimale geschrumpft. Ich habe danach nie wieder jemandem davon erzählt. All die Jahre saß ich allein an Tims Grab, habe all meinen Schmerz herausgeschrien und ihm ein Spielzeug dorthin gelegt, jedes Mal ein anderes. Diese Rache war allerdings das Beste, was ich ihm geben konnte. Gott sei Dank hat mein Säufer von Vater die Aufnahmen damals nicht weggeschmissen.«

Marcel erinnerte sich an die Videos, auf denen der Junge am Grab saß und schrie. Es war ihm durch Mark und Bein gegangen.

Konrad räusperte sich. »Warum haben Sie das Ganze als Spiel aufgezogen? Hätten Drohungen nicht gereicht?«

Leonhard Reitz schüttelte den Kopf. »Oliver, Thomas, Petra und Claudia haben auch mit Tim gespielt. Verbrecher und Opfer. Ich wollte ihnen zeigen, wie es ist, so ein ekelhaftes Spiel zu verlieren, indem ich ihnen ihre Kinder genommen habe. Es hat so einen Spaß gemacht. Schade, dass ich nicht immer und überall dabei sein konnte, um die Gesichter meiner Spieler zu sehen. Zum Beispiel als sie hier bei Ihnen saßen und die Sticks leer waren.« Der Beschuldigte lachte laut auf. »Ich konnte es ihnen nicht zu einfach machen, sonst wäre das Spiel langweilig geworden.«

Konrad schaute kurz zu Mareike, sein Brustkorb hob sich stark. Dann drehte er sich wieder zu Reitz. »Sie haben Yvonne Jahnke und Patrick Stricker erwürgt, sicher, weil das die Todesursache Ihres Bruders war. Wir haben auf den Videos gesehen, dass Sie Unterschiede im Vorgehen gemacht haben. Haben Sie …«

»Jeder sollte so sterben wie auf ihrem Puzzleteil«, fiel Leonhard Reitz Konrad ins Wort.

Marcel nickte leicht. Genau das hatten sie schon bei den Ermittlungen vermutet.

»Das heißt, diese riesigen Inszenierungen, wie Sie die beiden ermordet und die Opfer verängstigt haben, haben Sie nur aufgezogen, um ein Spielchen zu spielen, weil vier Jugendliche etwas Ähnliches damals mit Ihrem Bruder getan haben? Sie haben eine ganze Galerie gemietet und die Kinder eines der Opfer im Kindergarten aufgesucht, um ein Puzzleteil zu verstauen. Zudem haben Sie Flyer in der Schule von Frau Jahnke verteilt, auf dem eine der Illustrationen drauf war. Und Sie haben dafür gesorgt, dass Herr Stricker seinen Job als Psychiater verliert, indem Sie ihm Schuld am Tod eines Jungen gegeben haben. Ein bisschen viel Aufwand für ein Spiel, oder?«

Wieder zuckte Reitz mit den Schultern. »Ich hatte eine Menge Spaß. Ihre Panik hat mir die Erfüllung gebracht, die ich mir als Kind gewünscht habe. Ich wusste, dass die Eltern die gleiche Angst haben werden.«

»Die haben diese Videos aber nie gesehen. Sie haben ja dafür gesorgt, dass niemand außer Ihrer Opfer sie zu Gesicht bekommt.«

»Richtig, diesen Fehler habe ich schon eingesehen. Deshalb sollten Thomas und Oliver live dabei sein, wenn ich mit ihren Söhnen spiele.«

Konrad schüttelte kaum merklich den Kopf. Wahrscheinlich fehlte ihm jegliches Verständnis für den Mann. »Die Befragung ist hiermit beendet. Sie werden nun in die Untersuchungshaft gebracht.«

»Was? Warum komme ich nicht zurück ins Krankenhaus? Ich habe eine schwere Kopfverletzung, Sie haben mich geschlagen.«

»Die Ärzte haben keine schwerwiegenden Verletzungen festgestellt. Eine Nacht Überwachung hat ausgereicht. Sie sind völlig gesund und werden noch heute dem Haftrichter vorgestellt.«

Marcel dachte an den theatralischen Zusammenbruch von Leonhard Reitz vor dem Kino.

Dieser hatte plötzlich über starke Schmerzen, Sehstörungen und Übelkeit geklagt. Dafür hatte er Konrad die Schuld gegeben.

Marcel schüttelte den Kopf. »Er hat wirklich geglaubt, wir bringen ihn zurück in die Klinik. Rache üben wie ein Großer, aber Konsequenzen will er nicht tragen.«

Stefan lachte. »Gott sei Dank ist es vorbei. Wir haben in dem Fall gute Arbeit geleistet.« Er verließ den Raum.

Marcel erhob sich und griff nach seinen Krücken. Er wollte gerade hinausgehen, da wurde die Tür geöffnet.

»Hast du mir nicht zugetraut, den Kerl ohne dich zu befragen?« Konrad grinste.

»Du warst nicht schlecht.« Marcel zwinkerte ihm zu.

»Eine heftige Geschichte. Ich freue mich, dass ich bald sechs Wochen auf See sein werde. Nur Ruhe.«

»Du kommst wieder, Malter!«, mahnte Marcel. »Ich hole dich zur Not eigenhändig von diesem Schiff.«

Konrad lachte. »Was macht dein Bein?«

Marcel spielte eine übertriebene schmerzerfüllte Grimasse und hielt sich den Oberschenkel. »Tut höllisch weh. Vermutlich werde ich zwei, drei Wochen krank sein. Aber Kim wird mich sicher pflegen.«

»Scherzkeks.«

28

Samuel betrat die Küche. »Guten Morgen, Mama. Wie hast du geschlafen?«

Seine Mutter sah auf. Sie saß bereits am Küchentisch und blätterte in einer Zeitschrift. Ihre Augen waren gerötet und geschwollen, wahrscheinlich hatte sie die ganze Nacht geweint. »Es lässt sich nur schwer begreifen, dass ich jahrelang mit einem Mann zusammengelebt habe, der ein kleines Kind getötet hat.«

Samuel setzte sich zu ihr. »Ich weiß, es geht mir genauso. Es fühlt sich fast an, als hätten wir ihn gar nicht richtig gekannt.«

Seine Mutter seufzte. »Er hatte nie auch nur ein böses Wort für jemanden übrig, er hat nicht einmal die Hand gegen euch oder mich erhoben, sondern war stets voller Liebe zu uns.« Wieder füllten sich die Augen seiner Mutter mit Tränen. »Wie kann in ihm so ein Monster stecken?«

Samuel nahm sie in die Arme und drückte sie fest an sich.

Plötzlich klingelte es an der Tür.

Auch wenn der Albtraum längst vorbei war und Leonhard im Gefängnis saß, hatte Samuel noch immer ein mulmiges Gefühl, zu öffnen, weil er immer noch eine Gefahr befürchtete. Er schaute durch das Türfenster.

Draußen stand kein Monster, aber auch kein Besuch, den er gerade erdulden wollte.

Trotzdem öffnete er. »Was willst du hier? Kannst du uns nicht erst einmal etwas Zeit lassen, um zu verdauen, was du getan hast?«

»Ich möchte es euch nur erklären, dann gehe ich sofort wieder. Mir ist wichtig, dass ihr wisst, warum das mit Tim passiert ist.«

»Wegen dir ist ein kleiner Junge tot, seine ganze Familie ist daran zerbrochen und wir mussten dafür büßen. Was soll es da noch zu reden geben?«, brüllte Samuel in Rage.

»Schatz, beruhige dich.« Seine Mutter war hinter ihn getreten. »Hören wir uns an, was dein Vater zu sagen hat.«

»Mama, was nützt es denn? Mein Vertrauen bekommt er deshalb nicht wieder.«

»Bitte, Sam, ich möchte doch wenigstens eine Erklärung dafür geben. Es soll keine Ausrede oder Entschuldigung werden.«

Genervt ließ Samuel seinen Vater eintreten.

Gemeinsam gingen sie in die Küche.

Zitternd setzte sich sein Vater an den Tisch.

»Also, welche scheinheilige Ausrede willst du uns für einen Kindermord präsentieren?«, fragte Samuel bissig, um dem Gespräch schnell ein Ende zu setzen.

»Es war nicht geplant, diesen Jungen zu töten. Es war alles nur ein furchtbares Spiel. Zumindest habe ich es den anderen als Spiel, als Mutprobe verkauft. Aber eigentlich hatte ich diese Idee nur aus einer Not heraus.«

Samuel runzelte die Stirn. »Welche Not könnte so groß sein, dass man ein Kind tötet?«

»Es war doch gar nicht mein Bestreben, Tim umzubringen. Meine Mutter war damals sehr krank. Ich durfte es niemandem sagen, sie wollte nicht, dass die Leute tuschelten. Sie konnte nicht arbeiten gehen, das haben wir am Geld gemerkt. Tim und Leonhard haben immer angegeben, wie reich sie waren. Eines Abends habe ich mit Papa einen Krimi geschaut, in dem gab es eine Lösegeldforderung und da hatte ich diese absurde Idee.«

Samuel verschränkte die Arme. »Das kannst du laut sagen.«

Sein Vater strich sich über das Gesicht. »Die anderen waren Rowdys und sind sofort auf den Einfall angesprungen. Außer Viktor, der wollte nicht mitmachen. Wir hatten die Hütte beim Spielen im Wald entdeckt, sie stand immer offen. Dort haben wir einen Plan ausgeheckt.«

»Bei dem Tim gestorben ist.«

»Ja, du kennst die Geschichte. Weil ich unüberlegt die Maske abgezogen habe, wurden wir nervös. Ich brauchte dringend das Geld für Mama, deshalb wollte ich die Lösegeldforderung trotzdem unbedingt durchziehen und ihn dann frei lassen.« Sein Kinn zitterte. »Wir haben uns beruhigt, wir mussten nur noch entscheiden, was wir machen würden, wenn wir das Geld hatten, damit Tim uns nicht verraten würde.«

Samuel starrte seinen Vater an, er konnte und wollte nichts dazu sagen, weil keine Entschuldigung den Tod dieses kleinen Jungen wiedergutmachen könnte.

»Ich gebe zu, ich war ein Arschloch, weil es mir wichtig war, das Geld zu bekommen. Aber die anderen haben mich überredet, dass wir Tim gehen lassen.«

»Ich weiß, was mit Tim geschehen ist, ich habe die Interviews von Niklas gesehen. Komm zum Punkt. Warum hast du ihn getötet, Papa?«

»Es war nicht meine Absicht«, schrie sein Vater. »Ich bin in Panik geraten. Erst hat uns jemand beobachtet, dann ist Tim abgehauen. Ich wollte ihn nur einfangen, um ihm zu sagen …«

»… dass du ihm die Kehle aufschlitzt, wenn er euch verpetzt?«, vervollständigte Samuel den Satz mit Hass in seinen Worten.

Sein Vater senkte den Blick. »Es war nicht so geplant. Alles, was ich ihm gesagt habe, war nur aus Panik, erwischt zu werden. Wie hätte meine Mutter gesund werden sollen, wenn sie erfahren hätte, was ihr Sohn getan hatte? Ich wollte wirklich nur mit Tim reden. Aber er hat gebrüllt, um sich geschlagen und getrampelt. Ich habe ihn nicht beruhigen können. Weil auch alle anderen geschrien haben, wurde ich nervös, da habe ich meine Hände um seinen Hals gelegt.«

Samuel ballte die Fäuste. Sein Körper bebte. Es aus dem Mund des Mörders zu hören, dem Mann, zu dem er aufgeschaut hatte, widerte ihn an.

»Er sollte nur einen kurzen Moment still sein, damit ich reden konnte. Aber dann hat er sich nicht mehr bewegt. Ich habe nicht gewusst, dass er tot war, dachte, jemand würde ihn finden und ihn retten. Das ist die Wahrheit, auch wenn mein Verhalten nicht zu entschuldigen ist.«

»Da hast du ausnahmsweise recht. Ihr wart zwischen zwölf und vierzehn Jahre alt, ihr hättet es besser wissen müssen«, sagte Samuels Mutter fast flüsternd. Ihr Gesicht war kreidebleich.

»Was wir getan haben, war furchtbar. Es verging kein einziger Tag, an dem ich das nicht bereut habe.«

»Hat es sich gelohnt, so eine Schuld auf sich zu nehmen? Was habt ihr mit dem Geld gemacht?«, fragte Samuel.

»Wir haben es bei Tim liegen lassen. Keiner wollte es mehr haben.«

»Natürlich nicht, sie wären ja sofort auf euch gekommen, wenn Jugendliche plötzlich 500 Mark gehabt hätten, richtig?«

»Darüber habe ich gar nicht nachgedacht. Wir waren naiv zu glauben, es könnte klappen, so an Geld zu kommen.«

Samuels Mutter schnäuzte sich die Nase. »Wie geht es für dich weiter?«

»Ich übernehme jetzt die Verantwortung, ich habe bei der Polizei ausgesagt.« Mit einem Mal sah Samuels Vater zerbrechlich aus. Sein Gesicht schimmerte gräulich, seine Falten zogen tiefe Furchen. »Ich bin froh, dass das Geheimnis endlich raus ist. Weil es fünfzig Jahre her ist und ich keine weiteren Straftaten begangen habe, darf ich auf freiem Fuß bleiben. Die Aussagen von Petra, Claudia und Thomas decken sich mit meiner. Es wird jetzt geprüft, ob es als Totschlag oder Mord eingestuft wird.«

»Das heißt, wenn du Glück hast, wirst du dafür nicht mehr belangt, weil nur Mord nicht verjährt«, sagte Samuel trocken. »Strafmündig warst du ja bereits.«

»Es ist mir egal, wenn ich in den Knast gehen muss. Ich wünsche mir nur, dass ihr mir eines Tages vergeben könnt. Ihr könnt das wahrscheinlich gerade nicht glauben, aber ihr sollt wissen, dass nichts von all dem gelogen war, was ich euch an Liebe geschenkt habe.« Sein Vater erhob sich und lief zur Tür. Ehe er aus der Küche verschwand, drehte er sich noch einmal um. »Es tut mir leid, dass ich unsere Familie zerstört habe.« Dann ging er.

Samuel wusste nicht, ob er es ihm jemals verzeihen würde. Im Moment waren die Wut und der Schock über diese Tat zu groß.

29

Marcel humpelte zur Tür und öffnete sie. Noch stellte er sich etwas ungeschickt mit seinen Krücken an, sie fielen ständig zu Boden, wenn er versuchte, sie mit einer Hand zu halten.

Vor der Tür stand Konrad mit seiner Frau Sonja. Er grinste. »Die Dinger scheinen dich zu ärgern.«

Marcel verdrehte die Augen und lächelte Sonja an. »Ich bin froh, dass du ihn für ein paar Wochen auf ein Schiff entführst. Das bedeutet viel Ruhe für mich.« Er sprang auf einem Bein zur Seite und ließ die beiden eintreten. »Schön, dass ihr da seid. Geht ins Wohnzimmer. Karl sitzt schon dort.« Er schloss die Tür und folgte auf die Krücken gestützt seinem Partner.

Kim begrüßte die beiden herzlich mit einer Umarmung und schon Sekunden später waren die Frauen mit Marlene beschäftigt.

Karl Hohlbein erhob sich und schüttelte Konrad die Hand. »Wir haben uns ewig nicht gesehen, Herr Oberkommissar.«

»Richtig, du schaust ja auch kaum noch auf dem Revier vorbei. Jetzt, da wir dich mögen, bleibst du fern.« Konrad zwinkerte.

»Meine Arbeit ist getan, ich genieße meinen Ruhestand.«

»Zum Glück ist er trotzdem mein persönlicher Berater, deshalb ist meine Aufklärungsrate so hoch«, erwiderte Marcel. »Trinkst du ein Bier mit uns?« Er reichte Konrad eins.

Konrad nickte und öffnete die Flasche. »Ohne mich wäre die Quote nicht so gut.« Er zeigte auf das verletzte Bein. »Er lässt sich ja niederschießen.«

Marcel lachte laut. »Das sagt der Richtige.«

»Wie geht es deinem Bein?«, fragte Karl.

»Es tut manchmal etwas weh, wenn Lenchen drankommt, sonst halt ich es aus. Ich werde eine Weile ausfallen, aber in ein paar Wochen bin ich der Alte. Wichtig ist, dass wir diesen krassen Fall abgeschlossen haben.«

Konrad schüttelte den Kopf. »Was für eine dramatische Geschichte.«

Karl Hohlbein nickte. Er war durch Marcel bereits mit dem Ausgang des Falls vertraut. »Diese psychischen Aspekte, die hinter dem Verhalten der Täter stecken, faszinieren mich noch immer. Manche sind nach außen hin für die Bevölkerung verrückte oder perverse Menschen, die abgrundtief böse sind. Dabei stecken oft viele Verstrickungen dahinter.« Karl schlug ein Bein über das andere und legte seine Finger der rechten Hand an die der linken.

Marcel schmunzelte.

In diesem Thema ging Karl auf, es war das Gebiet, in dem er sich am besten auskannte. Menschen analysieren, insbesondere kriminelle.

»Unvorstellbar, wie viele Jahre Leonhard Reitz diesen Schmerz und diese Wut in sich getragen hat«, sagte Konrad.

Karl schaukelte mit dem Bein. »Und er war nicht der Einzige, den diese Ereignisse nicht losgelassen haben. Es gab andere, die seit damals mit Schuldgefühlen gekämpft haben. Keiner der Beteiligten hatte wirklich ein schönes Leben.«

Marcel dachte an den Jungen in den Interviews, der sich jahrelang die Verantwortung an Tims Tod gegeben hatte. Davon bekam er noch heute eine Gänsehaut. Er hatte auch etwas Mitleid mit Leonhard Reitz.

Wahrscheinlich wäre es nie so weit gekommen, wenn dieser als Kind die richtige Betreuung erhalten hätte.

Marcel trank ein Schluck Bier. »Wäre Leonhard an dem Tag nicht krank gewesen, wäre er mit Tim zusammen in den Wald zum Spielen gegangen und die Jugendbande hätte seinen Bruder nie entführen können. Das hat er nicht aus seinem Kopf bekommen. Seine Eltern waren zu beschäftigt mit ihrer eigenen Trauer, niemand war für ihn da. Er hat jeden Tag am Grab seines Bruders gesessen, mit ihm gesprochen, sein Herz darüber ausgeschüttet, was er zu Hause erlebt. Er hat dort seinen Schmerz herausgeschrien, ihm Spielzeug und Luftballons gebracht, ihm vorgelesen. Auch als er eines Tages wusste, was genau mit Tim passiert war, wurde er damit allein gelassen. Sein Vater hat ihm den Mund verboten, er wollte das Thema nie mehr aufkommen lassen. Somit hat Leonhard nie Gerechtigkeit für seinen Bruder erfahren und konnte nie die Trauer bewältigen, die er nötig hatte. Es klang auch nicht, als wären seine Eltern liebevoll gewesen.«

Konrad seufzte. »Der Vater hätte mit den Videos zur Polizei gehen müssen, doch stattdessen hat er seinen Kummer im Alkohol ersoffen. Der Mutter hätte es vielleicht sogar geholfen, wenn sie Antworten bekommen hätte.«

Marcel stimmte dem zu. »Wie oft erleben wir, dass ein Verbrechen hätte verhindert werden können, wenn manche Dinge anders gelaufen wären.«

Karl Hohlbein räusperte sich. »Man kann nicht genau sagen, ob Leonhard Reitz nicht kriminell geworden wäre, hätte er Gerechtigkeit erfahren. Er hätte diese Rachegelüste entwickeln können, selbst wenn seine Eltern etwas unternommen hätten. Die ganze Zeit saß dieses Ungeheuer in ihm, seit man ihm seinen kleinen Bruder genommen hat, den er sehr geliebt hat. Bestimmte Umstände haben es genährt, es ist dadurch gewachsen. Zum Beispiel musste er den einzigen Ort verlassen, an dem er sich Tim noch nah gefühlt hat, nach dem Umzug konnte er nicht mehr zum Grab gehen. Er musste für seine Eltern sorgen, die auch noch starben. Und dann kam der Auslöser, indem er immer wieder daran erinnert wurde, dass die Täter nie bestraft wurden. Das löst ja sogar in uns Wut aus, wenn wir es hören.«

»Aber warum solch ein ausgeklügelter Plan?«, fragte Marcel. »So ein Aufwand? Er hätte die vier auch ganz einfach töten können.«

»Die Art der Rache bestimmt dieses besagte Ungeheuer, das in ihm gewachsen ist. Die dramatischen Ereignisse sind in seinem jungen Leben nur geschehen, weil Tim getötet wurde. Die Wut auf diese Clique hat zugenommen, je mehr er die Zusammenhänge damals verstanden hat. Mit der Quälerei der Opfer hat er diesen Schmerz kompensiert. Er hat das Verbrechen aus seiner Kindheit, das Erlebte, umgedreht. Indem Tims Peiniger genauso leiden sollten wie seine Eltern, wollte er Gerechtigkeit herbeiführen. Er hat mit der Folter und den Morden Tim gerächt.«

Marcel dachte an seine Schwester, die auch aufgrund eines traumatischen Erlebnisses zur Verbrecherin geworden war. »Er ist quasi Amok gelaufen.«

»Korrekt. Er hat Schlimmes erlebt, was jahrelang ein Geheimnis blieb. Dass es keine Gerechtigkeit gegeben hat, hat ihn gedemütigt und niemand hat es verstanden. Seine Wut, sein Hass und seine Rachegedanken haben sich gebündelt. Die ganze angestaute Aggression hat er für diese Morde aufgehoben.« Karl wechselte die Beine beim Überschlagen. »Sicher spielen noch andere Faktoren eine Rolle. Dafür kenn ich den Fall zu wenig.«

Konrad trank einen Schluck Bier. »Wir können nur hoffen, dass er nicht so schnell wieder freikommt. Die Tatsache, dass den Tätern seines Bruders nichts passieren wird, wird ihn durchdrehen lassen.«

Marcel bekam eine Gänsehaut. »Diese Schreie an dem Kindergrab waren so schmerzerfüllt. Ich werde die Erinnerung daran nie wieder los.«

Kim kam zu ihnen und umarmte Marcel von hinten. »Schluss jetzt. Heute wird nicht mehr über die Arbeit gesprochen. Auf zum Tisch. Es gibt meinen leckeren griechischen Hackauflauf und zum Nachtisch Karls Lieblings-Mousse-au-Chocolat.«

Karl sprang auf. »Da lasse ich mich nicht zweimal bitten.«

Einige Minuten später saßen alle gemeinsam am Tisch. Es wurde geschlemmt und gelacht.

Marcel schaute lächelnd in die Runde. Er war dankbar für diese Menschen in seinem Leben. Nach so einem Fall konnte er am besten abschalten, wenn er seine Liebsten um sich hatte. Ein stabiles Umfeld, Menschen, die ihn liebten, gern mit ihm Zeit verbrachten und Verständnis hatten. Da war sogar ein Schuss ins Bein zu ertragen. Er zog Kim an sich, die neben ihm saß, küsste sie auf die Schläfe und sah sie an. »Danke, dass du in mein Leben getreten bist.«

»Hör auf zu schleimen«, mokierte sich Konrad spielerisch. »Gib lieber zu, dass du ohne Kim mit so einer Verletzung aufgeschmissen wärst.«

Alle lachten.

Marcel freute sich auf einen gemütlichen, lustigen Abend als Ausgleich für all die schrecklichen Ereignisse der letzten Tage.

Letzter Wille und Testament von Andrea Reinhardt,
Autorin des Thrillers »Schreiender Schmerz« und
anderer Verbrechen

Liebe LeserInnen,

in Anbetracht der vielen schlaflosen Nächte, die ich hinter mit habe, der leeren Kaffeetassen, die alle unabgewaschen auf meinem Schreibtisch stapeln und der unaufhörlich tickenden Uhr, die mir den letzten Nerv geraubt hat, erkläre ich, Andrea Reinhardt, hiermit meinen geistigen Zustand für fragwürdig und meine Dankbarkeit für unermesslich. Für den Fall, dass sich mein Gehirn nicht mehr erholen wird, hinterlasse ich hiermit mein literarisches Erbe wie folgt:

An Luise Decker, meine unerschrockene Lektorin, vermache ich meine unendliche Anerkennung dafür, dass sie aus einem Wirrwarr von Wörtern ein Meisterwerk geschaffen hat. Möge ihr Rotstift niemals austrocknen!

Steffy, meiner mutigen Polizistin im Dienste der fiktiven Story, die sich mutig den falschen Ermittlungsvorgängen gestellt hat, hinterlasse ich einen symbolischen Detektivausweis für ihre unermüdlichen »Ermittlungen«, die meinen Plot gerettet haben.

Daniela Bertram, die Heldin der ersten Stunde und meine Beta-Leserin, die das letzte Kapitel in den Papierkorb befördert hat, bevor es Unheil anrichten konnte, vermache ich das goldene Lesezeichen der Weisheit. Sie sieht Dinge, die andere nicht sehen, immer und immer wieder.

An Anke Koopmann, die künstlerische Kraft hinter dem Cover, überlasse ich einen virtuellen Pinsel, getränkt in ewiger Tinte, auf dass ihre Kreativität nie versiege.

Susanne Stelter-Walter, die talentierte Webdesignerin und Hüterin meiner Online-Welt, vermache ich ein magisches Schloss für die digitale Festung, das jeden unerwünschten Trojaner abwehrt und stets die Tore für meine treuen Leser weit offen hält.

Meinem Mann Stephan und meinem Sohn Jonas überlasse ich eine Sanduhr, die rückwärts läuft, als Zeichen meiner Liebe und Dankbarkeit für ihre Engelsgeduld. Die Zeit, die ich während des nervenaufreibenden Unterfangens verpasse, soll immer nachgeholt werden.

Diana Alchanow, mein scharfäugiges Korrektorat, vermache ich das »unendliche Manuskript« – eine symbolische Rolle, die niemals endet und stets perfekt korrigiert ist, als Zeichen meiner Wertschätzung für ihre akribische Sorgfalt und Genauigkeit.

An meine treuen Leser und Leserinnen, Beate Werum, Viviane Grosbusch, Steffi Hausstein, Carmen Heiser, Alex Behr, Bernd Kroll, Franziska Geraldy, Daniel Kuenzel,

Jörg Häusler, Sandra Bühnemann, vermache ich meine tiefste Anerkennung und eine VIP-Karte für die Erstausgabe meines nächsten Abenteuers, so wie immer – aus der Nummer kommt ihr nicht mehr raus.

Elena Schnarr, meine tapfere Freundin, die felsenfest an mich glaubt, in dem sie mich mit Stephen King unter Druck setzt, erhält das Fernrohr der Hoffnung, auf dass sie stets den Horizont unserer Freundschaft im Blick behält.

Meiner Mutter, die unermüdliche Verkäuferin meiner Bücher, überlasse ich das Prädikat »Bestseller-Mutter des Jahrhunderts« und ein Schild mit der Aufschrift »Ich liebe dich!«

Und schließlich vermache ich an meine LeserInnen, die mir durch Sturm und Drang treu bleiben, den Schlüssel zur Welt meiner kranken Fantasie, mit der Bitte, diesen Raum nach Belieben zu betreten und zu genießen.

Unterzeichnet, versiegelt an diesem Tag, unter den neugierigen Blicken meiner Charaktere, die ebenso ungeduldig wie ich darauf warten, wieder zum Leben erweckt zu werden.

Sollte sich meine geistige Verfassung wieder erholen, gilt mein letzter Wille eben beim nächsten Mal ;-)

In diesem Sinne DANKE an alle, dass ihr wieder mit im Boot wart.

Bücher der Autorin

Kommissar Marcel Schweißer

1. Verdorbene Brut
2. Gefährliche Angst
3. Eiskalter Tanz
4. Quälende Vergeltung
5. Schreiender Schmerz

Kommissar Mathias Kron

1. Fünf, vier ... gleich sterben wir
2. Neun, zehn ... ich will dich sterben seh'n
3. Sieben, acht ... blutig ist die Winternacht

Sonderermittlerin Natalie Bennett-Trilogie

1. Teufelseltern
2. Missetaten
3. Wutschrei

Stand Alone

Gläserne Hölle
Schweigende Seele
Rachefrist
Tiefschwarzer Atem
Die Zeit des Todes

Leseprobe: Gläserne Hölle

Eins

EIN TAG ZUVOR

Er stocherte mit der Gabel im Essen herum. Es quietschte, als er sie über das Porzellan schabte. Die Härchen an seinen Armen stellten sich auf. Sein Gesicht war auf den voll beladenen Teller gerichtet, als wäre sein Hals steif. Nur seine Augen schwenkten durch den Raum. Das unheimliche Gefühl flammte erneut in ihm auf und wallte wie eine Feuerwalze durch seinen Körper, die Sekunden später von einer Eiseskälte gelöscht wurde.

„Du sollst essen!"

Paul zuckte zusammen und ließ die Gabel fallen. Seine Hand zitterte. Sein Blick wanderte zu dem Mann, der ihm zu essen befohlen hatte. Streifte weiter durch das Zimmer, das wie eine gewöhnliche Wohnung eingerichtet war. Ein Küchenbereich, ein Schlafbereich, ein Badbereich.

„Hast du mich verstanden? Tu, was ich dir befehle!"

Paul betrachtete die Frau und den Mann, die rechts und links neben ihm am Esstisch saßen. Menschen, die er noch nie zuvor gesehen hatte.

Die Stirn des Fremden lag in Falten. Obwohl er ihn angeschnauzt hatte, zeigte seine Mimik etwas anderes

„Ich flehe dich an, iss bitte!" In den dunklen Augen des Mannes lag Verzweiflung.

Paul schaute auf das gebratene Hühnchen. Er ekelte sich vor Fleisch. Seine Eltern zwangen ihn nie, etwas zu essen, das ihm nicht schmeckte. Zögernd schob er sich einen Brocken davon in den Mund. Mühsam kaute er auf dem zähen Fleischklumpen herum, als wäre es ein Stück Schuhsohle. Dann schluckte er ihn hinunter. Er lag wie ein dicker Kloß in seinem Hals, der nicht weiterrutschen wollte. Seine Augen tränten. Er schüttelte den Kopf, würgte und spuckte das zerkaute Fleisch zurück auf den Teller.

„Mir schmeckt das nicht." Paul warf seinen Oberkörper nach hinten gegen die Stuhllehne, verschränkte die Arme. „Ich mag kein Fleisch", schmiss er hinterher, als er bemerkte, dass der Mann ihn ignorierte. Mit einer Zornesfalte auf der Stirn zappelte er auf dem Stuhl hin und her. Er fixierte den Mann, streckte seinen Brustkorb heraus, als wäre er bereit, gegen das Mächtige zu kämpfen.

Paul kniff die Augen zusammen und sah sich erneut in dem Zimmer um. Das war nicht sein Zuhause. Er war sich sicher, in einem Traum gefangen zu sein. Jeden Moment würde er aufwachen und wie jeden Morgen hinunter in die Küche rennen, sich einen Kuss von seiner Mutter abholen, die ihn dann zum Frühstück auffordern würde. Paul verlor sich in den schönen Gedanken. Ein Lächeln umschmeichelte seine Lippen, als er seine Mutter fröhlich durch die Küche wirbeln sah, ihm durch die Haare wuschelte und dabei ein Lied anstimmte. Er spürte ihre Leichtigkeit, ihre Lebendigkeit.

Ein lauter Knall schreckte ihn auf. Mit aufgerissenen Augen starrte er in das wutverzerrte Gesicht des Mannes.

Er war so hastig aufgesprungen, dass der Stuhl nach hinten umgekippt war. Drohend stellte er sich vor Paul. „Du sollst essen, verdammt noch mal." Seine rechte Hand knallte auf den Tisch. „Deine Mutter hat sich viel Mühe gegeben, die Mahlzeit zuzubereiten. Du bist undankbar. Ich als dein Vater …", er tippte sich mit dem Zeigefinger auf seine Brust, „… befehle dir, vernünftig zu essen!"

Mutter? Meine Mama hat das Essen gekocht? Sie weiß doch, dass ich kein Fleisch mag. Auch wenn er wusste, dass er sie in diesem kleinen Zimmer nicht finden würde, suchte Paul nach seiner Mutter. Erst dann drangen die anderen Worte des Mannes zu ihm durch. Warum gab er sich als sein Vater aus?

„Meine Mama würde mich nicht zwingen, das Fleisch zu essen." Pauls Gesicht wurde warm. „Und du bist nicht mein Papa. Mein Papa ist nicht so böse wie du." Beleidigt verschränkte Paul seine Arme und starrte den Mann an. Seine Lippen waren zusammengepresst, doch seine Entschlossenheit fing an zu bröckeln, als er das Gesicht des Mannes sah.

Der Fremde riss ihm die Gabel aus der Hand, belud sie mit Kartoffeln und hob mit der anderen Hand Pauls Kinn an. Er kniff ihm in die Haut, damit er den Mund öffnete, und stopfte ihm das Essen hinein.

Paul hustete und wedelte mit den Armen, um die Gabel wegzuschlagen, doch der Mann war schneller. Die heiße Kartoffel brannte auf seiner Zunge. Tränen schossen ihm in die Augen. Es war kein Traum. Alles, was in diesem Raum passierte, war grausame Wirklichkeit.

Die Frau saß mit gekrümmten Schultern am Tisch und starrte teilnahmslos auf ihren Teller. Ihre Kaubewegungen wirkten mühsam. Sie schluckte ein Stück Hühnchen hinunter und es sah aus, als hätte sie dabei Schmerzen. Sie zupfte hektisch an der Serviette, die sie zuvor liebevoll zu einem Herz gefaltet hatte, und verteilte kleine Schnipsel neben ihrem Teller.

Der Mann streichelte über Pauls Haar. Er beugte sich an sein Ohr. „Bitte tu, was ich dir sage", flüsterte er. Seine Stimme hatte weniger zornig geklungen. Er hielt Paul die Gabel hin.

Paul irritierte die wechselnde Stimmung des Mannes, doch ohne sich weiter zu wehren, griff er nach der Gabel und schob sich mit tränennassen Augen das Karottengemüse in den Mund. Es blieb ihm im Hals stecken, als eine blecherne Stimme durch den Raum schallte. Er hustete heftig.

Die Gabel fiel ihm aus der Hand und rutschte über den gläsernen Boden. Hastig sprang er vom Stuhl und hob das Besteck auf. Reglos stand er in dem Raum, die Gabel fest umklammert, als wäre sie eine Waffe. „Wo kommt die Stimme her?" Pauls Lippen zitterten. „Ich habe Angst." Wie ein gehetztes Tier suchte er nach demjenigen, der mit ihnen sprach. Der Hustenreiz verstärkte sich. Ein Stück Karotte hing in seinem Hals.

Der Mann klopfte Paul auf den Rücken und reichte ihm ein Glas Wasser.

Der Husten ließ nach. Das kühle Wasser linderte das Brennen in Pauls Kehle. Zitternd suchte er weiter das Zimmer ab.

„Henry, du kommst zu mir!", dröhnte es aus dem Lautsprecher. „Ich bringe dir bei, wie man sein Kind erzieht."

Die Gesichtszüge des Mannes veränderten sich schlagartig. Mit hängenden Schultern und geneigtem Kopf schleppte er sich zur Tür. Paul sah die Furcht in seinen Augen.

Es summte, dann öffnete sich die Tür leicht quietschend. Paul bekam Gänsehaut, starrte gespannt auf den Eingang, voller Angst, was sich dahinter versteckte. Doch dort war nichts. Er wollte aufspringen, hinter dem Mann herrennen und mit ihm das Zimmer verlassen. Sein Gefühl sagte ihm jedoch, dass er das lieber sein lassen sollte.

Der Mann drehte sich noch einmal um und schaute in die aufgerissenen Augen der Frau.

Sie hielt sich die pinkfarbene Serviette vor den Mund. Hatte aufgehört zu kauen. Ihre Hände zitterten.

„Esst weiter", forderte der Mann die beiden mit schwacher Stimme auf. Kreidebleich verließ er das Zimmer und verschwand in der Dunkelheit. Die Tür schloss sich wie von Geisterhand, sobald er hindurchgeschritten war.

Paul zitterte. „Wo geht er hin?", fragte er mit brüchiger Stimme, bekam jedoch keine Antwort.

Er beobachtete die langsamen, mechanischen Kaubewegungen, die die Frau wieder aufgenommen hatte. Wie konnte sie so seelenruhig dort sitzen und weiteressen, als würde das alles nicht passieren. Paul rüttelte an ihrem Arm, doch sie reagierte nicht. Als säße nur die leere Hülle ihres Körpers in dem Zimmer.

„Ich muss nach Hause! Mein Freund wartet auf mich. Wir wollen zum Fußballplatz." Sein Körper schüttelte sich vom Schluchzen. „Er ist mein bester Freund und wird sehr traurig sein, wenn wir nicht zusammen spielen können." Wut stieg in ihm auf. „Das ist nur passiert, weil Luis zu spät kam. Sonst wäre ich gar nicht mehr im Garten gewesen und hätte auch nicht Bobby gestreichelt." Paul verschränkte trotzig die Arme. „Eigentlich ist das alles Luis' Schuld."

Die Frau reagierte noch immer nicht. Ohne Unterbrechung stopfte sie sich Kartoffeln und Gemüse in den Mund.

Pauls Gedanken schweiften zu seinem Nachbarn, der mit seinem Labrador am Grundstück vorbeigekommen war. Paul war aus dem blauen Gartentor gerannt, um Bobby zu streicheln. Als Herr Schilling sich verabschiedet hatte, war er seinen Fußball holen gegangen. Von da an fehlte ihm die Erinnerung.

Er schaute an sich hinunter. Die ganze Zeit hatte ihn etwas an sich gestört, doch er hatte die merkwürdige Kleidung nicht wahrgenommen. Sachen, die er niemals freiwillig angezogen hätte. Er trug ein rosafarbenes Röckchen und seine Füße steckten in schwarzen Ballerinas. Auf dem gelb-glitzernden Oberteil prangte das Bild einer Prinzessin. „Wa... warum trage ich Mädchensachen? Ich bin doch ein Junge", sagte er schluchzend.

Auch dieses Mal reagierte die Frau nicht.

Paul stand auf, lief im Zimmer umher und strich mit den Fingerspitzen über die gläsernen Wände.

Dahinter war alles dunkel. Er presste seine Stirn an das Glas und schirmte seine Augen mit den Händen ab. Doch außerhalb des Raumes befand sich nichts als Dunkelheit. Paul schrie. „Ich will hier raus. Ich will zu meiner Mama."

Zwei

MONTAG

Das Schrillen des Weckers durchbrach die Stille der Nacht. Der viel zu kurzen Nacht. Blinzelnd öffnete sie ihre Augen. Unvermittelt schoss ein stechender Schmerz in ihren Kopf. Sie tastete blind nach dem Wecker, um ihn auszuschalten. Dabei stieß sie das Wasserglas auf dem Nachttisch um, das auf den Fliesen zu Bruch ging. „Verflucht. Das ist wieder typisch."

Susanne war nun wach, doch das Schlafzimmer drehte sich, sodass sie nicht aufstehen konnte. Sie lag reglos auf dem Rücken, weil sie das Gefühl hatte, dass sie sich bei der kleinsten Bewegung übergeben würde. Über ihre Zunge hatte sich ein Pelz gelegt. Sie schmeckte den Cola-Whisky von letzter Nacht. Am Abend war sie in der Innenstadt von Koblenz unterwegs gewesen, nachdem Michael ein Nein nicht akzeptiert hatte. Nun komm schon, meine Lieblingskollegin. Wir haben uns so lange nicht gesehen.

Susanne stöhnte bei dem Gedanken an das Telefonat. Ärgerte sich, dass sie zu schwach gewesen war, abzulehnen. Sie erinnerte sich nur bruchstückhaft, doch es reichte, um ihre Übelkeit zu verstärken. Als könne sie sie aufhalten, hielt sie sich die Hand vor den Mund.

Langsam hievte sie sich hoch, setzte sich auf die Bettkante und holte tief Luft. Erneut jagte der Schmerz durch ihren Kopf. Da war das grelle Licht im Raum keineswegs hilfreich. Sie massierte sich die Schläfen. Die mintgrün gestrichenen Wände drehten sich um sie und vor ihren Augen flackerte es. Sie kniff ein Auge zusammen und schielte auf den Wecker. Es war 6:15 Uhr. Ihr Herz pochte stärker. „So was Dämliches. Warum hat mich Michael nicht vom Trinken abgehalten?"

In diesem Moment bereute sie, dass sie zu tief ins Glas geschaut hatte. Das war in letzter Zeit häufiger vorgekommen. „Dass ich nicht endlich daraus lerne."

Susanne drückte sich am Bettrand nach oben. Ihre Füße waren schwer wie Blei. Sie verlor die Kontrolle über ihre Beine und fiel zurück aufs Bett.

Die Zeiger des Weckers drehten sich im rasanten Tempo weiter. Zehn Minuten vergingen, ohne dass Susanne aufstand. „Scheiße, Mann, ich muss los."

Sie zwang sich, aufzustehen, und schwankte ins Badezimmer, das direkt an das Schlafzimmer angrenzte. Plötzlich kamen die Bodenfliesen auf sie zu. Susanne suchte Halt am Kleiderschrank, bis die Schwindelattacke vorüberging.

Auf dem Badeschränkchen vibrierte ihr Handy. Sie griff danach und schaute auf das Display. Susanne verdrehte die Augen. Das fehlte mir gerade noch.

„Mutter, hast du mal auf die Uhr geschaut? Wenn ich in Rente wäre, würde man mich zu dieser Uhrzeit im Bett finden."

„Ich bin aber nicht du. Ich wollte nur mal nach deinem Abend fragen."

Susanne hatte ihrer Mutter schon unzählige Male die Ohren vollgeheult, nachdem sie die Nächte mit Michael verbracht hatte. Sie war es, die den vollgekotzten Boden sauber wischte, wenn Susanne ihren Kummer im Alkohol ertrunken hatte.

„Er war super, ich muss mich aber nun beeilen. Ich habe heute Dienst."

„Bist du überhaupt in der Lage zu arbeiten?"

Susanne stöhnte. Es gab nur einen Grund, warum ihre Mutter so früh am Morgen anrief. Wenn sie mit Susannes Vater stritt, suchte sie einen Blitzableiter.

„Wie gut, dass du es nicht so weit zur Arbeit hast, auch wenn das nicht rechtfertigt, dass du Omas Geld für solch eine Schrottimmobilie ausgegeben hast."

Susanne stellte das Handy auf Lautsprecher. Sie ließ ihre Mutter wettern, während sie sich Kleidung aus dem Schrank suchte.

Das Haus war wirklich baufällig und sie hatte es einem Bekannten für zu viel Geld abgekauft. Nicht mal ein Stellplatz für ihr Auto war dabei. Doch sie hatte damals schnell aus der Wohnung ihres Exfreundes gewollt, mit dem sie nach dem Abitur zusammengezogen war. Zu ihren Eltern zurückzugehen, war nicht in Frage gekommen. Und die Lage des Hauses war unschlagbar. Vom Bahnhofsweg waren es nur vier Kilometer bis zu ihrer Arbeitsstelle am Moselring.

„Oma hat seit deiner Geburt so viel für dich gespart. Plus ihr Erbe. Du hättest dir etwas viel Besseres leisten können."

Susanne drückte Zahnpasta auf ihre Zahnbürste. „Ich habe aber nichts Besseres gefunden." Sie hatte sich bemüht, deutlich zu sprechen, während sie die Zahnbürs-te über ihre Zunge geschrubbt hatte.

„Dann hättest du erstmal zu uns zurückkommen können, Kind. Dafür sind Eltern doch da."

Susanne spuckte die Zahnpasta ins Waschbecken. „Mutter, ich habe es wirklich eilig." Sie gurgelte das Wasser in der Kehle und musste erneut gegen einen Würgereiz ankämpfen.

„Oma wird sich im Grabe umdrehen."

„Oma wäre stolz auf mich." Susanne legte auf, bevor ihre Mutter etwas erwidern konnte.

Magensäure stieg ihr in die Kehle und brannte unan-genehm. Sie spuckte noch einmal ins Waschbecken und betrachtete sich dann im Spiegel. Ihre Haare standen in alle Richtungen. Die Mascara war bis zur Nasenspitze verteilt. Sie hatte es in ihrem Zustand nicht mehr ge-schafft, sich abzuschminken. Sie erinnerte sich noch nicht einmal, wie sie ins Bett gekommen war.

Obwohl sie ihre Zähne geputzt hatte, hielt sich der Whisky Geschmack hartnäckig. Nur mit Mühe schaffte sie, sich nicht ins Waschbecken zu erbrechen. Jetzt hilft nur eine Dusche.

Bis der Boiler ansprang und das Wasser heiß wurde, entleerte sie ihre Blase, die bereits schmerzte. „Scheiße, tut das weh."

Kurz dachte sie darüber nach, sich krankzumelden, doch verwarf den Gedanken sofort wieder. Das war nicht ihre Art. Sie lebte nach dem Motto: Wer trinken kann, kann auch arbeiten. Besser als sich im Bett herumzuquälen, sich in Selbstmitleid zu suhlen und ständig an ihn zu denken.

Nach der Dusche fühlte sie sich besser. Die letzten zwei Minuten hatte sie das Wasser auf kalt gestellt, um ihre müden Glieder zu wecken. Hastig trocknete sie sich ab. Sie versuchte sich in das Oberteil zu zwängen, bekam es aber nicht über den feuchten Rücken gezogen. Susanne hasste diese Momente und spürte erneut Aggressionen in sich aufkeimen. So wie jeden Tag. Doch trotzdem beging sie immer den Fehler, sich nicht richtig abzutrocknen. Mit einer Verrenkung und einem Tritt gegen den Badschrank schaffte sie es, den engen Pullover anzuziehen, schlüpfte in die schwarze Jeans und band die nassen Haare zusammen. Danach rann ihr der Schweiß am Rücken herunter, sodass sie eine weitere Dusche hätte nehmen können.

Sie eilte eine Etage hoch in die Küche, öffnete den Kühlschrank, der sie daran erinnerte, dass sie eigentlich hatte einkaufen wollen. Susanne schälte sich ein gekochtes Ei vom Vortag und schlang es hinunter. Dann trank sie einen Schluck Cola, spuckte ihn aber postwendend in die Spüle. Der Geschmack erinnerte an den Whisky-Cola vom Vorabend. Sie würde auf Wasser umsteigen müssen, obwohl bei dem Gedanken, kein Koffein zu trinken, ihre Hände zitterten.

Ihr Magen knurrte. Nach so einer Totaleskalation hatte sie immer Heißhunger auf Fettiges. Doch die Zeit reichte nicht für ein herzhaftes Katerfrühstück. In sieben Minuten fing ihre Arbeit an. Konrad würde ausflippen, wenn er auf sie warten musste.

Sie rannte die Treppe hinunter, stolperte über den losen Teppich, den sie schon vor Wochen hatte befestigen wollen, und rutschte drei Stufen auf ihrem Hinterteil hinunter. Ein pochender Schmerz zog in ihren rechten Fuß und sie rieb sich ihren Knöchel. „Scheiße, Mann", brüllte sie und schlug mit der Faust gegen die Wand. Der Raufaserputz hinterließ einen Abdruck auf ihren Fingerknöcheln.

Ihr Vater erschien mit gehobenem Zeigefinger vor ihrem inneren Auge. „Du musst den Teppich austauschen. Es kann gefährlich werden."

Sie zog sich am Treppengeländer hoch und humpelte aus dem Haus. Als sie sah, dass ihr Auto zugeparkt war, schoss ihr das Blut in den Kopf. Sie trat gegen die Reifen. „Was soll das denn?"

Eine junge Frau linste um die Ecke. Sie hatte sich in dem Eingangsbereich der Autowerkstatt gestellt und kaute geräuschvoll auf einem Kaugummi, als wäre es Hartgummi.

Susanne zog die Schultern hoch. „Ist das Ihr Wagen?"

„Warum?"

Susannes Halsschlagader stand kurz davor, zu platzen. „Weil ich mit meinem Auto wegfahren möchte und Sie dort nicht stehen dürfen. Das ist eine Einfahrt."

„Ich will in die Werkstatt. Die hat aber nicht auf."

„Mir ist scheißegal, was Sie wollen." Susanne presste die Lippen aufeinander und bremste sich, die Frau in ihr Auto zu zerren. „Fahren Sie diese Schüssel weg, oder ich lasse sie abschleppen."

Das Mädchen kicherte. „Als ob.“

Susanne bedachte die Frau mit einem ernsten Blick. „Wollen Sie es darauf anlegen?“

Das Mädchen hielt dem Blick für einen Moment stand, dann kippte ihr Kinn nach unten. Die Drohung schien zu fruchten. Rasch setzte sie sich in ihren Wagen und fuhr fort.

Drei

EIN TAG ZUVOR

Seine Beine zitterten. Mit Mühe stand er mitten in einem Raum, der anders als das Zimmer war, in dem er seit einem Tag gefangen gehalten wurde. Henry schluckte seine Übelkeit hinunter.

In der Mitte des Raumes stand ein Stuhl und an den Wänden hingen Bildschirme. Ansonsten war das Zimmer leer. Es glich einem Keller. Feuchte Steinwände, deren Kälte sich auf Henry übertrug. Müdigkeit drückte auf seine Augen, doch der Boden fing an zu wanken, als er sie schloss. Um nicht das Gleichgewicht zu verlieren, öffnete er sie wieder.

Die letzten Stunden waren wie in Zeitlupe vergangen. Vergebens suchte er nach Antworten. Henry konnte sich nicht daran erinnern, was am Vortag geschehen war. Irgendwann war er in diesem Glaszimmer aufgewacht, hatte hilflos inmitten dieses merkwürdigen Raumes gestanden. Sein Körper hatte sich in Glaswänden gespiegelt.

Später hatte sich die Tür geöffnet und Marianne war in den Raum gekommen. Sie erschien ihm wie ein Geist. Blass, wortlos und zitternd. Schließlich hatte Henry gefragt, ob sie wisse, wer sie in das Zimmer gebracht hatte. Doch die Frau stand nur hilflos da und schüttelte den Kopf, gefangen in ihrer Angst und Verzweiflung. Warum waren sie an diesem seltsamen Ort? Beide hatten sich alle möglichen Szenarien ausgemalt, versucht einen Grund zu finden, gehofft, dass der Entführer sie nur verwechselt hatte. Sie hatten um Hilfe geschrien, mit jemandem verhandelt, den sie nicht zu Gesicht bekamen. Schlussendlich hatten sie gegen das Glas getreten, um es zu zerstören. Nichts.

Marianne hatte nach stundenlangem Kampf aufgegeben, war in sich zusammengefallen und seitdem teilnahmslos, fast schon apathisch. Als wäre ihre Seele dem Körper entwichen.

Am Morgen war der Junge gebracht worden. Von da an war alles immer absurder geworden. Es wurden Regeln aufgestellt und wenn sie nicht befolgt wurden, gab es schwere Konsequenzen.

Plötzlich wurde es stockdunkel. Henrys Herz pulsierte. Am anderen Ende des Raumes hörte er ein leises Knacken.

Aus dem Nichts krachte ihm ein Schlag ins Gesicht. Seine Nase knirschte beängstigend. Ein zweiter Schlag folgte unmittelbar und donnerte gegen seine Schläfe. Weiße Blitze tauchten vor Henrys Augen auf.

Er spürte keinen Schmerz und knallte unerwartet auf den Boden. Die kalten Steine klebten an seiner Wange. Henry wollte aufstehen, doch sein Körper schien ihm nicht mehr zu gehören. Blut sammelte sich in seinem Mund. Er spürte, wie es aus dem Mundwinkel hinauslief.

Bleib einfach liegen. Henry wollte sich in Luft auflösen. Erst nach und nach spürte er, wie der Schmerz in seinen Kopf vordrang und unerträglich wurde. Er atmete tief ein und aus, bis die Heftigkeit der Schmerzwelle vorüberging. Dann versuchte er, erneut aufzustehen. Als er es schaffte, seinen Oberkörper zu heben, trat ihm jemand in die Seite. Seine Hände knickten weg und er fiel zurück auf den Boden. Wartete auf den nächsten Tritt.

Minutenlang passierte nichts. Was macht er?

Durch die unerträgliche Stille wirkte die Dunkelheit noch unheimlicher. Henry hörte jemanden wie eine wildgewordene Bestie atmen. Innerlich zerriss es ihn. Nun schlag mich doch einfach tot.

Das Schnaufen entfernte sich.

Henry hörte, wie sich die Tür schloss. Das Licht ging an und flackerte, sodass es ihm noch übler wurde. Reglos blieb er liegen. Er hatte das Gefühl, dass seine letzte Kraft in den Boden gesogen wurde.

Ein Stöhnen ließ ihn aufhören. Mit einem Auge blickte er sich im Zimmer herum. Das andere ließ sich nicht öffnen, fühlte sich an, als würde es jemand zudrücken. Henry lauschte dem Jammerlaut, konnte aber niemanden in dem Raum entdecken. Da erkannte er, dass er ihn ausstieß. Gleichzeitig schoss ihm der Schmerz ins Gesicht. Er hielt sich die Nase und starrte auf seine blutverschmierte Hand. „Scheiße, du Mistkerl." Er wusste nicht, wen er anschrie. Doch er konnte sich nicht zügeln. Weitere Flüche entwichen seinem Mund, auch wenn er Gefahr lief, den Täter damit zu provozieren.

Henry robbte über den Boden und zog eine Blutspur hinter sich her. An der Wand setzte er sich auf und lehnte sich dagegen. Er schmeckte Metall auf seiner Zunge und spuckte das Blut neben sich. In seinem Kopf hämmerte es. Er schloss sein Auge, doch es fing an, sich alles zu drehen und er glaubte über den Boden zu schweben.

Plötzlich blinkte einer der Bildschirme auf, der an der gegenüberliegenden Wand befestigt war. Eine Reihe von Stichpunkten erschien auf dem Monitor. Henry blinzelte, bis er die Buchstaben nicht mehr verschwommen sah.

Ihr seid eine Familie!

Ihr gehört mir!

Ihr tut das, was ich will!

Du als Familienoberhaupt hast alles in der Hand!

Henry runzelte die Stirn und schüttelte den Kopf. Las die Worte ein paarmal, bevor er begriff, was sie bedeuteten. „Was willst du Schwein von uns?"

Er rieb sich den Nasenrücken, hielt aber sofort inne, als der Schmerz bis in seine Stirn jagte. Seine Arme hingen schlaff nach unten. Ein neuer Versuch aufzustehen, gelang ihm nicht.

Die Tür wurde aufgerissen. Das Gesicht hinter einer Maske versteckt, trat jemand auf ihn zu. Packte ihn unter die Arme und riss ihn mit einer Leichtigkeit hoch, als wäre er eine Gummipuppe.

Henry wankte.

Der Mann schubste ihn immer wieder von hinten.

Henry stolperte ein paar Treppenstufen nach oben und hörte es knacken, als er umknickte. „Au, verdammt." Er bückte sich und rieb sich den rechten Knöchel.

Hinter sich vernahm er ein Schnauben, als würde der Täter keine Luft unter der Maske bekommen. Doch noch ehe er sich umdrehen konnte, bekam er einen weiteren Stoß. Mit Mühe hielt Henry das Gleichgewicht. Humpelnd hangelte er sich am Treppengeländer hoch. Kurz überlegte er, wie er sich aus der Situation befreien konnte. Es bedurfte nur einer schnellen Reaktion. Umdrehen, zutreten, davonrennen. Doch als sein Blick zu der stabilen Eisentür glitt, die mit einem Schloss versehen war, und er spürte, wie wenig Kraft er noch hatte, verwarf er seinen Plan.

Als er vor der Glastür stand, hinter der Marianne und Paul, seine neue Familie, auf ihn warteten, schüttelte er sich. Die Gewissheit, erneut in dem Glaszimmer eingesperrt zu werden, versetzte ihn in Panik.